홈즈
- 베스트 사건파일 -

지혜의 샘 시리즈 ㉕

홈즈
―베스트 사건파일―

초판 1쇄 발행 | 2010년 07월 10일
초판 6쇄 발행 | 2024년 12월 31일

지은이 | 아서 코난 도일
옮긴이 | 조주연

발행인 | 김선희 · 대 표 | 김종대
펴낸곳 | 도서출판 매월당
책임편집 | 박옥훈 · 디자인 | 윤정선 · 마케터 | 양진철 · 김용준

등록번호 | 388-2006-000018호
등록일 | 2005년 4월 7일
주소 | 경기도 부천시 소사구 중동로 71번길 39, 109동 1601호
        (송내동, 뉴서울아파트)
전화 | 032-666-1130 · 팩스 | 032-215-1130

ISBN 978-89-91702-66-0 (03810)

· 잘못된 책은 바꿔드립니다.
· 책값은 뒤표지에 있습니다.

홈 즈

-베스트 사건 파일-

아서 코난 도일 지음
조주연 옮김

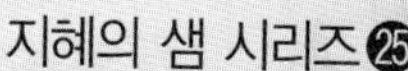

맥월당
MAEWOLDANG

코난 도일의 작품을 옮기면서 가장 많은 애착을 가질 수 있었던 것은 이 책에도 실린 <마지막 사건>이다. 그 어떤 작품보다 홈즈의 인간적인 면이 많이 드러나 있기 때문이다. 소설에서 언급하고 있는 홈즈의 다양한 면모는 코카인 중독자, 우수한 화학실험가, 다방면에 깊은 상식을 가진 지식인 등으로 나타난다. 하지만 그가 동서고금을 막론하고 꾸준한 사랑을 받아올 수 있었던 것은 무엇보다 진짜 휴머니스트이기 때문일 것이다.

자신이 탐정으로서의 역할을 끝내더라도 혹은 목숨을 버려서라도 범죄자를 사회에서 없애고 싶어하는 홈즈, 실존인물이라고 가정하면 너무 완벽하지만 이러한 인간적인 모습 때문에 지금까지도 그는 항상 추리소설의 한 획을 긋고 있는 것이리라.

홈즈와 왓슨 박사의 가장 흥미진진한 모험을 담아 만든 이 책은 <마지막 사건>을 비롯하여 감히 최고라고 할 수 있는 이야기들로 구성했다. 어린 시절에 홈즈를 접했던 독자라면 새로운 마음으로 읽을 수 있을 것이며, 홈즈를 처음 접하는 독자라면 현대의 감성에 전혀 뒤떨어지지 않는 추리소설의 재미를 느낄 수 있을 것이다.

기존에 수없이 번역되고 읽혀진 소설을 다시 한 번 번역한다는 것은 쉽지 않은 일이다. 새로운 감각으로 번역하기 위해 노력했지만 그것을 판단하는 것은 온전히 읽는 사람의 몫이라고 생각한다. 온 가족이 함께 읽으면서 공감대를 형성할 수 있었던 그의 작품들을 이제는 독자가 아닌 옮긴이로서 다시 접할 수 있다는 것은 책이 주는 또 다른 즐거움이었다.

이 책의 진행에 많은 도움을 주신 매월당의 김종대 사장님을 비롯해 박옥훈 편집장님, 그리고 함께 작업에 참여하신 모든 분들께 감사의 인사를 전하며, 앞으로 홈즈의 숙적이라고 할 수 있는 아르센 뤼팽의 이야기로 또다시 독자들과 만날 수 있기를 기대해 본다.

차 례

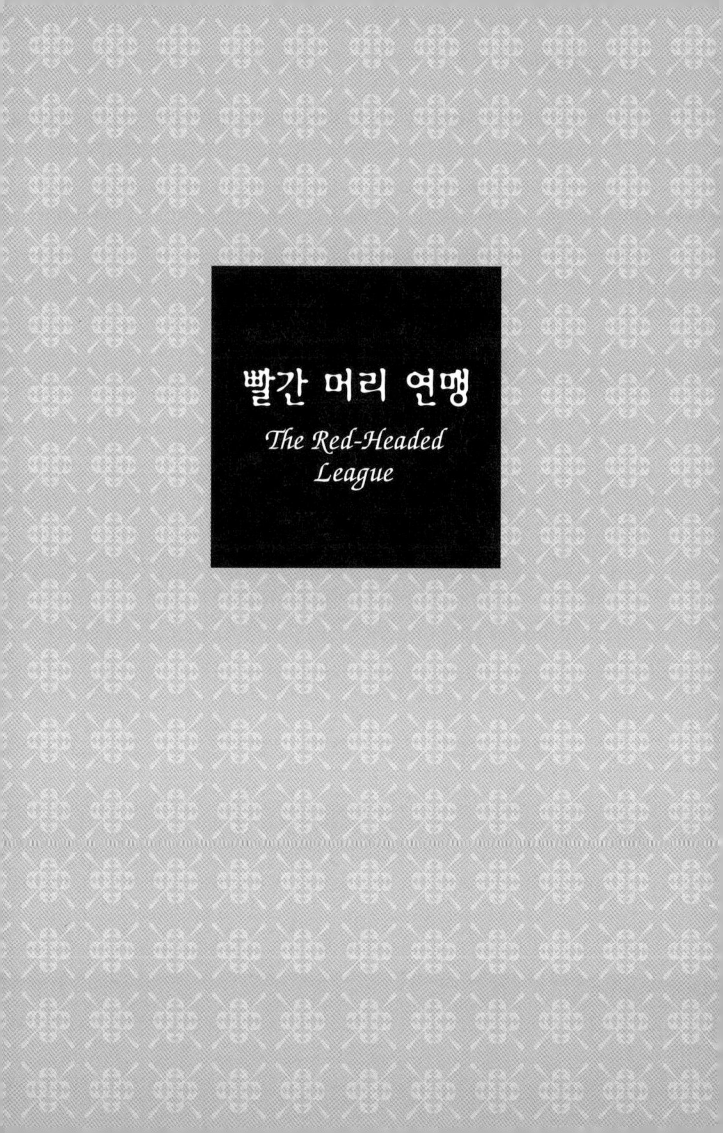

빨간 머리 연맹

The Red-Headed League

작년 가을 어느 날, 나는 홈즈를 찾아갔다. 그는 붉은 빛이 도는 얼굴에 머리가 아주 새빨간 중년의 뚱뚱한 신사와 진지한 분위기로 상담을 하고 있었다. 나는 그들에게 대화를 방해해서 미안하다고 사과하고 바로 방을 나오려고 하는데, 홈즈가 나를 불러 세웠다.

"오, 왓슨. 때마침 잘 와주었군. 여기 앉게나."

그는 나에게 다정하게 말을 건넸다.

"방해해서 미안하네. 의뢰인과 이야기하는 것 같은데."

"자네가 보듯이 의뢰인과 이야기 중이라네."

"나는 옆방에서 기다리는 게 좋겠군."

"아니야, 잠시만 기다려보게. 윌슨 씨, 이 친구는 여러 사건에서 나의 협력자이자 조수로 활동해 준 사람입니다. 이번 일도 이 친구와 함께 한다면 우리에게 큰 도

The Red-Headed League

움이 될 거라고 생각합니다.”

중년의 신사는 몸을 반쯤 일으키더니 작은 눈을 들어 나를 살피며 고개를 끄덕였다.

“자네는 그쪽 소파에 앉게나.”

홈즈는 나에게 말하고 다시 의자에 앉았다. 그리고 생각에 잠길 때면 늘 하던 버릇대로 양손의 손가락 끝을 맞추었다.

“왓슨, 나는 자네가 판에 박힌 일상과 관습을 벗어난 것들을 매우 좋아한다는 사실을 잘 알고 있지. 나처럼 말이야. 자네가 내 수사 기록을 하나의 이야기로 만드는 일에 그렇게 열정적으로 매달리고 있는 것은 그런 취향 때문이지. 자네는 내 모험담을 정말 잘 꾸며주고 있다네.”

“사실 자네 사건들은 정말 흥미롭거든.”

나는 평소 생각하고 있는 대로 말했다.

“왓슨, 지난번에 메리 서덜랜드 양이 의뢰했던 사건 기억나지? 지극히 간단한 사건처럼 보여도 기묘한 것을 찾기 위해서는 그 삶 자체로 들어가야 한다고 말했던 적이 있지 않은가. 인생이란 건 항상 그 어떤 상상보다 더한 것을 보여준다고도 말한 기억이 나는군.”

“홈즈, 미안하지만 나는 그때 자네의 이론에 동의하지 않았다네.”

“아, 그렇군. 하지만 자네는 내 의견에 동의하게 될 거야. 어차피 자네가 가지고 있는 논리는 내가 쉴 새 없이 제시하는 실례들 밑에서 납작하게 깔리게 될 테니까. 그렇게 되면 아마 내 말이 옳았다는 걸 어쩔 수 없이 인정하고 말 거야. 이 자리에 오신 자베즈 윌슨 씨는 좀처럼 겪기 힘든 기이한 이야기를 나에게 들려주고 있다네. 이렇게 아침 일찍부터 말이야. 내가 자네한테 이런 말을 한 적이 있을 거야. 아주 기묘한 사건은 드러나는 모습이 큰 사건보다는 오히려 범죄인지 아닌지조차 분간하기 어려운 사소한 사건들 중에 더 많다고 한 얘기 말이야. 윌슨 씨가 의뢰한 사건은 범법 행위의 여부를 아직 판단할 수 없어. 하지만 그 어떤 사건보다도 아주 괴이하다네.

월슨 씨, 죄송하지만 모든 이야기를 처음부터 다시 한 번 말씀해 주실 수 있을까요? 왓슨 박사에게 이야기를 들려주기 위해서만이 아니라 월슨 씨의 얘기가 매우 기묘하기 때문에 아주 작은 부분도 기억하고 싶기 때문입니다. 제 자랑처럼 들리겠지만, 저는 사건에 대한 설명을 아주 조금만 들어도 기억 속에 저장되어 있는 수천 건의 비슷한 사건을 바탕으로 판단을 내릴 수 있습니다. 그렇지만 이 사건은 몇 번을 다시 생각해도 비슷한 사건을 찾기 어려울 정도로 특이하군요.”

뚱뚱한 손님은 마치 사건에 대해 자부심이라도 갖는 것처럼 가슴을 앞으로 내밀고 윗옷 안주머니에서 구겨진 신문을 꺼냈다. 그가 신문지를 무릎 위에 펼쳐놓고 얼굴을 가까이 댄 채로 광고란을 살펴보는 동안, 나는 홈즈의 방법을 떠올리며 그를 꼼꼼하게 살펴보았다. 신사의 옷차림과 외모에서 알 수 있는 특별한 정보를 찾아내기 위해서였다.

그러나 아무리 그를 처다봐도 특별히 생각나는 것은 없었다. 의뢰인은 몸에 살이 많아서 둔한 편이었고, 점잖은 척하고 싶어하는 전형적인 영국 상인의 모습을 하고 있었다. 약간 때가 묻은 검은 프록코트는 아랫단추만 끼우고 있었고, 헐렁한 회색 체크무늬 바지를 입고 있었다. 어두운 색깔의 조끼 위에는 묵직한 청동 줄을 목걸이처럼 걸고 있었고, 그 가운데에는 구멍이 뚫려 있는 네모난 금속 조각이 펜던트처럼 달려 있었다. 그의 옆에 있는 의자에는 신사의 것으로 보이는 낡은 중

산모와 벨벳 칼라가 달린 구겨진 허름한 갈색 외투가 놓여 있었다. 아무리 그를 살펴보아도 불이 붙은 것처럼 새빨간 머리와 억울해 하는 표정 외에는 눈에 띄는 특징을 찾을 수가 없었다.

날카롭지만 빛나는 눈으로 손님을 보고 있던 홈즈는 내가 궁금하다는 표정으로 바라보자 미소를 지으며 고개를 몇 번 저었다.

"내가 이분에 대해 확실하게 말할 수 있는 건 몇 가지 안 되네. 의뢰인은 한동안 육체노동을 한 적이 있고 코담배를 피우는 습관을 가지고 있군. 프리메이슨(18세기에 영국 런던에서 결성되어 평화적 세계 시민주의 운동을 편 국제적 자선·친목 단체) 단원이며, 중국에 다녀온 적이 있지. 그리고 최근에는 글씨 쓰는 일을 많이 했군. 그 이상은 나도 말할 수 있는 게 없군."

자베즈 윌슨 씨는 깜짝 놀라는 표정을 지었다. 그는 손가락으로 신문 한 부분을 짚은 자세 그대로 홈즈를 보았다.

"홈즈 선생, 어떻게 그런 사실을 다 알고 있는 건가요? 특히 제가 육체노동을 했다는 것을 알아낸 건 너무 신기합니다. 저는 예전에 배 만드는 목수 일을 한 적이 있거든요. 선생님이 말씀하신 사실은 정말 정확합니다.”

“그건 특별한 방법이 있는 게 아닙니다. 윌슨 씨의 손을 보고 알았거든요. 윌슨 씨의 오른손이 왼손보다 훨씬 크다는 사실은 한 눈에 알 수 있죠. 오른손을 써서 일했기 때문에 근육이 더 발달하게 된 겁니다.”

“그렇다면 코담배와 프리메이슨은 어떻게 알 수 있는 건가요?”

“어떻게 알아냈는지 자세하게 말하는 건 윌슨 씨의 교양을 모욕하는 행동이 될 텐데요. 게다가 윌슨 씨는 지금 단체의 엄격한 규칙을 어기고 삼각자와 컴퍼스 장식 핀을 하고 있으시니 주의하셔야 할 겁니다.”

“앗, 그런 것까지 알고 있다니. 제가 잠시 규칙을 깜빡했습니다. 그런데 글씨를 많이 썼다는 건 어떻게 아셨죠?”

“윌슨 씨 오른쪽 소맷단의 12센티미터 가량이 닳아서 반들거리고 있는 데다가 왼쪽 소매는 책상에 닿는 팔꿈치 부분이 닳아서 반짝거립니다. 이러한 특징은 조금만 생각해 본다면 알 수 있는 부분입니다.”

“그렇다면 중국을 다녀왔다는 것은 어떻게 아셨죠?”

“윌슨 씨의 오른쪽 손목에 있는 물고기 문신을 봤거

든요. 그 문신은 오직 중국에서만 할 수 있죠. 저는 문신에 관해 나름대로 깊이 있는 연구를 했고 작은 책을 낸 적도 있습니다. 물고기 비늘에 이렇게 섬세한 분홍색을 입힐 수 있는 것은 중국에서만 가능합니다. 월슨 씨의 시곗줄에 달려 있는 중국 엽전도 충분한 근거가 되었지요.”

자베즈 월슨 씨는 큰 소리로 웃었다.

“하하, 어떤 대단한 능력을 가지고 알아냈다고 생각했는데, 알고 보니 대단한 것은 아니군요.”

“하나하나 자세하게 설명한 건 제 실수입니다. ‘알지 못하는 것은 대단한 것으로 여겨진다.’ 라는 말도 있는데 말입니다. 솔직하게 털어놓다 보면 조금이나마 있는 제 명성은 한없이 추락할 것 같군요. 월슨 씨, 아까 말씀하신 광고는 찾으셨습니까?”

“네. 바로 여기 있군요.”

월슨 씨는 붉고 통통한 손가락으로 광고란의 중간쯤을 짚었다.

“모든 일이 다 여기서 시작됐지요. 이걸 읽어보십시오.”

나는 신문을 받아들고 광고를 큰 소리로 읽었다.

빨간 머리 연맹

우리 빨간 머리 연맹은 미국 펜실베이니아 주 레바논의 고 이즈키아 흡킨스가 남긴 유산으로 운영되고 있습니다. 빨간 머리 회원들에게 형식상의 봉사에 대한 대가로 1주일에 4파운드씩 지불하고 있는데, 현재 결원이 한 명 생겼습니다. 21세 이상으로 몸과 마음이 건강한 빨간 머리 남자들은 누구나 지원할 수 있습니다. 월요일 11시, 플리트 가 포프 코트 7번지에 있는 연맹 사무실로 와서 던컨 로스에게 연락하기 바랍니다.

"이 광고가 무얼 뜻하는 것이지 잘 모르겠군."

나는 이상하게 보이는 이 광고를 두 번이나 읽고 말했다.

홈즈는 기분이 들떠 있을 때 보이는 행동으로 몸을 뒤틀면서 소리 나게 웃었다.

"상식적으로는 이해하기 어려운 내용이군. 월슨 씨, 일단 자기소개를 해주시고 이 광고가 어떻게 인생을 바꾸었는지 다시 한 번 말씀해 주시기 바랍니다. 왓슨 박사, 우선 신문 제목과 날짜를 확인해 주게나."

"1890년 4월 27일자, <모닝 크로니클>이군."

"고맙네. 월슨 씨, 그럼 다시 이야기를 시작할까요?"

"그럼 아까 말씀드린 얘기를 다시 하도록 하죠."

자베즈 월슨은 긴장한 듯이 이마의 땀을 닦으며 말했다.

"저는 구시가 근처 코버그 광장에 있는 작은 전당포를 운영하고 있습니다. 가게도 작고 최근에는 겨우 밥이나 먹을 정도로 장사가 되지 않았습니다. 예전에는 점원도 둘이나 데리고 있었는데, 지금은 한 명으로 줄이기까지 했지요. 그나마 지금 있는 점원도 일을 배우기 위해서 정해진 급료의 반만 받아도 좋다고 해서 쓰고 있습니다."

"오, 기특한 청년이군요. 그의 이름은 무엇인가요?"

홈즈가 신사에게 물었다.

"빈센트 스폴딩이라고 하죠. 사실 청년이라고 하긴 좀 그렇습니다. 나이를 가늠하기 힘든 외모를 가지고 있어서요. 하지만 매우 똑똑한 사람이에요. 독립한다거나 다른 곳으로 간다면 지금 받는 급료의 두 배는 받을 수 있을 거예요. 하지만 지금 일에 만족하고 있는 것 같아서 굳이 그 사실을 말해 주지는 않았습니다만."

"남들보다 급료를 적게 받아도 좋다는 점원이 있다니

윌슨 씨는 행운아군요. 요즘 세상에 그런 사람은 찾아
보기 어렵죠. 제 생각이기는 하지만, 윌슨 씨 전당포에
서 일하는 점원도 광고만큼이나 독특한 성격을 가지고
있는 것 같습니다."

"사실 스폴딩한테도 단점은 있습니다. 일은 잘 하지만
사진에 완전히 빠져 있거든요. 툭하면 카메라로 사진을
찍고 필름을 현상하기 위해서 지하실로 자주 달려가곤
합니다. 하지만 일이 있을 때는 부지런하니까 큰 문제는
되지 않지요. 그 외에 다른 나쁜 점은 없습니다."

"지금도 스폴딩은 일하고 있나요? 그리고 다른 고용
인은요?"

"지금도 가게를 맡겨 놓고 왔습니다. 스폴딩 말고는
요리와 청소를 하는 14살짜리 여자애가 있습니다. 아내
가 죽은 뒤에는 저 혼자 살고 있기 때문에 집안 살림도
단출합니다. 내 집이 있고 빚지지 않고 살면 된다고 생
각하고 있고요. 그런데 이렇게 조용한 생활에 돌을 던
진 게 바로 이 신문광고였습니다. 약 두 달 전, 스폴딩
이 저에게 이 광고를 보여주면서 이런 말을 했습니다.

'윌슨 씨, 저도 빨간 머리라면 얼마나 좋을까요?'

'갑자기 빨간 머리 타령은 왜 하는가?'

'방금 신문을 봤는데 빨간 머리 연맹에 빈자리가 생겼다는 광고를 봤거든요. 빨간 머리 연맹에 가입한다는 건 매우 큰 행운이잖아요. 결원이 생긴 탓에 유산 관리인들은 돈을 어디에 써야 하는지 고민하고 있는 것 같아요. 머리 색깔만 빨간색이라면 당장 달려가서 연맹에 가입하고 싶은데……'

'빨간 머리 연맹? 난 처음 들어보는데. 그게 뭔가?'

저는 스폴딩에게 물었지요. 전당포 사업은 가만히 앉아서 하는 일이기 때문에 저는 집 밖에 잘 나가지 않거든요. 일이 없으면 몇 주일씩 밖에 나가지 않을 때도 많고요. 그러다 보니 바깥세상이 어떻게 돌아가는지 잘 모릅니다. 그래서 누가 무슨 소식이라도 알려주면 정말 반가웠습니다.

'윌슨 씨 같은 머리색을 가진 분이 빨간 머리 연맹을 모르다니요!'

스폴딩은 동그랗게 커진 눈으로 저에게 말했습니다.

'거기 가입하게 되면 무슨 큰 이익이라도 생기는가?'

'회원이 돼서 일하면 1년에 약 2백 파운드 정도 주는 거 같아요. 회원이 된다 해도 특별히 하는 일이 없기 때문에 생업에도 지장을 주지 않는다고도 하고요.'

그 말을 듣자 저는 귀가 솔깃해졌습니다. 2백 파운드는 적은 돈이 아니지 않습니까? 게다가 최근 몇 년 동안 장사가 잘 안 됐기 때문에 추가로 2백 파운드가 생긴다면 도움이 많이 될 테니까요.

'빨간 머리 연맹에 대해 자세히 좀 말해 주겠나?'

스폴딩은 신문광고를 저에게 보여주면서 말했습니다.

'이 광고를 보면 연맹에 빈자리가 났다는 것을 알 수 있어요. 더 자세한 걸 알아보기 위해서는 이 주소로 가면 될 것 같습니다. 제가 알기로는 빨간 머리 연맹의 설립자는 미국의 백만장자 이즈키아 홉킨스 씨인데 아주 괴짜였대요. 자신이 빨간 머리였기 때문에 세상의 모든 빨간 머리들에 대해 깊은 동정심을 가지고 있었다더군요. 죽을 때는 막대한 재산을 관리인들에게 맡기면서 그 이자를 온 세상의 빨간 머리들을 위해 쓰라고 유언을 남겼다고 합니다. 유언 덕분에 연맹에 가입한 빨간 머리 회원들은 상당한 금액을 받으면서도 하는 일은 거의 없다더군요.'

'그곳이 그렇게 좋은 자리라면 들어가고 싶어하는 사람들이 많지 않을까?'

'별로 많지는 않을 거예요. 회원이 되려면 런던에 거

주해야 하고 성인 남자여야 하거든요. 설립자인 미국인 백만장자가 런던이 고향이라서 고향을 위해 뭔가를 하고 싶었나 봐요. 게다가 옅은 빨간 머리나 너무 어두운 빨간 머리는 지원해도 회원이 될 수 없다고 하더군요. 윌슨 씨처럼 환한 색깔의 진짜 빨간 머리만 가입이 된다고 들었어요. 혹시 생각이 있으시면 한 번 가보는 건 어때요? 그 정도 돈이라면 소득이 없더라도 가볼 만한 가치가 있을 것 같은데요.'

두 분도 보면 아시겠지만 제 머리는 숱이 많고 윤기가 흐르는 진짜 빨간 머리거든요. 그래서 경쟁자가 많다고 하더라도 도전해 보는 것도 괜찮다는 생각이 들었습니다. 스폴딩은 연맹에 대해서 많이 아는 것 같았고, 저는 스폴딩을 데리고 가기로 했습니다. 저는 그날 가게 문을 닫고 스폴딩과 광고에 쓰여진 주소로 함께 갔습니다. 스폴딩은 하루 일을 쉬게 되었다면서 아주 좋아했지요.

홈즈 씨, 제 평생 그런 광경은 처음이었습니다. 머리카락에 조금이라도 붉은 색이 들어가 있는 사람들은 다 몰려온 것 같았어요. 플리트 가는 온통 빨간 머리 일색이었고, 포프 코트는 꼭 오렌지 손수레 같았습니다. 사람들의 머리 색깔은 정말 가지각색이었습니다. 연한 갈색, 진한 레몬색, 순수한 오렌지색, 벽돌색, 아이리시 세토 종의 사냥개 털 같은 적갈색, 다갈색, 진흙에 가까운 황토색 등 정말 말로 표현하기도 어려웠습니다. 하지만 스폴딩의 말대로 제 머리처럼 불꽃이 타는 듯한 빨간색은 없었습니다.

사실 저는 신문의 한 귀퉁이에 난 조그만 광고를 보고 이렇게 많은 사람들이 올 거라고는 상상도 하지 못했습니다. 그래서 많은 사람들을 보고 기가 죽어 이 일을 포기해야겠다고 생각했지요. 하지만 스폴딩은 저를 끌고 사람들을 뚫고 사무실 계단 앞까지 갔어요. 계단에는 사람들이 두 줄로 서 있었는데, 하나는 면접을 보려는 사람들이었고, 다른 하나는 면접에 떨어지고 돌아가는 이들의 줄이었습니다. 우리는 사람들 틈에 끼여 겨우겨우 올라가서 곧 사무실에 들어가게 되었습니다.”

“오, 정말 신기하고 재미있는 경험이군요.”

홈즈는 손님이 말을 멈추고 코담배를 맡으며 기억을 정리하는 모습을 보면서 말했다.

“이야기를 계속해 주시죠.”

“사무실에 들어가니 나무 의자 두 개와 선나무 책상

빨간 머리 연맹

하나가 있었고, 책상 앞에는 저보다 더 새빨간 머리의 키 작은 남자가 있었습니다. 그는 지원자들과 몇 마디 말을 나눈 뒤에 여러 불합격 이유를 대며 면접에서 떨어뜨렸습니다. 그 모습을 보니 빨간 머리 연맹에 들어가는 것은 더 어려워 보였습니다. 그런데 이상하게도 제 차례가 오자 그 남자는 매우 호의적인 태도로 바뀌었습니다. 사무실 문까지 닫아서 편하게 이야기할 수 있도록 조용한 분위기를 만들었고요.

'이분은 자베즈 윌슨 씨라고 합니다. 빨간 머리 연맹에 가입하고 싶어서요.'

스폴딩이 비서처럼 말하자 빨간 머리 남자는 대답했습니다.

'오, 드디어 적임자가 나타났군요. 정말 완벽합니다. 이렇게 좋은 빨간 머리는 저도 처음 보는군요.'

그는 갑자기 일어나서 한 발자국 뒤로 물러나더니 제 얼굴이 빨개질 때까지 저를 뚫어지게 쳐다보았습니다. 그러다가 갑자기 저에게 달려들더니 제 손을 부서지도록 세게 잡았어요. 그리고 합격이라면서 축하 인사를 건넸지요.

'더 이상 망설일 필요가 없을 것 같군요. 하지만 신중

해야 하니까 잠시 확인을 하겠습니다.'

빨간 머리 남자는 갑자기 양손으로 제 머리카락을 세게 잡았습니다. 그리고 아파서 제가 크게 소리를 지를 때까지 제 머리카락을 잡아당겼습니다.

'오, 눈물까지 글썽거리는군요.'

그는 제 머리를 놔주며 말했습니다.

'전혀 문제가 없다는 걸 이런 식으로라도 확인해야 한답니다. 벌써 두 번이나 속았거든요. 한 번은 가발에, 한 번은 물감이었죠. 나중에 월슨 씨에게 구두 수선공의 왁스 얘기를 들려드리죠. 그 얘기를 들으면 사람들이 얼마나 지독한지 깜짝 놀랄 겁니다.'

그는 창가로 다가가서 모집이 끝났다고 크게 소리쳤습니다. 사람들은 웅성거리다가 금세 모두 흩어졌어요. 이제 빨간 머리라고는 그 남자와 저밖에 없었습니다.

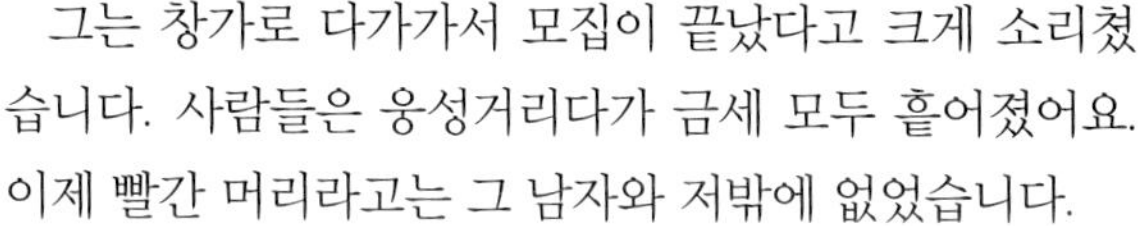

'저는 던컨 로스라고 합니다. 저 역시 너그러운 후원자가 조성하신 기금의 혜택을 보고 있어요. 그런데 월슨 씨는 결혼하셨습니까? 가족은 있나요?'

저는 그의 질문에 사실대로 가족이 없다고 대답했습니다. 제 말을 듣고 로스 씨는 고개를 떨군 채로 무겁게 말했습니다.

'이런! 매우 안타까운 일이로군요. 가족이 없으시다니 정말 유감입니다. 이 기금은 빨간 머리의 유지뿐만 아니라 확산을 목적으로 하고 있거든요. 선생이 독신이라니 정말 아쉽습니다.'

홈즈 선생, 저는 이 말을 듣고 가슴이 덜컥 내려앉는 기분을 느꼈습니다. 돈을 벌 기회를 잃었으니까요. 하지만 로스 씨는 잠시 생각해 본 뒤 다시 말을 꺼냈습니다.

'보통의 빨간 머리였다면 치명적인 결격 사유가 됐을 겁니다. 하지만 선생 정도의 머리카락 색깔이라면 괜찮을 것 같아요. 자, 그럼 언제부터 일을 시작할 수 있을까요?'

'당장은 좀 곤란합니다. 저는 지금 하는 일이 있거든요.'

'월슨 씨! 가게 일이라면 제가 있으니 걱정하지 마세요.'

스폴딩이 말했습니다.

'일하는 시간은 언제인가요?'

제가 빨간 머리 남자에게 물었습니다.

'오전 10시부터 오후 2시까지입니다.'

전당포에 손님들이 주로 찾아오는 시간은 저녁때입

니다. 특히 주급을 받기 전인 목요일과 금요일 저녁때
가 가장 붐비는 시간이지요. 그래서 낮에 잠깐 일하는
것은 아주 솔깃한 제안이었습니다. 게다가 스폴딩이 웬
만한 일은 충분히 처리할 수 있다는 것도 알고 있고요.
그래서 저는 이렇게 대답했습니다.
  '좋군요. 그럼 급료는 어떻게 됩니까?'
  '1주일에 4파운드입니다.'
  '어떤 일을 하게 되나요?'
  '그저 형식적으로 일하는 것뿐입니다.'
  '형식적으로 일한다는 것이 정확히 어떤 일입니까?'
  '자세하게 말씀드리죠. 선생은 일하기로 한 시간에는
반드시 사무실에 있어야만 합니다. 이 건물을 벗어나서
는 안 되는 거지요. 만약 선생이 정해진 시간에 건물 밖
으로 나간다면 회원 자격을 잃게 됩니다. 그것은 유언
장에 분명하게 기재되어 있는 부분이기도 하고요. 즉,
선생은 일하기로 한 시간에 사무실 밖으로 한 발자국이
라도 나간다면 연맹의 규정을 어기는 것이 됩니다.'
  '하루에 겨우 네 시간인데, 그 시간에 이곳을 나갈 일은
없을 겁니다.'
  '어떤 일이 있어도 절대 안 됩니다.'

던컨 로스 씨가 다시 한 번 강조하면서 말했습니다.

'병이 나거나 다른 볼일이 생기더라도 이유가 될 수 없습니다. 그 시간에 여기 없으면 자격과 돈 벌 기회를 모두 박탈당하는 거지요.'

'그건 문제없습니다. 저는 어떤 일을 하게 됩니까?'

'《브리태니커 백과사전》을 옮겨 쓰는 일입니다. 저기 사전 1권이 준비되어 있어요. 책상과 의자는 우리가 제공하지만 잉크, 펜, 종이는 선생이 준비해 와야 해요. 내일부터 시작하는 게 어떻겠소?'

'그렇게 하겠습니다.'

'자베즈 윌슨 씨, 그럼 안녕히 가십시오. 선생이 이렇게 좋은 자리를 얻게 된 것을 다시 한 번 축하드립니다. 선생은 정말 운이 좋군요.'

나는 정중하게 인사를 하고 스폴딩과 함께 집에 돌아왔지요. 갑자기 이런 행운을 얻게 되었다는 사실이 매우 기뻤습니다. 정말 그날은 하루 종일 그 생각만 나더군요. 하지만 저녁때가 되고 흥분이 가라앉으면서 다른 생각이 들었습니다. 도대체 어떤 목적으로 그런 일을 하는 것일까 하는 궁금증이 생겼기 때문입니다. 그 일이 장난이나 사기라는 생각이 들었거든요. 알지도 못하는 빨간 머리를 가진 사람을 위해 그런 유언을 남겼다는 것도 좀 이상하기도 했고요. 《브리태니커 백과사전》을 옮겨 쓰는 단순한 일로 그 돈을 지불한다는 것도 말이 안 된다고 생각하게 되었어요.

스폴딩은 고민하고 있는 저를 위로해 주기 위해 노력했지만, 잠자리에 들 때까지 저는 그냥 그만두는 게 낫지 않을까 하는 생각까지 했습니다. 하지만 막상 아침이 되고 나니까 어차피 맡기로 한 일이니 하는 게 낫겠다는 생각이 들었습니다. 앞으로 어찌 되는지를 지켜보겠다는 결심도 섰고요. 저는 잉크 한 병, 깃펜 한 개, 큰 종이 일곱 장을 사가지고 포프 코트로 가게 되었습니다.

그곳에 도착하니 놀랍고 기쁘게도 모든 것이 전날 말한 그대로였습니다. 제가 쓰게 될 책상은 이미 준비되어 있었고 던컨 로스 씨는 벌써 나와서 저를 기다리고 있었습니다. 로스 씨는 저에게 A 항목부터 옮겨 쓰라고 말한 뒤 곧 사무실을 나갔다가, 가끔씩 들러서 제가 일을 제대로 하는지 확인하곤 했습니다. 약속한 2시가 되자 로스 씨는 저에게 이제 집에 가도 좋다고 말했습니다. 제가 옮겨 쓴 것을 보고 잘 썼다고 칭찬도 하더군요. 그리고 사무실 문을 잠그고 저와 함께 나왔습니다.

홈즈 선생, 이런 일은 매일같이 계속되었어요. 첫 번째 토요일이 되었고 로스 씨는 주급으로 금화 네 개를 주었습니다. 그리고 다음 주도, 그 다음 주도 항상 똑같았어요. 저는 매일 10시까지 그곳으로 출근했고 오후 2시가 되면 퇴근하는 것이 일상이 되었습니다. 던컨 로스 씨는 처음에 몇 번씩 저를 보러 오더니 나중에는 아침에 한 번만 사무실에 들르더군요. 그러다가 나중에는 아예 얼굴조차 보이지 않은 적도 많았습니다. 물론 저는 처음 말한 대로 잠시도 그 방을 떠나지 않았지요. 로스 씨가 언제 돌아올지 몰랐고, 그렇게 편한 일을 놓치고 싶지 않았거든요.

어느덧 8주가 순식간에 지나가 버렸습니다. 저는 '수도원장*Abbots*' '궁술*Archery*' '갑옷*Armor*' '건축 *Architecture*' '아티카*Attica*' 등을 옮겨 썼지요. 이제 조금만 더 계속하면 B 항목으로 들어갈 수 있었는데…… 종이도 꽤 많이 쌓여서 사무실의 선반 하나가 제가 쓴 종이로 가득 찼습니다. 그런데 갑자기 오늘 아침에 모든 것이 다 끝나버린 거예요."

"일이 다 끝났다고요?"

"네, 오늘 아침의 일입니다. 저는 평소처럼 아침 10시

The Red-Headed League

에 사무실로 출근했습니다. 그런데 사무실 문은 굳게 닫혀 있고 문 한가운데는 작은 종이 한 장만 붙어 있었습니다. 제가 그것을 떼어왔어요. 바로 이것이랍니다."

월슨 씨는 공책 한 장 크기 정도의 흰색 종이를 보여 주었다. 그 종이에는 이렇게 쓰여 있었다.

빨간 머리 연맹은 오늘부로 해체한다.
1890년 10월 9일

홈즈와 나는 이 공고문과 그것을 들고 있는 사람의 서글픈 얼굴을 쳐다보며 배꼽을 잡고 웃지 않을 수 없었다.

"아니 뭐가 그렇게 우스운가요?"

월슨 씨는 머리와 같이 얼굴까지 빨개져서 우리에게 소리를 질렀다.

"두 분이 지금처럼 날 비웃기만 할 거면 저는 다른 곳에 가겠습니다."

"죄송합니다, 앉으세요."

홈즈는 화가 나서 반쯤 몸을 일으켜 세운 손님을 다시 의자에 앉히며 말했다.

"저는 무슨 일이 있어도 이 사건을 놓치고 싶지 않군요. 이렇게 재미있고 신기한 사건은 좀처럼 만나기 힘들 테니까요. 그런데 좀 죄송한 말씀이지만 이 사건에는 웃지 않을 수 없는 부분이 있습니다. 사무실 문 앞에서 그 종이를 발견하고 어떻게 하셨나요?"

"마치 하늘이 무너지는 것 같은 기분이었습니다. 정말 어떻게 해야 할지 모르겠더군요. 저는 건물 내 다른 사무실을 돌아다녔지만 빨간 머리 연맹에 대해 알고 있는 사람은 아무도 없었습니다. 마지막으로 1층에 있는 건물 주인한테 갔지요. 저는 회계원으로 일하고 있는 건물 주인에게 물어봤습니다. 주인 역시 그런 단체는커녕 던컨 로스라는 이름 역시 들어본 적이 없다고 말했습니다.

'아니, 4호실의 던컨 로스 씨를 모른다고요?'
제가 물었습니다.
'빨간 머리 남자분을 말하는 건가요?'
'네, 맞습니다.'
'그 사람 이름은 던컨 로스가 아니라 윌리엄 모리스입니다. 법무관인데, 새 사무실을 찾을 때까지 임시로 그곳을 사용하겠다고 말했습니다. 그리고 어제 새 사무

The Red-Headed League

실을 구했다면서 이사했지요.’

‘혹시 그가 어디로 갔는지 알고 있습니까?’

‘저에게 새 사무실 주소를 가르쳐주더군요. 여기 있군요. 세인트폴 근처의 킹 에드워드 가 17번지입니다.’

홈즈 선생, 물론 저는 건물 주인이 말해 준 주소로 던컨 로스 씨를 찾아갔습니다. 하지만 건물 주인이 알려 준 주소에는 무릎 보호대 공장이 있었어요. 그 공장 사람들은 윌리엄 모리스나 던컨 로스 둘 다 아무것도 아는 것이 없었습니다.”

“오, 당황했겠군요. 그래서 어떻게 하셨나요?”

홈즈가 빨간 머리 신사에게 물었다.

“저는 일단 집으로 돌아갔습니다. 스폴딩에게 이제 어떻게 하면 좋을지를 물었지요. 하지만 그 역시 뾰족한 수가 없었습니다. 혹시 우편으로 빨간 머리 연맹에 대한 소식이 올지 모르니까 우선 기다려보자는 말도 했지요. 하지만 그렇게 포기할 수는 없었습니다. 그렇게 좋은 일자리를 잃고 가만히 있을 수는 없었으니까요. 평소 선생이 어려움을 겪는 사람들에게 좋은 충고를 해 주신다는 이야기를 많이 들었기 때문에 저의 답답함을 해결하기 위해 이곳으로 달려온 겁니다.”

“정말 잘하신 일입니다.”

홈즈는 웃으면서 말했다.

“매우 기이한 사건이기 때문에 조사하는 일 역시 아주 재미있을 것 같습니다. 그런데 윌슨 씨가 말씀하신 내용을 꼼꼼히 검토해 보면 이 일은 처음 생각했던 것과는 달리 아주 중대한 사건 같습니다.”

“정말 중요하지요! 저는 갑자기 1주일에 4파운드라는 수입이 없어졌습니다.”

“윌슨 씨, 당신은 연맹이 사라져버린 것에 대해 불평하실 이유가 전혀 없는 것 같습니다. 오히려 지금까지 30파운드 가량을 벌지 않았습니까? 백과사전 A 항목에 나오는 주제에 대해 깊이 있는 지식을 얻기도 했고요.”

“그렇긴 합니다. 하지만 저는 그게 무슨 일을 하는 단체인지 정확하게 알고 싶습니다. 그들은 도대체 어떤 사람들이기에, 그리고 무슨 목적이 있어서 저에게 이런 장난을 쳤을까요? 정말 이 일이 장난이라면 그쪽에서는 꽤 돈이 많이 드는 장난입니다. 그동안 저에게 32파운드라는 거금을 썼으니까요.”

“그 질문에 대해서는 곧 밝혀낼 수 있을 겁니다. 이제 제가 윌슨 씨에게 몇 가지 질문을 하도록 하죠. 처음에

가게 점원이 그 광고를 가지고 왔다고 말씀하셨죠? 그
일은 점원이 가게에 들어오고 얼마나 됐을 때였나요?”
　“약 한 달 정도 됐을 겁니다.”
　“가게 점원은 어떻게 구하셨습니까?”
　“신문에 구인 광고를 냈지요.”
　“지원자는 몇 명이었습니까? 그 사람 혼자였나요?”
　“아니오. 지원자는 10명이 넘게 왔습니다.”
　“그를 뽑은 특별한 이유가 있나요?”
　“스폴딩은 매우 친절한 성격입니다. 게다가 돈을 적
게 줘도 일하겠다고 했고요.”
　“보통 월급의 반으로요. 그렇지요?”
　“네, 그렇습니다.”
　“빈센트 스폴딩의 외모는 어떻습니까?”
　“키는 좀 작은 편이고 뚱뚱합니다. 하지만 행동은 매
우 민첩하지요. 얼굴에 수염은 별로 나지 않았지만 나
이는 서른이 넘었습니다. 특징이라면 이마 부분에 하얗
게 산(酸)이 튄 자국이 있다는 것 정도고요.”
　홈즈는 이 말을 듣고 흥분한 얼굴로 허리를 폈다.
　“오, 역시 그렇군요. 혹시 그 사람, 귀를 뚫은 자국이
있던가요?”

"네, 있습니다. 어렸을 때 어느 집시가 귀고리를 해준
다고 해서 뚫었다고 하더군요."

"아, 그렇군요."

홈즈는 잠시 깊은 생각에 잠겨 의자에 몸을 기댔다.

"그럼 아직도 윌슨 씨의 가게에서 일하고 있는 건가
요? 가게를 비울 때 일은 제대로 하고 있나요?"

"일은 정말 잘합니다. 사실 오전에는 할 일이 별로 없
기도 하고요."

"좋습니다. 아마 하루 이틀 정도면 윌슨 씨가 의뢰한
일을 마무리 지을 수 있겠네요. 오늘이 토요일이니까
다음 주 월요일까지는 모든 사건이 정리될 겁니다."

빨간 머리 손님은 아쉬운 듯한 표정으로 집으로 돌아
갔다.

"왓슨, 자네는 이 일에 대해 어떻게 생각하나?"

홈즈가 나에게 물었다.

"글쎄, 난 잘 모르겠네. 정말 이해가 안 가는 사건
이군."

나는 솔직하게 대답했다.

"일반적으로 기괴한 일일수록 사건의 본질을 이해하
는 것은 쉽지. 사실 제일 해결하기 어려운 것이 아무 특

징이 없는 흔한 범죄거든. 평범한 사람의 얼굴이 잘 기억나지 않는 것과 같은 논리지. 일단, 이번 일은 좀 서둘러야겠군."

"그럼 어떤 계획이 있는 건가?"

"우선 담배를 피워야겠군. 이 사건은 담배 세 대 정도로 해결할 수 있는 문제라네. 미안하지만 앞으로 50분 동안은 나한테 아무런 말도 하지 말아주게."

홈즈는 의자에 앉아서 무릎이 코에 닿도록 끌어올리고 몸을 웅크린 뒤 눈을 감았다. 입에 물고 있는 검은 도자기 파이프와 그를 함께 보니 형상이 이상한 새의 부리처럼 보이기도 했다. 그의 잠들어 있는 듯한 모습을 바라보다가 나 역시 졸기 시작했다. 시간이 얼마나 지났을까, 갑자기 홈즈가 단호한 표정으로 자리를 박차고 일어섰다. 그리고 벽난로 선반 위에 파이프를 올려놓았다.

"오늘 오후 사라사테 가 세인트 제임스 홀에서 연주회가 있다네. 왓슨, 관심이 생기지 않나? 오늘 자네 환자들이 많지 않다면 함께 가고 싶네만."

"난 오늘 할 일이 아무것도 없다네. 환자 진료는 별로 재미없고."

"그렇다면 같이 나가자고. 먼저 구시가에 가는 게 좋
겠군. 점심은 도중에 먹기로 하세. 내가 미리 프로그램
을 좀 봤는데, 오늘은 독일 음악이 많이 연주된다네. 난
이탈리아나 프랑스 음악보다는 독일 음악을 더 좋아한
다네. 독일 음악은 스스로를 돌아본다는 느낌을 강하게
주거든. 지금 내가 원하는 게 바로 그것이고. 자, 앞장
서게나!"

우리는 지하철을 타고 앨더스게이트로 갔다. 지하철
에서 내린 뒤에는 조금 걸어서 아침에 들었던 이상한
이야기의 무대인 삭스 코버그 광장으로 갔다. 그곳은
작고 초라하지만 다소 허세를 부린다는 느낌이 드는 곳
이었다. 우리가 도착한 곳은 울타리를 두르고 있는 작
은 공유지를 허름한 2층짜리 벽돌집들이 둘러싸고 있
었다. 공유지 안에는 마구 자란 잡초와 시들어버린 월
계수 덤불이 힘든 싸움을 하고 있는 듯했다.

모퉁이의 한 집에 도착했을 때, 갈색 바탕에 흰색 글
씨로 <자베즈 윌슨>이라고 쓰여진 간판이 보였다. 아
침에 우리가 만났던 빨간 머리 의뢰인의 영업 장소였
다. 홈즈는 그 앞에 서서 빛나고 있는 두 눈을 가늘게
뜬 채 사방을 살펴보고 있었다. 그리고 좌우의 집들을

날카롭게 관찰하면서 주변길을 천천히 왔다 갔다 했다. 그러다가 다시 전당포 앞으로 가서 지팡이로 길바닥을 힘껏 두 번 치고 전당포 문을 두드렸다. 매끈한 얼굴에 영리해 보이는 점원이 나왔고 우리에게 들어오라는 말을 했다.

"죄송합니다만, 여기서 스트랜드 가로 가려면 어떻게 가면 됩니까?"

홈즈가 그 점원에게 물었다.

"오른쪽으로 세 블록을 간 뒤 왼쪽으로 네 블록을 가면 됩니다."

점원은 재빨리 대답한 뒤, 우리가 고맙다는 말을 하기도 전에 문을 닫았다.

"저 친구는 꽤 머리가 좋지."

함께 걸으면서 홈즈가 말했다.

"내 생각에는 말이야, 저 친구는 머리로는 런던에서 네 번째, 배짱으로는 세 번째라고 생각하지. 난 저 친구에 대해서 알고 있는 게 좀 있지."

"흠, 윌슨 씨네 전당포의 점원은 빨간 머리 연맹 사건에서 중요한 역할을 차지하고 있지? 그래서 자네는 그의 얼굴을 보기 위해 전당포 문을 두드린 것이고."

"난 그의 얼굴을 보려고 한 게 아니라네."

"그럼 왜 그를 보러 간 건가?"

"난 그 점원 바지의 무릎 부분을 보고 싶었다네."

"어떻던가?"

"내가 예상했던 대로야."

"그럼 아까 길바닥을 두드린 이유는 무엇인가?"

"왓슨, 지금은 말보다 관찰이 더 중요하다네. 비유하자면 우리는 적의 진영에 들어온 스파이라고 할 수 있지. 삭스 코버그 광장에 대해서는 원하는 것을 모두 얻었다네. 이제는 그 뒤와 주변에 뭐가 있는지 자세히 살펴보자고."

우리가 삭스 코버그의 모퉁이를 돌자 마치 그림의 앞뒷면처럼 완전히 달라 보이는 거리가 나타났다. 우리 앞에 펼쳐진 화려한 거리는 구시가의 북쪽과 서쪽을 연결하는 교통의 요지였다. 도로는 오가는 마차들로, 보도는 사람들로 가득 차 있었다. 끝없이 이어진 화려한 상점과 위세가 당당해 보이는 사무용 건물들이 방금 전에 목격한 허름하고 정체된 지역과 등을 맞대고 있다는 것은 믿기지 않을 정도로 놀라웠다.

"자, 이제 그럼 볼까?"

홈즈는 길가에 선 채로 건물들을 살펴보며 말했다.

"나는 이쪽에 있는 건물들을 순서대로 기억해야 한다네. 런던에 관한 정확한 지식을 쌓는 것이 내 취미이자 특기니까. 모티머 상점, 담뱃가게와 신문을 파는 가게, 시티 앤 서버번 은행 코버그 지점, 채식주의자 식당, 마차역, 아 이름이 맥팔레인이군. 그리고 다음 구역으로 이어지는군. 왓슨, 이제 해야 할 일은 다 끝났다네. 이제 휴식 시간을 좀 가지는 게 좋을 것 같아. 샌드위치에 커피 한 잔을 마신 뒤 섬세하고 감미로운 바이올린의 세상으로 떠나자고. 빨간 머리 사람들이 괴상한 수수께끼로 우리를 괴롭히지 않도록 말이야."

모르는 사람이 많았지만 홈즈는 매우 열정적인 음악가였다. 그는 뛰어난 연주자이며 그에 못지않은 훌륭한 작곡가이기도 했다. 그는 오후 내내 무대 앞좌석에서 행복에 젖은 표정으로 음악에 맞추어 그의 길고 가는 손가락을 움직였다. 얼굴에는 부드러운 미소가 번졌고 두 눈은 꿈을 꾸는 것처럼 여유로워 보였다. 사냥개 홈즈, 비상한 두뇌를 가진 무자비한 사립 탐정이라고 불리는 홈즈의 모습은 어디에서도 찾을 수 없었다.

이렇게 홈즈에게는 서로 다른 특이한 두 가지 성격이

각각 다른 때에 나타나곤 했다. 한 치의 오차도 없는 정확함과 치밀함을 추구하는 모습은 지금처럼 시적이고 예술적인 정서에 대한 반작용으로 보이기도 했다. 그는 무기력한 상태에서 정력이 용솟음치는 극과 극인 상태를 중간 과정 없이 건너뛰곤 했다. 사실 그가 가장 진지해 보일 때는 안락의자에 앉아서 며칠이고 음악과 책에 파묻혀 있을 때였다. 그런 시간을 보낸 뒤에는 언제나 범죄 수사에 대한 열정이 한없이 치솟았고, 눈부신 추리 능력이 직관이라고 할 정도의 수준까지 높게 상승하기 때문이다. 이렇게 독특한 그의 방식에 대해 알지 못하는 사람들은 그의 능력을 의심하는 경우도 적지 않았다. 그날 오후 세인트 제임스 홀에서 음악에 빠져 있는 그의 모습을 보았을 때, 나는 그의 목표가 된 자들이 홈즈의 칼날을 받으리라는 것을 예상할 수 있었다.

"이제 자네는 돌아갈 시간이 되었군."

연주회가 끝나고 나오는 길에 홈즈가 물었다.

"그렇다네, 나는 집으로 돌아가는 게 좋을 것 같아."

"나는 할 일이 있지. 아마 몇 시간은 걸릴 거야. 사실 빨간 머리 연맹 사건은 보통 일이 아니야."

"그렇게 심각한가?"

"엄청난 음모가 숨겨져 있지. 내가 막아야 할 때가 된 거지. 그런데 하필 오늘이 토요일이라서 문제가 쉽지 않을 것 같네. 오늘 밤 자네가 좀 도와주었으면 좋겠는데."

"그럼 몇 시에 갈까? 자네 집으로 가면 되는가?"

"10시면 충분할 거야."

"그럼 10시까지 베이커 가로 가겠네."

"고맙네. 일이 위험하게 될지도 모르니까 자네 군용 권총을 가지고 오는 게 좋겠군."

홈즈는 내게 손을 흔들고 돌아서서 사람들 속으로 사라졌다.

평소 나는 다른 사람들에 비해 둔하다고 생각하지 않는다. 하지만 홈즈와 가까이 지내면서 나의 우둔함에 대해 다시 생각해 보지 않을 수 없었다. 오늘 역시 마찬가지였다. 나는 아침부터 그와 함께 똑같은 것을 보고 들었지만 모든 일이 이상하고 이해하기 어려운 나와는 달리, 그는 지난 일뿐만 아니라 앞으로의 일까지 명확하게 알고 있는 게 틀림없었다.

나는 마차를 타고 켄싱턴으로 돌아가면서 빨간 머리 남자가 들려준 괴이한 이야기, 삭스 코버그 광장과 전당포의 방문, 헤어지기 전에 홈즈가 들려준 말 등을 다시 한 번 생각해 보았다. 오늘 밤에 해야 할 일은 무엇이고 나에게 군용 권총을 가지고 오라고 한 이유는 무엇일까? 도대체 어디 가서 무엇을 하려는 것일까? 매끈한 얼굴의 전당포 점원이 쉽지 않은 상대라고 말한 뜻은 무엇일까? 빨간 머리 연맹 사건 뒤에 무엇이 있는지 나는 생각해 보기 위해 한참을 노력했지만 결국 포기한 채 그와 만날 시간이 되기를 기다리고 있었다.

집을 나온 시간은 9시 15분이었다. 나는 하이드파크와 옥스퍼드 가를 거쳐 베이커 가로 걸어갔다. 그의 집 앞에는 이륜마차 두 대가 서 있었다. 집 안에 들어서자 위층에서 분주한 말소리가 들렸다. 방에 들어가 보니 홈즈는 다른 두 명과 함께 진지해 보이는 대화를 나누고 있었다. 그 중 한 사람은 나도 구면인 피터 존스 형사였다. 다른 한 사람은 키가 크고 무척 마른 데다 약간 슬퍼 보이는 얼굴을 한 남자였다. 그는 반짝거리는 새 모자와 지나치게 점잖은 스타일의 프록코트를 입고 있었다.

"이제 오늘의 멤버가 모두 모였군."

홈즈는 이렇게 말하고 두꺼운 모직 상의의 단추를 채운 뒤 선반에서 사냥용 채찍을 내렸다.

“왓슨, 런던 경찰청의 존스 씨와는 알고 있지? 이쪽에
계신 분은 오늘 밤 모험에 함께 하실 메리웨더 씨야.”
“왓슨 박사님, 다시 한 조가 되어 일을 함께 하게 됐
군요.”
존스는 과시하는 듯한 태도로 나에게 말했다.
“우리의 친구 홈즈 선생은 노련한 사냥꾼이지요. 선
생께서는 오늘 늙은 사냥개와 함께 범인을 추적하게 될
것입니다.”
“막상 가보니 토끼 한 마리는 아니길 바랍니다.”
메리웨더 씨가 우울한 표정으로 말했다.
“그 점이라면 안심하십시오.”
형사는 오만한 말투로 말했다.

“홈즈 선생은 개성이 넘치는 추리능력을 가지고 있습
니다. 좀 실례가 되겠지만, 홈즈 선생에게는 과도하게
논리적이고 환상적인 부분도 좀 있어요. 하지만 자질이
뛰어난 탐정이십니다. 아그라 보물이 얽힌 숄토 피살
사건에서는 경찰을 한두 번 능가한 적도 있습니다.”
“아, 그렇습니까? 그렇다면 다행이지요.”
낯선 사내의 목소리에 갑자기 존경하는 빛이 어렸다.
“솔직히 오늘 밤에 카드놀이를 하지 못하는 게 몹시

아쉽군요. 토요일 밤인데 카드놀이를 못 하는 것은 27년 만에 처음 있는 일이라서 더욱 그렇소.”

홈즈가 낯선 사내에게 말했다.

“메리웨더 씨, 오늘 밤에는 그 어떤 내기나 도박보다 흥미진진한 일이 벌어질 겁니다. 메리웨더 씨에게 돌아갈 판돈은 3만 파운드 정도인 데다가 존스 형사는 그토록 잡고 싶어하던 범인을 체포하게 될 테니까요.”

“존 클레이는 살인, 절도, 화폐 위조까지 한 중죄인입니다. 그는 젊은 나이지만 범죄 세계에서는 거물이기도 합니다. 그자를 체포하는 것이 제 경찰 인생의 꿈입니다. 존 클레이는 아주 특이한 이력의 소유자이기도 하지요. 할아버지는 왕족의 혈통을 이어받은 공작이고, 클레이도 명문 이튼 학교에 옥스퍼드 대학교를 졸업한 수재이기도 합니다. 그자는 행동만큼이나 두뇌 회전도 매우 빠르답니다. 경찰은 그자가 남겨놓은 흔적과 마주친 일이 한두 번이 아니지만 번번이 놓칠 수밖에 없었습니다. 그자는 항상 동에 번쩍 서에 번쩍 합니다. 이번 주에는 스코틀랜드에 가서 금고를 털고, 다음 주에는 콘월에서 고아를 위한 기금을 모으고 있지요. 저는 몇 년간 그자의 뒤를 열심히 쫓았지만 부끄럽게도 아직 얼굴조차 보지 못했어요.”

“걱정 마십시오. 오늘 밤 존스 씨에게 그자를 소개할 테니까요. 저 역시 존 클레이가 관련된 사건을 한두 번 접했습니다. 그가 거물이라는 말에는 저 역시 동의합니다. 벌써 10시가 지났습니다. 출발 시간이 다 됐으니 나가시죠. 두 분이 앞의 이륜마차에 타십시오. 왓슨과 나는 뒤에 있는 마차를 타고 따라가죠.”

마차를 타고 가면서 우리는 별로 말을 하지 않았다. 그는 좌석에 몸을 편안하게 기대고 오후에 들었던 곡조를 작게 흥얼거리고 있었다. 마차는 가스등이 켜진 복잡한 거리를 지나 드디어 패링턴 가에 들어섰다.

“이제 거의 다 온 것 같군.”

홈즈가 말했다.

“메리웨더 씨는 은행장인데 공적으로도 사적으로도 이 사건에 깊은 관심을 갖고 있지. 존스도 데려오는 건 내 아이디어였지. 존스는 사람은 나쁘지 않지만 일은 정말 못 한다네. 하지만 사냥개처럼 용감하고 가재처럼 끈질기다는 장점을 가지고 있어. 한 번 물면 절대로 놔주지 않을 테니 오늘 일에 도움이 될 거야. 자, 내리게나. 저기 두 사람이 이미 우리를 기다리고 있지 않은가.”

빨간 머리 연맹

우리가 내린 곳은 어제 오전에 왔던 거리였다. 마차를 보내고 메리웨더 씨의 안내에 따라 좁은 골목을 내려가 어떤 건물의 옆문으로 들어갔다. 작은 복도를 지나고 엄청나게 큰 철문 앞에 도착했다. 메리웨더 씨가 문을 열어주었고, 다시 나선형의 돌계단을 내려가니 또 다른 큰 철문이 나왔다. 메리웨더 씨는 잠시 걸음을 멈추고 등에 불을 켰다. 흙냄새가 가득한 어둠 가득한 통로를 내려가자 세 번째 철문이 나왔다. 문을 열고 들어가니 넓은 지하실이 있었고, 지하실 사방에는 큰 나무 상자가 곳곳에 쌓여 있었다.

"이곳을 위에서 침입하는 것은 어려울 것 같군요."

홈즈는 등을 들고 주변을 살피면서 말했다.

"위뿐만 아니라 밑에서도 힘들 겁니다."

메리웨더 씨는 지팡이로 포석이 깔려 있는 바닥을 세게 두드리더니 깜짝 놀라면서 말했다.

"아니, 소리가 울리는군요! 이런!"

"메리웨더 씨, 당신 때문에 오늘 밤의 수고가 허사로 돌아갈 수 있으니까 조용히 해주십시오. 저 상자에 앉아서 우리가 하는 일을 지켜봐 주십시오."

홈즈가 무서운 목소리로 말했다.

The Red-Headed League

점잖은 표정의 메리웨더 씨는 언짢은 얼굴을 하고 홈즈의 말대로 나무 상자 위에 앉았다. 홈즈는 바닥에 무릎을 꿇고 미리 준비해 온 등과 확대경을 들고 포석 사이의 균열을 꼼꼼하게 조사하고는 일어나서 확대경을 주머니에 넣었다.

"최소 한 시간은 기다려야겠군요. 놈들은 전당포 주인이 잠자리에 들기 전까지는 움직이지 않을 테니까요. 아마 그 다음에는 무척 서두를 겁니다. 일을 빨리 끝낼수록 도망갈 수 있는 시간이 길어질 테니까요. 왓슨, 자네도 이미 짐작하고 있겠지만 우리는 지금 런던 대형 은행의 구시가 지점의 지하 금고에 있다네. 메리웨더 씨는 이 은행의 은행장이시지. 런던에서 손꼽히는 범죄자들이 왜 이 지하실에 깊은 관심을 갖고 있는지에 대해서는 은행장님이 설명해 주실 거야."

"그 이유는 바로 프랑스 금괴 때문이라오."

은행장이 작은 목소리로 속삭였다.

"이 금괴를 탈취하려는 시도가 있을 거라는 경고는 여기저기에서 몇 차례 받았소."

"여기에 프랑스 금괴가 있다고요?"

"그렇소. 몇 달 전 우리 은행은 지불 준비 능력을 강화하기 위해 프랑스 은행에서 3만 나폴레옹(1나폴레옹은 옛 프랑스의 20프랑 금화)을 빌렸소. 그런데 금괴의 포장을 뜯기도 전에 은행의 지하 금고에 금괴가 있다는 소문이 퍼진 거요. 여기 내가 앉아 있는 나무 상자 속에는 2천 나폴레옹의 금이 얇은 납판 사이에 차곡차곡 들어 있소. 평소 한 지점에서 보유하는 것보다 훨씬 많은 양의 금괴가 보관되어 있기 때문에 우리 은행의 임원들은 매우 불안해하고 있다오."

"충분히 그럴 만하지요."

홈즈가 은행장을 거들었다.

"이제 계획을 세울 때가 됐습니다. 제 생각에는 한 시간 안이면 끝날 것 같군요. 메리웨더 씨, 그 침침한 등불에 덮개를 씌워주세요."

"그럼 어둠 속에서 이대로 있어야 합니까?"

"안타깝지만 그렇습니다. 사실 저는 카드를 한 벌 주머니에 넣어 왔지요. 넷이서 카드놀이를 하면 메리웨더 씨도 섭섭하지 않을 거라고 생각해서요. 그런데 지금 범인들의 준비 상태를 보니 불을 켜놓고 있는 건 매우 위험할 것 같군요. 이제 각자의 위치를 선택해 주세요. 놈들은 대담하고 무서운 자들입니다. 우리가 선제공격을 하겠지만 조심하지 않으면 놈들이 어떤 폭력을 쓸지도 모릅니다. 저는 이 나무 상자 뒤에 있겠습니다. 여러분도 안전해 보이는 상자 뒤에 숨으십시오. 잠시 뒤 제가 놈들에게 불을 비추면 재빨리 달려들어야 합니다. 왓슨, 저쪽에서 만약 총을 쏜다면 자네도 놈들을 쏘게나."

나는 권총을 나무 상자 위에 올려놓고 공이치기(방아쇠를 당기면 용수철이 늘어나 공이를 쳐서 뇌관을 폭발하게 하는 부분)를 잡아당겼다. 홈즈는 주위를 마지막으로 확인한 뒤 등에 덮개를 씌웠고, 지하실 안에는 어둠만이 있었다. 이전에 경험한 적이 없는 절대적인 암흑이었다. 강렬한 금속 냄새는 등불의 존재를 인식하게 해주었고, 때가 되면 금세 어둠을 밝힐 것이라는 것을 알게 했다. 나는 긴장한 나머지 온몸의 신경이 날카롭게 곤두섰다. 지하실 안의 축축한 냉기와 암흑에는 무언가 짓누르고 있는 듯한 분위기가 흐르고 있었다.

"놈들에게 출구는 오직 하나밖에 없습니다."

홈즈가 조심스럽게 속삭였다.

"은행 뒤에 있는 집을 통해 삭스 코버그 광장으로 나가는 길입니다. 존스, 아까 내가 부탁한 대로 모든 조치를 마련해 놓았나요?"

“네, 전당포 앞에 경사 하나와 경찰관 두 명을 잠복시
켜 놓았습니다.”

“그렇다면 길목은 완전히 봉쇄되었군요. 자, 이제부
터는 조용히 기다립시다.”

그때처럼 시간이 더디게 간 적이 있었을까. 나중에
우리가 기다린 시간이 겨우 1시간 15분이라는 사실을
알고 놀랄 정도였다. 하지만 나는 그 시간이 밤이 가고
새벽이 왔을 시간이라고 생각할 정도로 길게 느껴졌다.
감히 자세를 바꿀 엄두도 내지 못했고, 그 탓에 팔다리
가 저리고 뻣뻣해졌다. 하지만 극도로 긴장해 있었기
때문에 청각 능력은 매우 예민해졌다. 존스 형사의 거
칠고 깊은 숨소리, 은행장이 나지막하게 한숨 쉬는 소
리를 구분할 수 있을 정도였다. 내가 있던 위치에서는
나무 상자 너머로 바닥이 내려다보였는데, 갑자기 그곳
에서 작은 불꽃이 보였다.

처음에는 돌바닥 위에 나타난 작고 붉은 불씨였다.
불씨는 점점 길어졌고 한 줄기의 노란 불빛이 되었다.
그리고 갑자기 아무 소리 없이 바닥이 갈라지고 손 하
나가 튀어나왔다. 여자 손처럼 하얀 손은 불빛 한가운
데서 무언가를 찾는 듯이 사방을 더듬다가 다시 땅속으

로 사라졌다. 손이 땅속으로 사라지면서 다시 주변은
어두워졌고 희미한 빛줄기만 남아 있었다. 그것은 포석
사이에 틈이 있다는 걸 알려주는 표시이기도 했다. 어
둠은 오래가지 않았다. 덜컹 하는 소리와 함께 희고 넓
은 포석이 거꾸로 뒤집혔고 네모난 구멍이 입을 벌린
것이다. 그리고 그곳에서 환한 불빛이 쏟아져 나왔다.
소년처럼 피부가 매끈한 얼굴 하나가 구멍에서 올라왔
고, 날카로운 눈으로 사방을 살폈다. 그런 뒤, 구멍에서
손을 빼고 다음으로 어깨와 허리를 빼낸 뒤, 가장자리
에 한쪽 무릎을 짚고 재빨리 몸을 올렸다. 자신이 모두
올라온 뒤 다시 작고 마른 동료를 구멍 속에서 끌어올
렸다. 뒤에 올라온 동료는 창백한 얼굴에 유난히 머리
카락이 붉은 남자였다.

“이제 다 됐군.”

처음 나온 남자가 작게 속삭였다.

“끌하고 가방은 갖고 왔지? 뭐라고! 아치! 빨리 가져
와!”

바로 그때 홈즈가 뛰어나와 침입자의 목덜미를 움켜
잡았다. 두 번째로 올라온 녀석은 재빨리 다시 구멍 속
으로 뛰어들었지만 존스가 그의 옷자락을 잡아당겨서

옷이 찢어졌다. 권총에서 불빛이 나온 것이 보였으나 홈즈의 수렵용 채찍이 총을 든 손목을 내리쳤고 권총은 힘없이 바닥으로 떨어졌다.

"존 클레이, 이제 소용없어. 다 끝났다."

홈즈는 침착한 목소리로 말했다.

"아, 그런 것 같군. 내가 실패를 하다니."

클레이는 냉정한 목소리로 대답했다.

"하지만 내 동료는 무사히 도망갈걸. 옷자락이 좀 찢어졌지만."

"안타깝겠군. 이미 전당포 문 앞에서 경찰 세 사람이 지키고 있거든."

"이런, 만반의 준비를 해놓다니. 네놈을 칭찬하지 않을 수 없군."

"그건 나도 마찬가지라네. 세상에, 빨간 머리 연맹이라니. 정말 기발하고 그럴 듯한 아이디어였어."

"네 동료는 곧 다시 만나게 될 거다."

존스가 클레이에게 말했다.

"정말 빨리 도망치더군. 굴 속에서 붙잡는 데는 실패했지만 밖에는 경찰이 있으니 조금만 기다리면 동료를 만날 수 있을 거야."

"그 더러운 손이 내 몸에 닿지 않길 바라네."

우리가 잡은 포로는 자신의 손목에 수갑이 채워지는 동안 말했다.

"잘 모르고 있는 것 같은데, 내 몸엔 왕족의 피가 흐르고 있다. 나한테 말할 때는 예의에 어긋나지 않도록 경어를 쓰도록 해."

"원하는 대로."

존스는 클레이를 쳐다보면서 큰 소리로 웃었다.

"전하, 이제 전하를 마차로 경찰서까지 모시겠으니 위층으로 올라가 주시겠습니까?"

"아까보다는 공손하군."

존 클레이는 침착하게 말한 뒤, 우리 셋에게 가벼운 목례를 했다. 그리고 형사에게 팔을 잡힌 채 천천히 걸음을 옮겨놓았다.

다시 들어온 길로 지하실을 나가면서 메리웨더 씨가 말했다.

"홈즈 선생, 우리 은행에서 선생에게 어떻게 사례하면 이 은혜를 갚을 수 있을까요? 정말 감사합니다. 하마터면 은행 금고가 털릴 뻔했는데 홈즈 선생께서 이렇게 미리 놀라운 솜씨로 막아주시다니!"

"저는 존 클레이에게 받아야 할 빚이 있으니 그가 잡힌 것으로 충분합니다."

홈즈가 말했다.

"하지만 이번 일에는 약간의 비용이 들었으니 은행 측에서 그것을 보상해 주시면 좋겠군요. 이번 사건에서 흔치 않은 경험을 했고, 빨간 머리 연맹이라는 상상도 하기 어려운 이야기를 들었으니 보상은 그것으로 충분합니다."

우리는 베이커 가로 돌아와 위스키를 마셨다. 홈즈는 나에게 사건의 경위를 상세하게 설명해 주었다.

"왓슨, 빨간 머리 연맹에 관한 광고부터 백과사전 필사 같은 말도 안 되는 이야기의 목적은 전당포 주인을 매일 몇 시간씩 집 밖으로 끌어내기 위한 것이었지. 이건 매우 분명했어. 방식이 기발하기는 했지만 말이야. 이런 아이디어를 생각해낸 것은 아마 클레이였을 거야. 동료와 전당포 주인의 머리 색깔을 보고 이런 생각을 했겠지. 1주일에 4파운드라는 적지 않은 돈은 주인을 끌어내기에는 충분하지. 수천 파운드를 훔칠 계획을 세우고 있는 자들에게 그 정도는 대수가 아니었을 테니까.

신문광고를 낸 다음 한 녀석은 임시 사무실을 얻고,

The Red-Headed League

다른 한 녀석은 전당포 주인이 광고를 보고 응모하도록
부추긴 것이지. 이렇게 이 일당은 매일 몇 시간씩 주인
을 집 밖으로 내보내고 자신들의 목적을 달성할 수 있
었던 게야. 점원이 급료의 절반을 받고 일하기로 했다
는 말을 듣고 그자가 집안을 장악하려고 하는 것 같다
는 의심을 갖게 된 거지."

　"하지만 그러한 사실들을 어떻게 그런 방향으로 추리
해낼 수 있었는가?"

　"집안에 여자가 있었다면 아마 불륜이라고 생각했을
거야. 하지만 집안에는 그럴 만한 여자가 없었어. 전당
포 자체도 영세하고 집에 값나가는 물건도 없었지. 그
들이 적지 않은 비용을 써서 그렇게 준비하는 것은 집
밖에 있는 무언가였어. 난 점원이 사진을 좋아해서 시
간만 나면 지하실로 사라진다는 얘기를 듣고 뭔가 있다
는 걸 알았지. 지하실은 뭔가 수상한 구석이 있지 않은
가. 거기에 집중하자 수수께끼가 하나씩 풀리더군. 일
단 그 이상한 점원에 대해 조사해 봤고, 그가 런던에서
가장 뛰어나고 무서운 범죄자라는 것을 알았지. 그자는
지하실에서 분명히 뭔가를 하고 있었어. 몇 달 동안 쉬
지 않고 하루 몇 시간씩 할 수 있는 일 말이야. 떠오르

는 건 오직 하나뿐이었어. 다른 건물로 가기 위해 굴을 파고 있다는 것이지.

자네와 함께 현장답사를 나갔을 때 그런 생각을 계속하고 있었지. 내가 길바닥을 지팡이로 두들겼을 때 자네가 놀랐던 거 기억하는가? 그때 나는 굴이 어느 방향으로 났는지 확인해 보고 있었다네. 그 뒤 전당포의 초인종을 누르자 점원이 나왔지. 나는 사건 상에서 그와 몇 번 부딪치긴 했지만 직접 대면한 적은 없었기 때문에 얼굴을 잘 알지 못했어. 내가 보고 싶었던 것은 얼굴이 아니라 무릎이기도 했고. 그자의 바지 무릎이 얼마나 지저분하고 너덜거렸는지 자네가 직접 보지 못한 게 아쉽군. 그 무릎의 흔적은 그자가 굴을 파고 있다는 사실을 알려주는 결정적인 증거이기도 했지.

유일한 의문점은 어디를 향해 굴을 파고 있는가였다네. 나는 그 뒤쪽 거리로 돌아갔다가 시티 앤 서버번 은행이 전당포와 등을 맞대고 있는 사실을 알았네. 굴의 목적지를 알게 된 것이지. 어제 연주회가 끝나고 자네가 집에 돌아간 뒤 나는 런던 경찰청과 은행장을 찾아가서 그 상황을 설명했다네. 그 결과는 어제 자네가 함께 경험한 그대로고."

"그런데 그자들이 오늘 밤에 일을 할 거라는 건 어떻게 알 수 있었나?"

"그들이 빨간 머리 연맹 사무실을 오늘 폐쇄했기 때문이지. 그것은 자베즈 월슨 씨를 집 밖으로 내보낼 필요가 없어졌다는 표시이기도 했으니까. 즉, 굴 파기가 끝났다는 뜻이지. 아무리 지하에 팠다고 하더라도 굴이 발각될 수도 있고 금괴가 다른 곳으로 옮겨질 수도 있어. 그래서 그들은 서둘러야 했다네. 그리고 그들에게는 토요일이 가장 적당했겠지. 도망갈 시간을 이틀이나 벌게 되는 거니까. 이 모든 걸 생각하면 그들이 오늘 밤에 자신들의 계획을 결행할 거라는 사실은 당연했고."

"정말 자네답게 완벽하군. 정말 놀라워!"

나는 감탄하며 말했다.

"논리의 사슬을 꿰는 것은 길어 보이지만, 연결 고리 하나하나는 사실로 연결된다네. 이 사건 덕분에 나는 잠깐이나마 권태를 잊을 수 있었지."

홈즈는 하품을 하면서 대답했다.

"벌써 다시 권태가 몰려오는 듯하군. 내 생활은 진부한 일상을 벗어나기 위한 지치지 않는 몸부림이야. 그래서 <빨간 머리 연맹> 사건처럼 작지만 신기한 문제들이 나한테는 큰 즐거움이 되지.”

“자네는 많은 사람들에게 큰 은인이야. 이 사건만 해도 은행을 하나 구했지 않은가.”

홈즈는 어깨를 으쓱하면서 말했다.

“글쎄, 약간 도움이 되긴 했을 거야. ‘사람은 아무것도 아니다. 업적이 전부다.’ 라는 말도 있으니까. 이 말은 구스타프 플로베르가 조르주 상드에게 쓴 편지의 한 구절이라네.”

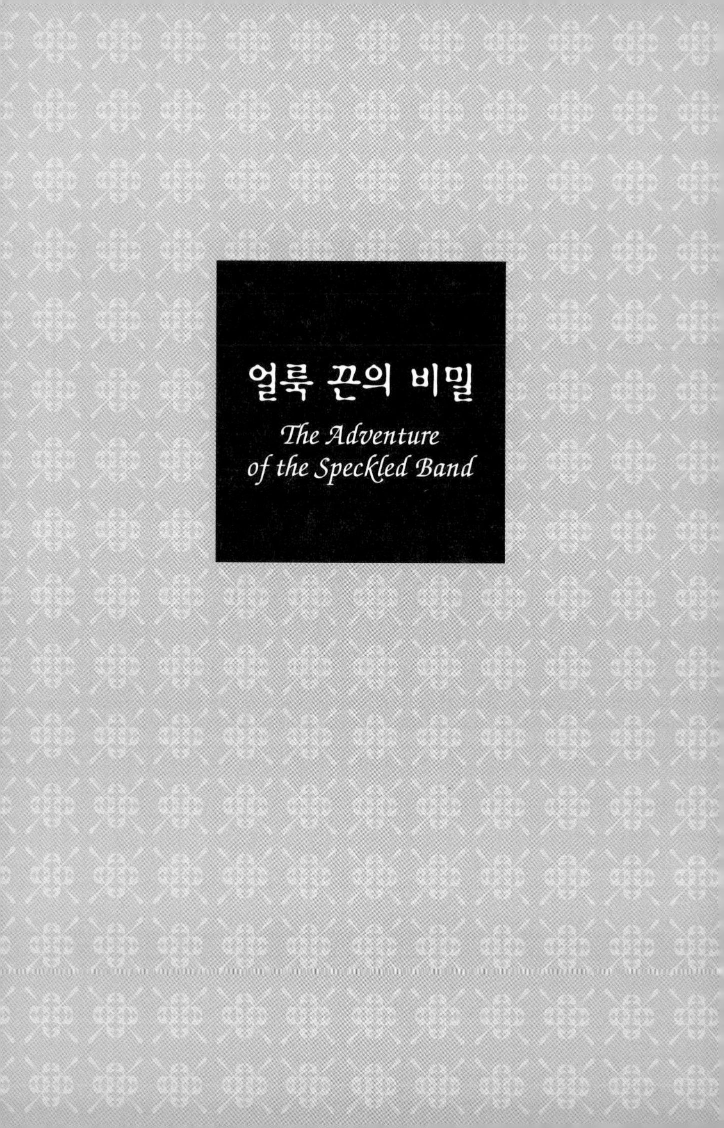

얼룩 끈의 비밀
The Adventure
of the Speckled Band

나는 지난 8년 동안
홈즈의 범죄 조사 방법에 대해 연구해 왔다.
그동안 내가 기록한 사건들을 들춰보면 비극적인 사건
과 희극적인 사건, 그리고 기묘한 사건이 대부분이었다.
신기하게도 오히려 평범한 사건은 전혀 없었다. 그 이
유는 홈즈가 부를 얻기 위해서가 아니라 범죄를 수사하
는 자신의 독특한 방법에 대한 애정 때문에 일했던 결
과이다. 그래서 독특한 사건이 아니면 아예 손조차 대
려 하지 않았다. 이 모든 사건들 가운데 그 유명한 스토
크 모런의 로일롯 가문과 관련된 사건보다 더 기이한
것은 지금까지도 생각할 수 없다.

그 사건은 내가 홈즈와 사귀게 되었던 초기, 베이커
가에서 함께 하숙을 하던 시절에 일어났다. 당시 사건
에 대한 비밀을 지키겠다는 약속을 하지 않았다면 이

The Adventure of the Speckled Band

사건은 이미 공개했을 것이다. 그런데 지난달 우리에게 비밀에 대한 맹세를 받아낸 부인이 젊은 나이에 세상을 떠났기 때문에 나는 사건의 진상을 비로소 세상에 알릴 수 있게 되었다. 사실 진실을 밝히는 게 더 나았을 것이다. 왜냐하면 그림스비 로일롯 박사의 죽음에 관해 사실보다 더욱 지독한 소문이 떠돌고 있었으니 말이다.

1883년 4월 초의 어느 날, 아침에 침대에서 일어나보니 홈즈는 옷을 다 입고 내 침대 옆에 서 있었다. 그는 평소에 일찍 일어나는 일이 거의 없었기 때문에 난 더욱 놀랐다. 벽난로 장식 선반 위의 시계를 보니 이제 겨우 7시 15분이었다. 나는 졸린 눈을 깜빡거리며 그를  쳐다보았는데, 달콤한 아침잠을 깨운 홈즈에게 화가 나기도 했다. 나는 그와 달리 규칙적으로 생활하는 사람이었으니까.

"왓슨, 잠을 깨워서 미안하군. 하지만 오늘 아침 이 집 사람들은 모두 같은 일을 당했다네. 먼저 허드슨 부인이 깨고, 나는 허드슨 부인 때문에 깨고, 또 자네는 나 때문에 깨고 말이야."

"무슨 일이 있나? 설마 불이라도 난 건 아니겠지?"

"그건 아니라네. 의뢰인이 갑자기 찾아왔어. 어떤 젊

은 숙녀가 상당히 흥분한 채로 이른 아침부터 날 만나
겠다고 왔다는군. 지금 그녀가 거실에서 기다리고 있네.
젊은 여자가 새벽같이 찾아와서 자는 사람들을 깨우는
건 매우 급한 사연이 있다고밖에 생각할 수가 없군. 대
단히 흥미로운 사건일 것 같고. 그렇다면 자네가 처음
부터 보고 싶어할 것 같아서 이렇게 깨운 거라네. 내가
실수한 건 아니겠지?"

"그런 이유라면 괜찮다네. 나 역시 놓치고 싶지 않
거든."

사실 홈즈의 조사 활동을 지켜보는 것은 매우 짜릿한
쾌감을 주는 일이었다. 그는 빠른 직관으로 항상 논리
적인 근거를 바탕에 깔고 신속하고 정확한 추리를 하면
서 미궁에 빠진 사건을 간단히 해결했다. 그 과정을 보
면 언제나 놀랍기 짝이 없었다. 나는 서둘러 옷을 챙겨
입고 몇 분 만에 홈즈를 따라 거실로 나갔다. 검은 드레
스에 두꺼운 베일까지 쓴 숙녀가 창가에 앉아 있었고
우리가 들어서자 몸을 일으켰다.

"안녕하세요?"

홈즈는 경쾌한 목소리로 말했다.

"저는 셜록 홈즈이고 이 사람은 저의 절친한 친구이

자 동료인 왓슨 박사입니다. 이 친구는 저의 동료이기 때문에 불편해하실 필요는 없습니다. 고맙게도 허드슨 부인이 난로에 불을 지펴 놓았군요. 추우실 텐데 이쪽 난로 가까이 앉으십시오. 제가 뜨거운 커피를 가져다 달라고 하겠습니다. 오, 떨고 있는 것을 보니 밖이 정말 추운가 보군요."

"제가 이렇게 떨고 있는 건 추워서가 아닙니다."

숙녀는 홈즈가 말한 대로 난로 앞으로 바꿔 앉으며 낮은 목소리로 말했다.

"그럼 그렇게 떨고 있는 이유는 뭔가요?"

"홈즈 선생님, 그건 너무나 무섭기 때문입니다. 공포 때문이에요."

숙녀는 이렇게 말하면서 조심스럽게 베일을 걷어 올렸다. 그녀는 정말 몹시 흥분한 상태였다. 회색빛 얼굴은 불안 때문에 일그러져 있었고, 두려움에 떨고 있는 눈은 맹수에게 쫓기는 짐승의 눈처럼 보였다. 용모는 삼십대 여인이었지만 머리칼은 벌써 희끗했고 얼굴은 몹시 초췌하고 수척했다. 홈즈는 특유의 모든 것을 꿰뚫어보는 시선으로 그녀를 가볍게 훑어보았다.

"자, 이제 두려워하실 필요 없습니다. 안심하십시오."

홈즈는 허리를 굽히고 숙녀의 팔을 토닥거리며 어르
듯이 말했다.

"되도록 빨리 문제를 해결해 드리지요. 오늘 아침에
기차로 올 정도로 급한 일일 테니까요."

"혹시 저에 대해서 이미 알고 계시는 건가요?"

"그건 아닙니다. 하지만 왼손에 돌아갈 때 쓸 차표를
꼭 쥐고 있는 것 같군요. 그리고 아가씨는 오늘 아침 일
찍 집을 나서서 기차역까지 가기 위해 말 한 필이 끄는
이륜마차를 타고 질퍽한 길을 한참 달리셨고요."

그녀는 깜짝 놀라면서 어쩔 줄 모르는 표정으로 홈즈
를 바라보았다.

"아가씨, 놀라지 마십시오. 비밀스러운 방법이 있는
건 아니니까요."

홈즈는 웃으면서 말했다.

"왼쪽 소매에 일곱 군데 이상의 진흙이 튀었는데 자
국이 아직 마르지 않았습니다. 게다가 말 한 필이 끄는
이륜마차만 그런 식으로 흙이 튀거든요. 그리고 마부
왼쪽에 앉으신 것도 알 수 있고요."

"네, 선생님이 말씀하신 내용은 모두 옳아요. 저는 6
시도 안 돼서 집을 나섰고 20분 만에 레더헤드 역에 도

The Adventure of the Speckled Band

착했습니다. 거기서 첫 기차를 타고 워털루 역에서 내렸지요. 저는 더 이상 이런 긴장 상태를 견딜 수가 없습니다. 이런 생활이 계속된다면 아마 저는 미쳐버리고 말 거예요. 안타깝게도 제게는 의지할 사람이 한 명도 없답니다. 절 아끼는 사람이 있지만, 그이는 제게 별로 도움이 되지 않는답니다. 홈즈 선생님, 저는 선생님 얘기를 듣고 찾아왔습니다. 혹시 파린토시 부인을 기억하시나요? 그분이 아주 곤란한 처지에 있을 때 선생님의 도움을 받은 적이 있다고 하더군요. 그 부인이 저에게 선생님 주소를 알려주었답니다. 선생님, 저도 도와주실 수 있지요? 저를 둘러싼 이 암흑을 조금이나마 밝혀주실 수만 있어도 충분해요. 지금 저한테는 선생님에게 보답할 능력이 없답니다. 하지만 한 달이나 6주 뒤에는 저도 결혼을 할 예정이고, 제 수입을 관리할 수 있게 될 거예요. 그때가 되면 선생님께 작게라도 은혜를 갚을 수 있을 겁니다."

홈즈는 책상 서랍에서 작은 파일을 꺼내서 살펴보았다.

"파린토시 부인, 여기 있군요. 이제 누군지 생각납니다. 오팔 보관(寶冠, 보석으로 꾸민 관)과 관련된 사건이

얼룩 끈의 비밀

었지요. 왓슨, 그 사건은 자네를 만나기 전의 일인 것 같군. 저는 파린토시 부인의 사건을 조사할 때와 똑같은 성의를 가지고 아가씨를 위해 기꺼이 일할 테니 걱정하지 마십시오. 일 자체가 저에게 보답이 되니까 걱정하지 않으셔도 된답니다. 하지만 제가 지출하게 될 비용을 보상해 주시겠다면 그건 형편대로 하셔도 괜찮습니다. 자, 이제 아가씨의 문제가 무엇인지 숨김없이 말씀해 주십시오.”

“제가 처해 있는 상황에서 가장 끔찍한 부분은, 저의 두려움이 너무 막연하다는 것과 제가 가진 의혹이 너무도 사소한 문제라는 것입니다. 그래서 주변 사람 중에 제가 도움과 조언을 청할 수 있는 사람도 제 얘기를 소심한 여자의 상상력으로만 넘겨버릴 정도니까요. 그이 역시 제 앞에서 말은 하지 않지만 어린애 달래듯이 대답하는 걸 보면 충분히 알 수 있어요. 하지만 홈즈 선생님은 사람의 마음속에 감춰진 악을 꿰뚫어보는 분이라는 애기를 들었습니다. 선생님은 제가 처한 이 위험한 상황을 어떻게 이겨내야 하는지 아실 거라 믿습니다.”

“저는 아가씨의 이야기를 귀담아 들을 테니 걱정하지 마십시오.”

"소개가 늦었지만 저는 헬렌 스토너라고 합니다. 지금 계부와 같이 서레이 서부 접경 지역에서 살고 있습니다. 그분은 영국에서 가장 오래된 색슨 족 집안에 속하는 스토크 모런의 로일롯 가문 마지막 후예이지요."

홈즈는 고개를 끄덕거렸다.

"그 이름은 저 역시 들어본 적이 있습니다."

"로일롯 가문은 한때는 영국에서 가장 부유한 집안이었습니다. 영지가 북쪽으로는 버크셔, 서쪽으로는 햄프셔까지 뻗어 있을 정도였으니까요. 하지만 지난 1백 년 동안 가문의 주인 넷을 거치면서 재산은 모두 잃었습니다. 그들은 모두 방탕하고 낭비벽이 심한 사람들이었거든요. 몰락하던 집안을 결정적으로 망친 사람은 도박에 빠졌던 섭정기(1811~1820)의 상속자였어요. 마지막에 남은 거라곤 몇 에이커의 땅과 2백년 된 집이 전부였고, 그나마 저당이 잡혀 있었답니다. 마지막 주인은 그곳에서 가난뱅이 귀족으로 아주 구차한 삶을 이어나갔습니다. 그분의 외동아들이 바로 저의 계부예요. 그분은 새로운 상황에 적응해야 한다는 사실을 깨닫고 친척에게 돈을 빌려서 의대를 졸업했습니다. 의사 면허를 딴 뒤 인도의 캘커타로 가서, 뛰어난 의술과 사람들을 휘어잡

는 성격 덕분에 의사로 성공을 거두었어요. 그런데 집에서 도난 사건이 몇 번 생겼습니다. 몹시 화가 난 그는 감정을 다스리지 못하고 현지인 집사를 때려죽였지요. 간신히 사형은 면했지만 장기간 복역해야 했고, 실의에 빠져서 영국으로 돌아왔습니다.

로일롯 박사가 제 어머니랑 결혼한 건 인도에 있을 때였습니다. 어머니는 그 전에 벵골 포병 연대의 스토너 소장과 결혼해서 우리 쌍둥이 자매를 낳았습니다. 그러나 아버지가 일찍 돌아가셨고, 어머니는 로일롯 박사와 재혼을 했습니다. 우리 자매가 겨우 두 돌밖에 안 됐을 때였지요. 당시 어머니에게는 재산이 꽤 많았어요. 연수입이 1천 파운드는 됐는데 재혼하면서 이 수입을 전부 남편에게 양도했습니다. 물론 우리 자매가 결혼하면 수입의 일정 금액을 해마다 우리에게 나눠주라는 조건을 달았지요.

어머니는 귀국한 직후, 그러니까 약 8년 전에 크루 근처에서 철도 사고로 돌아가셨습니다. 그러자 로일롯 박사는 런던에서 개업하려던 생각을 버리고 조상 대대로 물려온 스토크 모런의 오래된 집으로 저희를 데리고 들어갔습니다. 어머니가 남겨주신 돈이 있어 생활은 충분

했기 때문에 우리는 아무 문제없이 행복하게 살 수 있
으리라 생각했어요. 그런데 이 무렵부터의 계부는 전에
알던 사람이 아니었습니다. 그는 완전히 달라졌어요.
친구나 이웃들과도 전혀 교류하지 않았고 대신 집에 틀
어박혀 있다가 당신 땅을 지나가는 사람이 있으면 상대
에 관계없이 쫓아나가서 무섭게 싸움을 걸곤 했습니다.

이웃 사람들이 처음에는 스토크 모런의 로일롯이 고
향으로 돌아왔다고 자기 일처럼 기뻐해 주었던 걸 생각
하면 말도 안 되는 일이었지요. 로일롯 가문의 남자들
한테는 대대로 광기에 가까운 폭력적인 기질이 있다고
하는데, 계부의 경우에는 그게 더 심해진 것 같았어요.
무더운 열대 지방에 오래 거주했으니까요. 그는 수치스
러운 싸움을 계속 벌였고 약식 재판에 두 번이나 회부
되었습니다. 결국 마을에서는 공포의 대상이 되었고,
사람들은 그분이 곁으로 다가오는 걸 보면 슬슬 피하곤
했습니다. 그는 굉장한 힘을 가지고 있는 데다가 화가
나면 누구도 그를 통제할 수 없었거든요.

지난주에는 마을의 대장장이를 다리 위에서 물속으
로 집어던졌습니다. 제가 돈을 긁어모아서 피해자에게
찔러준 덕택에 사건이 겨우 무마됐지요. 그분한테 친구

라고는 떠돌이 집시뿐이었습니다. 그분은 유랑하는 집시들에게 가문의 영지로 남아 있는 가시나무 투성이인 땅 몇 에이커를 야영지로 내주곤 했거든요. 그 답례로 집시들의 천막에서 대접을 받곤 하지요. 가끔씩 몇 주 동안 집시들을 따라 유랑하기도 해요. 인도의 짐승들을 아주 좋아하기 때문에 지금도 인도의 지인이 보내준 치타와 비비가 그분의 땅에서 활보하고 있어요. 마을 사람들은 이 짐승들을 계부만큼이나 무서워하고 있고요 이러한 상황이니만큼 저희 자매는 생활에 낙이 없었습니다. 하인들까지 집에 있으려고 하지 않았기 때문에 한동안은 저희가 살림을 도맡아하기도 했어요. 동생 줄리아는 서른 살밖에 안 돼서 죽었지만 그때부터 벌써 머리가 하얗게 세기 시작했어요. 지금 저처럼 말이에요.”

“동생분이 이미 돌아가셨다고요?”

“그 애는 2년 전에 죽었습니다. 그때 일을 말씀드릴게요. 제가 지금까지 말씀드린 그런 힘든 생활을 하면서 저희는 나이와 지위가 비슷한 남자를 만나기 힘들었습니다. 그런데 저희에게는 해로 근처에 사시는 이모가 한 분 계셨어요. 돌아가신 어머니의 동생인 호노리

The Adventure of the Speckled Band

아 웨스트파일 양입니다. 저희는 계부의 허락을 받고 가끔씩 그 집에 놀러가곤 했어요. 줄리아는 2년 전 크리스마스 때 이모 댁에 갔고, 그곳에서 전직 해군 소령을 만나 약혼하게 되었습니다. 계부는 동생이 약혼했다는 얘기를 듣고 난 뒤에도 별다른 반응을 보이지 않았습니다. 그런데 결혼식을 보름 앞두고 끔찍한 비극이 생겼고, 저는 단 하나뿐인 동생이자 벗을 잃어버리고 말았어요.”

두 눈을 감고 머리를 등받이에 기댄 채로 있던 홈즈는 눈을 반쯤 뜨고 숙녀를 보며 말했다.

“그 당시 상황을 자세하게 설명해 주실 수 있을까요?”

“물론입니다. 별로 어려운 일이 아니니까요. 사실 그때 있었던 일들은 하나하나가 저의 뇌리에 지금도 분명하게 남아 있습니다. 말씀드린 것처럼 계부의 집은 아주 오래된 건물이어서 지금은 건물 한쪽만을 쓰고 있습니다. 가족의 생활은 전부 1층에서 하고 있고 거실은 건물 가운데 부분에 있어요. 첫 번째 침실은 로일롯 박사의 방이고, 두 번째가 여동생 방, 세 번째가 제 방입니다. 침실끼리 통하는 문은 없고 전부 복도로 문이 나 있어요. 방의 구조가 이해가 되시나요?”

"네, 이해가 잘 됩니다."

"창문은 모두 정원을 향해 나 있어요. 동생이 죽던 날 밤, 로일롯 박사는 일찍 침실로 갔지만 그는 자러 간 건 아니었어요. 여동생은 그가 피워대는 지독한 인도산 시가 냄새 때문에 골머리를 앓고 있었으니까요. 그래서 동생은 제 방에 와서 며칠 안 남은 결혼식 얘기를 하면서 한참을 있었습니다. 그리고 11시가 되자 자러 가겠다며 일어났어요. 그런데 문을 열고 나가려다가 저를 돌아보고 물었습니다.

'언니, 혹시 밤중에 휘파람과 비슷한 소리를 들은 적 있어?'

'아니, 없는데.'

'언니가 자다가 휘파람을 분 건 아니겠지?'

'그럴 리가 없지. 그런데 왜 물어보는 거야?'

'지난 며칠 동안 밤 3시쯤 항상 낮은 휘파람 소리가 들렸어. 아주 선명한 소리로 말이야. 나는 원래 잠을 깊이 자는 편이 아니잖아. 그래서 그 소리 때문에 잠에서 깼는데 어디서 나는 소리인지 잘 모르겠어. 옆방인지, 아니면 바깥인지. 그래서 언니도 그 소리를 들었는지 물어본 거야.'

‘아니, 난 못 들었는데. 농장에 있는 집시들이 휘파람을 불었나 보지.’

‘역시 그렇겠지? 그런데 그 소리가 밖에서 났다면 왜 언니는 못 들었을까?’

‘내가 너보다 깊이 잠들어서 그런 게 아닐까?’

‘그래, 그건 별로 중요한 게 아닐 거야.’

동생은 웃으면서 방을 나갔고 잠시 후 옆방에서 열쇠 돌아가는 소리가 들렸습니다.”

“그런데 밤에 항상 방문을 잠그고 주무셨나요?”

홈즈가 그녀에게 물었다.

“네, 매일 문을 잠급니다.”

“왜 그런 행동을 한 겁니까?”

“아까 말씀드린 것처럼 계부는 치타와 비비를 키우고 있습니다. 그래서 문을 잠그지 않으면 항상 불안했거든요.”

“아, 그랬군요. 그럼 말씀을 계속하시지요.”

“그날 밤 저는 좀처럼 잠을 이루지 못했습니다. 뭔가 안 좋은 일이 있을 것 같은 불길한 예감이 들었기 때문이지요. 우리 자매는 쌍둥이였기 때문에 좀 특별한 관계였습니다. 선생님도 두 영혼이 얼마나 신비스럽게 결

합되어 있는지는 잘 아실 거라고 생각해요. 그날은 정말 불안한 밤이었습니다. 바람은 거세게 몰아치고 비는 창문을 두드려댔습니다. 그런데 갑자기 사나운 비바람 속에서 겁에 질린 여자의 비명이 들렸습니다. 바로 동생 목소리였어요. 저는 침대에서 뛰어내려 숄을 걸치고 복도로 뛰어나갔습니다. 방문을 열었을 때 동생이 얘기한 낮은 휘파람 소리가 들린 것 같았어요. 잠시 후 금속이 맞부딪치는 것 같은 철컥 소리도 들렸고요.

저는 동생 방으로 달려갔는데 방문 손잡이가 돌아가더니 문이 스르르 열렸습니다. 그 안에서 뭐가 튀어나올지 모르는 상황이라 저는 겁에 질려 보고만 있었지요. 다행히도 복도의 불빛 아래 나타난 것은 동생의 얼굴이었습니다. 그 애의 얼굴은 공포로 하얗게 질려 있었고, 마치 도움을 청하는 사람처럼 두 팔을 허우적거리고 있었습니다. 몸은 마치 술 취한 사람처럼 앞뒤로 흔들거리고 있었어요. 저는 달려들어서 동생을 껴안았지만 바로 그 순간, 동생의 무릎이 꺾이는 것 같더니 바닥에 쓰러졌습니다. 그 애는 끔찍한 고통을 겪는 것처럼 온몸을 뒤틀고 있었어요. 팔다리에는 심한 경련이 일어났습니다. 처음에 저는 그 애가 절 알아보지 못하는 줄 알았어요. 하지만 제가 동생의 얼굴을 들여다보자, 동생은 갑자기 제가 죽어도 잊지 못할 목소리로 소리를 질렀습니다.

'오, 하느님! 헬렌! 나는 끈을 봤어! 얼룩 끈을!'

동생은 손가락으로 계부의 방 쪽을 가리키며 무슨 말을 더 하려고 애썼습니다. 하지만 다시 경련이 일어났고 동생은 더 이상 말을 할 수 없었습니다. 저는 큰 소리로 계부를 부르며 달려가다가 실내복 차림으로 방에서 나오는 그를 보았습니다. 다시 동생한테 가보았지만 그 애는 이미 의식을 잃은 상태였어요. 계부는 동생의 입에 브랜디를 흘려 넣고 마을 의사도 불러왔지만 모든 노력이 수포로 돌아갔습니다. 그 애는 다시 의식을 회복하지 못하고 죽고 말았습니다. 사랑하는 제 동생은 그렇게 무서운 최후를 맞이했어요."

"잠시만요."

홈즈가 말했다.

"아가씨가 들었다던 그 휘파람 소리와 철컥 소리 말입니다. 확실한 건가요?"

"동생이 죽었을 때, 검시관도 같은 질문을 했습니다. 저는 분명히 그런 소리를 들은 기억이 있어요. 하지만 강풍이 몰아치고 있었고 낡은 집이 삐걱거리곤 했기 때문에 제가 착각했을지도 몰라요.”

“동생은 어떤 옷을 입고 있었나요?”

“그냥 보통 잘 때처럼 잠옷 차림이었어요. 오른손에는 타다 남은 성냥개비를, 왼손에는 성냥갑을 쥐고 있었고요.”

“무슨 일이 생기자 동생이 성냥불을 켜서 주위를 살핀 것이로군요. 중요한 건 바로 그 점입니다. 검시관은 어떤 결론을 내렸나요?”

“검시관은 동생이 사망한 사건을 아주 자세하게 조사했습니다. 로일롯 박사의 행동은 오랫동안 그 일대에서 매우 악명이 높았으니까요. 하지만 그럴듯한 사망 원인을 찾아내지는 못했습니다. 저는 방문이 안에서 잠겨 있었고 창에는 튼튼한 쇠창살이 달린 구식 덧문이 달려 있는데 밤마다 걸어놓는다는 사실을 증언했고요.

검시관은 벽을 조심스럽게 두드려가며 조사했지만 벽은 아주 튼튼하다는 사실이 밝혀졌습니다. 마룻바닥도 샅샅이 조사했지만 결과는 마찬가지였고요. 굴뚝은 크긴 했지만 굵은 창살 세 개로 막혀 있었습니다. 동생이 최후를 맞았을 때 방에는 그 애 혼자뿐이었다는 사

실이 분명해졌어요. 게다가 그 애 몸에는 외상의 흔적
이 전혀 없었습니다."

"독살 가능성은 없었나요?"

"검시관들이 그 점에 대해서도 조사를 했지만 이렇다
할 이상한 점은 찾지 못했어요."

"그럼 스토너 양은 가엾은 동생이 왜 죽었다고 생각
합니까?"

"저는 동생이 극심한 공포 때문에 신경 발작으로 죽
었다고 생각합니다. 하지만 동생이 그렇게 무서워한 것
이 무엇인지는 전혀 알 수가 없어요."

"그때 농장에는 집시들이 있었나요?"

"네, 그곳에는 거의 일 년 내내 집시들이 있어요."

"그렇군요. 동생이 얼룩 끈을 언급했다고 했는데, 그
'끈*band*'에 대한 얘기를 듣고 특별히 생각나는 것은
없었습니까?"

"어떤 때는 착란 상태에서 나온 헛소리라는 생각도
들었습니다. 또 어떤 때는 농장에 있는 집시 '떼'를 가
리킨 게 아닐까 하는 생각이 들기도 했어요. '얼룩'이
라는 표현은 혹시 집시들이 쓰고 다니는 얼룩무늬 수건
을 의미하는 게 아닐까 생각도 했고요."

홈즈는 만족하지 못한 듯이 고개를 저었다.

"그건 대단히 중요한 의미를 담고 있는 뜻입니다. 말씀을 계속해 주십시오."

"동생이 죽은 뒤 2년이라는 세월이 흘렀어요. 저는 전보다 더 외로운 삶을 살았습니다. 그런데 한 달 전 오랫동안 알고 지내던 친구가 영광스럽게도 저에게 청혼을 했습니다. 그는 퍼시 아미티지라고 하는데, 레딩 근교의 크레인 워터에 사시는 아미티지 씨의 둘째아들이에요. 계부는 저의 결혼에 반대하지 않았고, 그래서 저희는 올봄에 결혼식을 하기로 했습니다. 그런데 이틀 전부터 건물 서쪽을 수리하기 시작해서 제 침실 벽에 구멍이 하나 뚫렸습니다. 저는 어쩔 수 없이 죽은 동생이 쓰던 방으로 옮겨서 그 애가 쓰던 침대에서 자야 했어요. 간밤에 저는 동생의 끔찍한 운명에 대해 생각하면서 잠을 못 이루고 있었습니다. 그런데 적막한 밤중에 동생이 말한 낮은 휘파람 소리가 갑자기 들려왔습니다. 제가 얼마나 무서웠을지 상상하실 수 있겠죠? 저는 침대에서 뛰어내려 불을 켰지만, 방에는 아무것도 없었어요. 하지만 저는 너무 떨려서 도로 누울 수가 없었습니다. 그래서 옷을 입고 있다가 동이 트자마자 집을 빠져나왔어요. 그리고 길 건너편에 있는 크라운 여관에서 마차를 타고 레더헤드 역으로 가서 기차를 탔습니다. 그리고 선생님을 만나 조언을 구해야겠다는 단 한 가지 목적으로 실례가 되는 걸 알면서도 이렇게 새벽같이 달려왔습니다."

"오, 정말 잘하신 일입니다."

홈즈가 다행이라는 듯이 말했다.

"얘기는 이게 전부인가요?"

"네, 제가 하고 싶은 말은 다 했습니다."

"로일롯 양, 그렇지 않아요. 당신은 계부를 감싸고 있군요."

"감싸다니요? 그게 무슨 말인가요?"

대답 대신 홈즈는 숙녀의 옷소매에 달린 검은 레이스 주름 장식을 밀어 올렸다. 하얀 손목에 다섯 개의 손가락 자국이 검푸른 멍이 되어 선명하게 남아 있었다.

"당신은 계부에게 학대를 당하고 있어요."

홈즈가 근엄하게 말했다.

숙녀는 얼굴을 붉히며 소매를 내렸다.

"그분은 원래 거친 분이에요. 자신이 얼마나 힘이 센지 잘 모르고 있는 거예요."

한동안 긴 침묵이 흘렀다. 홈즈는 두 손으로 턱을 받치고 소리를 내며 타는 불을 응시하고 있었다.

"로일롯 양, 이번 일은 아주 중대한 사건입니다."

홈즈는 마침내 입을 열었다.

"행동 방침을 정하기 전에 확인해 두고 싶은 점은 여러 가지가 있지만, 한시도 지체할 여유가 없습니다. 우리가 오늘 스토크 모런에 가면 계부가 알 수 없게 방을 둘러볼 수 있을까요?"

"네, 마침 그분도 오늘 중요한 볼일이 있어서 런던에 올 거라고 말씀하셨어요. 온종일 집에 안 계실 테니 전혀 문제될 것이 없어요. 가정부가 하나 있지만 나이도 많고 민첩하지 못해서 제가 쉽게 따돌릴 수 있습니다."

"그것 참 다행이군요. 왓슨, 자네도 나와 같이 갈 수 있겠나?"

"물론이지, 당연히 나도 갈 거라네."

"그럼 우리 둘이 같이 가기로 하지. 로일롯 양은 이제 어떻게 하실 건가요?"

"저는 여기까지 왔으니까 볼일을 좀 보고 갈 생각입니다. 하지만 두 분이 오시는 시간에 맞출 수 있도록 12시 기차로 돌아가겠습니다."

The Adventure of the Speckled Band

"그럼 저와 왓슨 박사는 점심때가 지나면 가겠습니다. 저도 그 사이 몇 가지 처리할 일이 있고요. 그런데 잠깐 기다렸다가 아침 식사라도 같이 하시는 건 어떤가요?"

"말씀은 감사하지만 곧 가봐야 해요. 힘든 사정을 털어놓고 나니 벌써 마음이 가벼워졌습니다. 그럼 오늘 오후에 다시 뵙기로 해요."

숙녀는 이 방을 들어올 때 썼던 검은 베일을 내리고 처음보다는 가벼워진 발걸음으로 방을 나섰다.

"왓슨, 자네는 이 일에 대해 어떻게 생각하지?"

홈즈는 등받이에 몸을 기대면서 나에게 물었다.

"정말 흉악하고 불길한 사건처럼 보이는군."

"말할 수 없을 정도로 흉악하고 불길한 사건이지."

홈즈는 불쾌한 듯이 말했다.

"하지만 스토너 양 말대로 방바닥과 벽이 튼튼하고 외부에서 문이나 창문, 굴뚝을 통해 방 안으로 침입할 수 없다면 동생이 의문의 죽음을 맞은 것이 분명하지 않은가?"

"그럼 한밤중에 들었다는 휘파람 소리와 동생이 죽어가며 남긴 이상한 이야기는 뭘까?"

"그건 전혀 모르겠네."

"한밤중의 휘파람 소리, 늙은 의사와 가깝게 지내는 집시들의 존재, 의사가 의붓딸의 결혼을 막는 게 이익이 된다고 볼 수 있는 근거, 여동생이 죽기 전에 말한 '얼룩 끈', 마지막으로 헬렌 스토너 양이 들었다는 금속성 소리, 그 소리는 철제 셔터를 내릴 때 나는 소리 같아. 이 모든 것을 종합한다면 충분히 수수께끼를 풀 수 있을 것 같은 생각이 드는군."

"하지만 집시들이 무엇을 어떻게 했다는 거지?"

"그건 아직 알 수 없다네."

"그 가설에는 너무 결함이 많은 것 같은데?"

"나도 그렇게 생각한다네. 오후에 스토크 모런에 가는 것도 바로 그런 이유 때문이고. 나는 그런 결함이 치명적인 것인지, 아니면 충분히 설명될 수 있는 것인지 알고 싶군. 아니, 이게 무슨 일인가!"

홈즈가 소리를 지른 것은 갑자기 문이 벌컥 열리면서 거구의 사내가 방 안으로 들어왔기 때문이다. 사내는 신사 같기도 농부 같기도 한 이상한 복장을 하고 있었다. 검은 중산모에 긴 프록코트, 높이 올라오는 각반, 그리고 사냥용 채찍을 손에 쥐고 있었다. 키가 무척 커서 모자는 문틀에 닿았고 몸통은 문에 꽉 찰 정도였다. 주름이 많고 햇볕에 거무스름하게 그을린 넓적한 얼굴은 무척 분노에 찼음을 보여주고 있었다. 사내는 분노로 불타는 움푹 파인 눈으로 우리를 번갈아 쳐다보았다. 살집이 없는 뾰족한 코는 사납고 늙은 맹금류를 연상시켰다.

"누가 홈즈지?"

도깨비 같은 얼굴을 한 사내가 물었다.

"제가 홈즈입니다만, 당신은 누구신가요?"

홈즈는 조용히 말했다.

"나는 스토크 모런의 그림스비 로일롯 박사다."

"아, 그렇군요. 이쪽으로 앉으시지요."

홈즈는 부드럽게 말했다.

"내가 여기 오래 머물 생각은 손톱만큼도 없다. 내 의붓딸이 여기 왔었지? 난 그 애 뒤를 쫓아왔지. 그 애가 너한테 무슨 말을 했지?"

"오늘 날씨는 좀 쌀쌀하군요."

"그 아이가 여기서 무슨 얘기를 했냐고?"

로일롯 박사가 화난 목소리로 고함을 질렀다.

"이런 날씨인데도 크로커스가 필 것 같다더군요."

홈즈가 천연덕스럽게 말했다.

"이런 고얀! 내 질문을 잘도 피해 가는군!"

손님은 한 걸음 나서서 채찍을 휘두르며 말했다.

"난 네놈이 누군지 알고 있다. 이 악당 놈! 너의 얘기를 들은 적이 있지. 남의 일에 참견하기 좋아하는 홈즈!"

홈즈는 빙그레 웃었다.

"간섭하기 좋아하는 홈즈!"

홈즈는 더 활짝 미소를 지었다.

"멋모르고 까부는 경찰 나부랭이 홈즈!"

홈즈는 큰 소리로 웃음을 터뜨렸다.

"말씀을 아주 재미있게 하시는군요. 가실 때는 문을 꼭 닫으십시오. 문틈으로 외풍이 들어와서 추우니까요."

"나는 할 말을 다하고 갈 거다. 남의 일에 참견할 생각은 꿈도 꾸지 마라. 헬렌이 여기 왔었다는 걸 이미 알고 있다고. 내가 뒤를 밟았으니까! 나 같은 사람한테 덤빌 생각은 하지 않는 게 좋을 거다! 자, 내 힘을 보여주마."

로일롯 박사는 재빨리 다가와 부지깽이를 집어 들더니 갈색으로 그을린 큼직한 손으로 단숨에 구부려 놓았다.

"내 손에 걸려들지 않게 몸조심하는 게 좋을 거다."

그는 험악한 얼굴로 소리 지르며 구부러진 부지깽이를 난롯가에 던져놓고는 성큼성큼 밖으로 나갔다.

"정말 귀여운 양반이군."

홈즈는 웃으면서 말했다.

"나는 그렇게 체격이 큰 편은 아니지만 저 의사가 이곳에 더 오래 있었으면 내 손아귀 힘도 만만치 않다는 것을 보여주었을 텐데."

그렇게 말하면서 강철 부지깽이를 집어 들고 원래대로 펴 놓았다.

"나를 경찰 나부랭이로 착각하다니 정말 오만하군. 하지만 이런 일을 겪고 보니 한결 흥미가 생기는군. 불한당 같은 영감을 달고 온 숙녀분에게 별일 없기만을 바랄 뿐이야. 자, 이제 아침을 먹도록 하세. 나는 이제 민법 박사회관에 가볼 생각이네. 이번 일에 도움이 될 수 있는 자료를 찾아봐야겠군."

홈즈가 돌아온 것은 거의 1시가 다 됐을 때였다. 그의 손에는 글씨와 숫자가 잔뜩 적혀 있는 푸른색 종이 한 장이 들려 있었다.

"로일롯 박사의 부인이 남긴 유언장을 열람하고 왔네. 정확한 의미를 판단하기 위해서 부인이 남긴 유산의 시가를 따져보지 않을 수 없었다네. 부인의 사망 당

얼룩 끈의 비밀

시 유산의 연간 총수입은 1천 1백 파운드였는데, 지금은 농산물 가격 하락으로 750파운드밖에 안 되더군. 딸들은 결혼하면 1인낭 250파운드를 받을 수 있게 되어 있고, 만약 두 딸이 다 결혼한다면 영감한테는 푼돈밖에 안 남을 거고 둘 중 하나만 결혼해도 영감에겐 상당한 타격이 되겠더군.

나의 오전 활동이 헛수고는 아니었네. 영감한테는 의붓딸들의 결혼을 막아야 할 강력한 동기가 있다는 것이 증명됐으니까. 사태가 심각하니 꾸물거릴 시간이 없네. 더구나 영감은 우리가 개입했다는 걸 알고 있으니까. 자네가 외출 준비를 마치면 바로 마차를 잡아타고 워털루 역으로 달려가야겠군. 권총을 가져가주면 고맙겠어. 부지깽이를 엿가락처럼 휘어놓는 신사에게는 '엘리 2호'가 잘 어울리지. 그 위에 칫솔 하나만 더 가져가면 될 것 같군."

워털루 역에 가니 다행히 레더헤드 행 기차가 바로 있었다. 우리는 레더헤드 역 앞의 여관에서 이륜마차를 잡아탔다. 마차는 서레이의 아름다운 길을 약 7~8킬로미터 가량 달렸다. 날씨는 더할 나위 없이 좋았다. 태양은 눈이 부서 바로 볼 수 없을 정도로 밝게 빛났고 하늘에는 흰색 양털구름이 둥둥 떠다니고 있었다. 가로수와 길가의 나무들에서는 연둣빛 새싹이 움트고 있어 생기를 더했고, 대기는 상쾌한 흙냄새로 가득했다. 우리의 눈앞에 있는 무서운 사건과 대지에 가득 찬 봄기운은 너무나 어울리지 않았다. 홈즈는 팔짱을 끼고 마부 옆에 앉아 있었다. 모자를 푹 눌러쓰고 턱을 바짝 끌어당긴 모습을 보니 깊은 생각에 잠긴 듯했다. 그런데 갑자기 내 어깨를 톡톡 치더니 손가락으로 목초지 너머를 가리켰다.

"왓슨, 저길 좀 보게!"

홈즈가 말했다.

야트막한 경사면에 나무가 빽빽이 들어차 있고 꼭대기에서 작은 숲을 이루고 있는 곳이 있었다. 나뭇가지 위로는 오래된 저택이 보였다.

"이보게, 저곳이 스토크 모런인가?"

홈즈가 마부에게 물었다.

"네, 저 집이 바로 그림스비 로일롯 박사 저택입니다."

마부가 대답했다.

"저 집에서 지금 무슨 공사를 하고 있다고 하던데. 우리는 그 공사장으로 가는 길이라네."

얼룩 끈의 비밀

“마을은 저쪽에 있습니다.”

마부는 왼쪽으로 조금 떨어진 곳에 있는 높고 낮은 지붕들을 가리키면서 말했다.

“스토크 모런으로 가실 생각이면 이쪽 계단으로 올라가는 것이 더 빠를 겁니다. 그쪽으로 해서 들판의 오솔길을 지나는 거지요. 마침 저쪽에 숙녀분이 걸어가고 있군요.”

“저 숙녀는 아마 스토너 양인 것 같군.”

홈즈는 손으로 햇빛을 가리면서 그녀가 있는 쪽을 바라보았다.

“그래, 자네 말대로 하는 게 낫겠군.”

우리는 마차에서 내려 삯을 치렀고 마차는 덜컹거리며 레더헤드로 되돌아갔다. 계단을 올라가면서 홈즈가 말했다.

“저 마부한테는 우리가 공사장에 볼일이 있어서 온 것처럼 말하는 게 좋을 거라고 생각했어. 그래야 쓸데없는 소문이 퍼지는 걸 막을 수 있을 테니까. 스토너 양, 안녕하십니까. 우리는 약속을 지킨다는 걸 알 수 있겠지요?”

우리의 의뢰인은 미소 가득한 얼굴로 급히 다가왔다.

“두 분을 목이 빠지게 기다렸답니다.”

스토너 양은 우리들의 손을 따뜻하게 잡아주면서 말했다.

“일이 모두 잘 되고 있어요. 계부는 런던에 갔으니까 저녁때나 돼야 돌아올 겁니다.”

“사실 저희는 이미 로일롯 박사님을 만나 뵙는 기쁨을 얻었답니다.”

홈즈는 그녀가 가고 난 뒤 아침에 있었던 일을 간단하게 설명해 주었다. 스토너 양은 그 이야기를 듣는 동안 입술까지 하얗게 질리는 듯했다.

“어머나! 이럴 수가!”

그녀가 놀라서 소리쳤다.

“그럼 제 뒤를 밟은 거로군요.”

“네, 박사도 그렇게 말하더군요.”

“그분은 정말 교활한 면이 있어요. 그래서 잠시도 마음을 놓을 수가 없답니다. 그런데 언제쯤 온다고 하던가요?”

“로일롯 박사도 조심해야 할 거예요. 자신보다 더 교활한 인간이 뒤를 바싹 쫓고 있다는 걸 알게 될 테니까요. 스토너 양, 오늘 밤에는 방에 들어가서 문을 잠그고

계십시오. 만약 박사가 폭력을 휘두른다면 저희가 스토너 양을 해로에 있는 이모님 댁으로 모셔다 드리겠습니다. 이제 지체 없이 조사에 착수해야 해요. 그러니 우리를 어서 문제의 방으로 안내해 주십시오.”

로일롯의 저택은 이끼로 뒤덮여 있는 회색 석조 건물이었다. 중앙 부분은 높았고 그 양쪽으로 마치 게의 집게발 같은 건물이 연결되어 있었다. 왼쪽 건물의 창문은 모두 깨져 있었고 나무판자로 막혀 있는데다가 지붕 일부가 꺼져 있어 폐가처럼 보일 정도였다. 하지만 가운데 부분은 손을 보았기 때문에 상태가 좀 나았고, 오른쪽 건물은 상당히 현대적이었다.

오른쪽의 방은 창문마다 커튼이 드리워져 있고 굴뚝에서 연기가 모락모락 피어오르고 있어 가족이 거주하고 있다는 사실을 알 수 있었다. 맨 끝 벽에는 비계(높은 곳에서 공사를 할 수 있도록 임시로 설치한 가설물)가 세워져 있었고 돌벽이 일부 파손되긴 했지만 공사하는 인부들의 모습은 보이지 않았다. 홈즈는 손질한 흔적이 전혀 없는 잔디밭을 거닐며 창문 바깥쪽을 꼼꼼히 살폈다.

“제가 보기에는 이쪽 방이 스토너 양의 방이고, 가운데 있는 방이 동생 방, 건물 중앙부에 접해 있는 방이

로일롯 박사의 방인 것 같군요. 맞나요?”

“네, 하지만 공사 때문에 지금 저는 가운데 방을 쓰고 있어요.”

“집을 수리하는 동안이겠지요. 그런데 저 끝의 벽을 급하게 지금 수리해야 하는 이유가 있나요?”

“사실 그럴 이유가 없어요. 제 생각에는 제 거처를 옮기기 위한 구실을 만들려고 한 게 아닌가 싶어요.”

“저런! 대단히 의미심장한 말이군요. 그런데 이 세 개의 방 뒤쪽으로 복도가 있군요. 물론 복도에 창문은 있겠지요?”

“네, 있어요. 하지만 아주 작아서 사람들이 드나들진 못한답니다.”

“그렇다면 방문을 안에서 잠그면 복도 쪽에서 사람이 들어올 수는 없겠군요. 그럼 이제 스토너 양의 방에 들어가서 덧문을 잠가주시겠습니까?”

스토너 양이 시키는 대로 하자 홈즈는 열린 창문을 통해 덧문을 면밀히 조사하고 여러 가지 방법을 써서 밖에서 열어보려고 했지만 결국 실패했다. 덧문을 들어 올리려고 했지만 칼끝 하나 밀어 넣을 틈이 없었다. 그는 확대경을 꺼내 경첩을 살폈지만 그것은 쇠로 되어 있었고 무거운 돌덩이에 단단하게 박혀 있었다.

"음!"

그는 곤혹스러운 표정으로 턱을 어루만졌다.

"내 가설이 난관에 부딪혔군. 일단 덧문을 잠그면 이곳을 통해 방에 들어가는 것은 불가능하다는 사실을 알았어. 이제 집에 들어가서 도움이 될 만한 단서가 있는지 찾아보자고."

작은 옆문을 열자 하얗게 회를 칠한 복도가 나왔다. 홈즈는 맨 끝방은 보지 않겠다고 했고, 우리는 가운데 방으로 들어갔다. 스토너 양은 그녀의 동생이 최후를 맞은 이 방을 현재 쓰고 있었다. 작고 소박한 방으로, 오래된 시골집처럼 낮은 천장에 벽난로가 하나 있었다. 한쪽 구석에는 갈색 서랍장이 하나 있었고 맞은편에 하얀 보를 씌운 좁은 침대가 놓여 있었다. 창문 왼쪽으로는 화장대가 있었고, 그 밖에는 작은 등나무 의자 두 개와 방 한가운데 깔려 있는 네모난 월튼 카펫이 전부였다. 마룻바닥과 벽의 널빤지는 벌레 먹은 갈색 참나무였는데, 너무 낡고 빛깔도 바래서 이 집을 지은 뒤 한 번도 갈지 않은 것으로 보였다.

홈즈는 의자 하나를 구석에 끌어다놓고 말없이 앉아

있었다. 그리고 방의 내부를 모두 암기해 두려는 것처럼 눈동자를 여기저기로 굴렸다.

"저 줄은 어디로 연결된 건가요?"

홈즈는 침대 옆에 매달린 굵은 줄을 가리키며 그녀에게 물었다. 줄은 베개에 닿을 정도로 길게 늘어뜨려져 있었다.

"가정부 방으로 통하는 줄입니다."

"다른 물건에 비해서는 비교적 새 것으로 보이네요."

"네, 저곳에 설치한 지 2년밖에 안 됐어요."

"그럼 동생분이 설치해 달라고 부탁한 건가요?"

"아니에요, 전 동생이 저걸 사용했다는 얘기는 들어본 적이 없습니다. 우리는 자기 일은 항상 스스로 알아서 했으니까요."

"그렇다면 저렇게 멋진 줄을 다는 건 불필요한 일이었군요. 실례지만 잠깐 마룻바닥을 조사하겠습니다."

홈즈는 바닥에 납작하게 엎드린 채 확대경을 들고 앞뒤로 재빠르게 기어 다니면서 마룻바닥의 틈새를 꼼꼼히 조사했다. 그리고 벽의 널빤지도 같은 방법으로 살펴보았다. 마지막으로 그는 침대를 잠깐 살펴보고 옆쪽 벽을 위아래로 훑어보더니 줄을 당겨보았다.

얼룩 끈의 비밀

"아니, 이거 먹통인데요."

"소리가 나지 않나요?"

"그렇습니다. 선에 연결되어 있지도 않군요. 대단히 흥미로운 일입니다. 자세히 보면 작은 환기 구멍 바로 위의 고리에 묶여 있는 게 보이는군요."

"참 바보 같은 물건이군요! 전 전혀 몰랐어요."

"그런데 이상하군요."

홈즈가 줄을 잡아당기면서 중얼거렸다.

"이 방에는 아주 이상한 점들이 몇 가지 있습니다. 예를 들면 환기 구멍이지요. 어떤 멍청한 건축업자가 환기 구멍을 바깥으로 안 내고 옆방으로 내어놓았을까요?"

"그것도 아주 최근에 만들었어요."

아가씨가 말했다.

"줄과 같은 시기에 만든 건가요?"

홈즈가 물었다.

"네, 그 무렵 보수 공사를 해서 몇 가지를 고쳤습니다."

"그런데 그게 하나같이 흥미롭군요. 먹통인 줄에, 환기가 되지 않는 환기구라. 스토너 양, 허락해 주신다면 이제 옆방을 조사해 보겠습니다."

그림스비 로일롯 박사의 방은 의붓딸의 방보다는 컸

The Adventure of the Speckled Band

지만 역시 간소했다. 방 안에 있는 물건은 야전용 침대
와 의자, 벽에 기대어 놓은 소박한 나무 의자, 원탁 그리
고 커다란 철제금고가 전부였다. 홈즈는 천천히 방 안을
걸어 다니면서 물건 하나하나를 날카롭게 살펴보았다.

"이 속에는 뭐가 들어 있죠?"

홈즈는 금고를 두드리며 물었다.

"서류예요."

"오! 그럼 안을 들여다본 적이 있으시군요?"

"딱 한 번, 몇 년 전에 본 적이 있습니다. 제 기억에는
서류로 가득 차 있었어요."

"혹시 고양이 같은 게 들어 있지 않았나요?"

"아니오, 그럴 리가 없잖아요."

"자, 이걸 좀 보세요."

홈즈는 금고 위에 놓여 있는 작은 우유 접시를 들어
보였다.

"이 집에 고양이는 없습니다. 치타하고 비비는 있지
만요."

"아, 물론 그렇지요! 그런데 치타는 큰 고양이라고 말
할 수 있지요. 우유 한 접시로는 도저히 양이 차지 않을
겁니다. 한 가지 더 확인해 보고 싶은 게 있습니다."

홈즈는 벽에 붙여놓은 나무 의자 앞에 쪼그리고 앉은 채로 주의 깊게 관찰했다.

"감사합니다. 이제 된 거 같군요."

홈즈는 일어서서 확대경을 주머니에 집어넣으면서 말했다.

"여기 아주 흥미로운 물건이 있군요."

홈즈의 시선을 끈 것은 침대 한구석에 걸려 있는 작은 채찍이었다. 채찍은 보통 것과 달리 약간 구부러져 있었고 끝은 고리 모양으로 매듭이 지어져 있었다.

"왓슨, 자넨 이것에 대해 어떻게 생각하지?"

"흔해 빠진 채찍 아닌가? 하지만 끝에 매듭을 지어놓은 건 좀 이상하군."

"그렇게 흔한 물건은 아니라네. 이럴 수가! 무서운 세상이야. 지능이 높은 인간이 범죄에 머리를 쓰면 이렇게 최악의 결과가 빚어진다네. 스토너 양, 충분히 본 것 같군요. 이제 잔디밭을 좀 거닐어야겠어요."

홈즈는 조사 현장에서 돌아서며 전에 없이 얼굴을 험악하게 일그러뜨렸다. 잔디밭을 거닐면서 홈즈는 깊은 사색에 잠겨 있었고, 스토너 양과 나는 그가 먼저 말을 꺼낼 때까지 침묵을 지켰다.

드디어 홈즈가 입을 열었다.

"스토너 양, 이제부터 반드시 제 말대로 해야 합니다."

"네, 그렇게 하도록 하겠습니다."

"사태가 매우 심각하기 때문에 조금도 지체할 수 없습니다. 목숨을 건지고 싶다면 제가 시키는 대로 해야 합니다."

"제 목숨은 선생님 손에 달려 있다는 걸 잘 알고 있습니다."

"먼저, 이 친구와 저는 스토너 양의 방에서 밤을 새워야 합니다."

스토너 양과 나는 깜짝 놀라 그를 멍하니 쳐다보았다.

"무슨 일이 있어도 그렇게 해야 합니다. 제 말 잘 들으세요. 이 근처에 마을 여관이 있지요?"

"네, 저쪽에 보이는 게 크라운 여관이랍니다."

"좋습니다. 저기서 스토너 양의 방 창문이 보이나요?"

"아마 보일 겁니다."

"로일롯 박사가 집으로 돌아오면 두통이 있다든가 몸이 좋지 않다는 등의 핑계를 대고 방에 틀어박혀 있으세요. 그리고 박사가 침실로 들어가는 소리가 들리면

얼룩 끈의 비밀

창의 덧문을 열고 창가에 등불을 놓아두세요. 등불은 우리에게 보내는 신호입니다. 그 다음 필요한 물건을 전부 싸가지고 전에 쓰던 방으로 몰래 들어가세요. 수리 중이긴 하지만 하룻밤 정도는 보낼 수 있을 겁니다.”

“그럼요, 그거야 쉬운 일이에요.”

“나머지는 우리가 알아서 하겠습니다.”

“하지만 어떻게 하실 건가요?”

“우린 가운데 방에서 밤을 새우면서 한밤중에 들렸다는 이상한 소리가 어디서 나는지 찾아볼 생각입니다.”

“홈즈 선생님, 벌써 뭔가를 알아내신 건가요?”

스토너 양은 홈즈의 옷소매에 손을 올려놓으며 말했다.

“아마 그런지도 모르지요.”

“그럼 부탁이니 동생이 왜 죽었는지 말씀해 주세요.”

“좀 더 명확한 증거를 확보하고 말씀드리는 게 좋을 것 같습니다.”

“그 애가 갑작스러운 공포 때문에 죽었을 거라는 제 생각이 옳은지만 알려주세요.”

“아니오, 그렇지 않은 듯합니다. 다른 직접적인 원인이 있었던 것 같습니다. 그럼 스토너 양, 이만 가보겠습니다. 로일롯 박사의 눈에 띄면 다 허사가 될 테니까요. 그럼 몸조심하고 용기를 가지세요. 제가 말씀드린 대로만 하면 곧 위험에서 벗어날 수 있을 겁니다."

홈즈와 나는 크라운 여관에서 침실과 거실이 딸려 있는 방을 빌렸다. 우리의 방은 2층이었는데, 창문으로 보면 스토크 모런 저택의 대문과 가족이 사용하는 건물이 한눈에 들어왔다. 해질 무렵 로일롯 박사가 탄 마차가 지나갔다. 왜소한 소년 마부 옆의 박사는 마치 산처럼 커 보였다. 소년이 무거운 철제 대문을 여느라 끙끙거리자 박사는 화가 나서 고함을 지르며 주먹을 휘두르고 있었다. 이륜마차가 저택 안으로 들어가고 몇 분이 지난 뒤 숲 사이로 갑자기 불빛이 보였다. 거실에 불을 밝힌 듯했다.

"여보게, 왓슨."

홈즈가 조용히 입을 열었다. 주위가 점점 어두워지는 시간이었다.

"사실 오늘 밤은 자네에게 같이 가자고 하기가 망설여지는군. 너무 위험한 일이 될 것 같아서 말이야."

"내가 이 일에 도움이 되겠나?"

"물론 자네가 있으면 큰 도움이 된다네."

얼룩 끈의 비밀

"그럼 같이 가야지."

"정말 고맙군."

"자네는 위험하다는 얘기를 자꾸 하고 있어. 역시 아까 그 방에서 내가 보지 못한 것을 본 게 맞지?"

"그건 아니라네. 하지만 자네보다 좀 더 많은 것을 추리했겠지. 내가 본 건 자네도 다 보았다네."

"그 줄 빼고는 별로 이상한 점은 모르겠는데. 그런데 왜 그런 걸 달아놨는지 정말 알 수가 없어."

"나는 스토크 모런에 오기 전부터 환기구가 있을 거라고 생각했다네."

"어떻게 그걸 알 수 있지?"

"스토크 양의 동생이 로일롯 박사의 시가 냄새 때문에 괴로워했다는 말 생각나지? 그건 물론 두 방이 통해 있다는 걸 뜻한다네. 구멍은 아주 작은 것일 테지. 그렇지 않다면 현장 조사에서 그냥 넘어가지는 않았을 테니까. 그런 이유로 환기 구멍의 존재를 추리해 냈지."

"하지만 그런 걸 무엇에 쓸 수 있겠나?"

"글쎄, 하지만 이상하지 않은가? 환기 구멍을 만들고 울리지 않는 줄을 매달았어. 그리고 그 방에서 잠자던 여성이 이유 없이 죽었네. 자넨 어떤 생각이 드나?"

“어떤 관련이 있는지 잘 모르겠는걸.”

“그 침대에서 이상한 점을 보지 못했나?”

“그냥 평범한 침대지 않았나?”

“침대는 바닥에 고정되어 있었네. 자네는 침대를 그렇게 고정시켜 놓은 걸 본 적 있나?”

“아니, 그런 건 본 적이 없지.”

“그 침대는 움직일 수 없었어. 그건 환기 구멍과 밧줄과 항상 같은 위치에 있을 수밖에 없다는 말이 되지.”

“홈즈, 자네가 무슨 말을 하려는지 알 것 같군. 하지만 우리가 적당한 때에 왔으니 그렇게 교활하고 소름 끼치는 범죄를 물론 막을 수 있겠지?”

내가 놀라서 소리치며 말했다.

“정말 교활하고 소름이 끼치는군. 의사들은 마음만 먹으면 이렇게 일급 범죄자가 될 수도 있다네. 담력과 지식이 있으니까. 지금까지는 팔머와 프리처드가 그 방면에서 최고였지. 그런데 로일롯 박사는 그들보다 더 교활하군. 그래도 우리를 능가할 수는 없을 거야. 하지만 오늘 밤 안으로 끔찍한 일을 겪게 될 테니 지금은 조용히 담배나 피우면서 기분 전환을 하는 게 좋을 것 같군.”

밤 9시경에 숲속의 불빛은 꺼졌고 스토크 모런 저택

얼룩 끈의 비밀

쪽은 완전히 깜깜해졌다. 시간은 천천히 흘렀고 시계가 11시를 알렸을 때 갑자기 밝은 불빛 하나가 보였다.

"오, 신호가 왔군."

홈즈가 갑자기 일어서며 말했다.

"가운데 방 창문에서 나오는 불빛이야."

여관을 나오면서 홈즈는 주인과 몇 마디 말을 주고받았다. 그는 갑자기 밤늦게 친지를 방문하게 되었고 그곳에서 자고 올 것 같다고 설명했다.

잠시 후 우리는 어두운 길을 나섰다. 서늘한 봄바람이 정면에서 불어왔다. 우리는 반짝거리는 노란 불빛 하나로 방향을 잡고 어둠 속을 뚫고 갔다.

스토크 모런 저택으로 들어가는 것은 큰 어려움이 없었다. 사유지의 낡은 담이 무너진 채 방치되어 있었기 때문이다. 우리는 숲을 지나 잔디밭을 건넜다. 그리고 창문을 타넘으려고 하는 순간, 월계수 덤불에서 흉측한 아이 같은 것이 튀어나왔고 팔다리를 꼬면서 풀밭으로 몸을 던지더니 재빨리 지나쳐서 어둠 속으로 사라졌다.

"오, 맙소사! 저것 봤나?"

나는 놀라서 그에게 속삭였다.

홈즈는 순간적으로 나만큼 놀란 듯 내 손목을 꼭 잡

았다. 그러더니 낮은 목소리로 웃음을 터뜨리면서 내 귀에 대고 속삭였다.

"정말 묘한 집이군. 저건 비비야."

나는 박사가 아낀다는 이상한 애완동물을 잠시 잊고 있었다. 치타도 있었으니 언제 녀석이 덤벼들지 몰랐다. 나는 홈즈를 따라 신발을 벗어든 채 방 안에 들어간 뒤에야 비로소 마음을 놓을 수 있었다. 홈즈는 소리 나지 않게 조용히 덧문을 닫고 등불을 탁자 위에 옮겨놓은 다음 방 안을 둘러보았다. 모든 것이 낮에 있던 그대로였다. 그는 내 옆으로 살그머니 다가와 손나팔을 만들어 내 귀에 대고 아주 작은 목소리로 속삭였다.

"아주 작은 소리라도 내면 우리 계획은 끝장이니 조심하게."

나는 알아들었다는 표시로 고개를 끄덕였다.

"불을 끄고 앉아 있어야 해. 환기구를 통해 불빛이 흘러나갈 수 있으니까."

나는 다시 고개를 끄덕거렸다.

"절대로 잠이 들면 안 되네. 목숨이 위험할 수 있어. 혹시 필요할지 모르니 권총을 꺼내놓게. 나는 침대에 앉아 있을 테니까 자넨 그 의자에 앉아 있게."

얼룩 끈의 비밀

나는 권총을 꺼내서 탁자 위에 조심스럽게 올려놓았다. 홈즈는 가늘고 기다란 지팡이를 들고 왔는데 그것을 침대 위에 올려놓고 그 옆에는 성냥갑과 초도 함께 놓아두었다. 그리고 불을 끄자 칠흑 같은 어둠이 밀려들었다.

그날 밤, 공포 속에서 선 불침번은 절대 잊을 수 없을 터였다. 방 안은 숨소리 하나 들리지 않을 만큼 조용했다. 하지만 나는 조금 떨어진 곳에 홈즈가 나와 같은 초긴장 상태에서 눈을 뜨고 앉아 있다는 걸 알고 있었다. 덧문으로 빛 한 줄기 새어들지 않았으므로 우리는 완전한 암흑 속에서 가만히 앉아 있었다. 밖에서는 가끔씩 밤새의 울음소리가 들렸고 한 번은 창가에서 길게 끄는 고양이 울음소리가 들렸다. 정말로 치타가 집 근처를 활보하고 있다는 걸 알 수 있었다. 멀리서 교구의 괘종시계가 15분마다 저음으로 종을 쳤다. 그 15분은 정말 한없이 길었다. 곧 시계가 12시를 쳤고 그 다음에 1시, 2시, 3시를 쳤지만 우리는 여전히 가만히 앉아 있었다.
그때 갑자기 환기 구멍 쪽에서 순간적으로 섬광이 일어났다. 불빛은 금세 사라졌지만 기름 타는 냄새와 가

열된 금속 냄새는 여전히 강하게 풍겨오고 있었다. 누군가 옆방에서 불빛이 밖으로 새나가지 않도록 가리개로 막고 각등(손으로 들고 다니는 네모진 등)을 켠 게 분명했다. 잠시 가볍게 움직이는 소리가 들리더니 이내 잠잠해졌다. 그러나 냄새는 더 강해지고 있었다. 약 30분 정도 나는 귀를 쫑긋이 세우고 앉아 있었다. 그런데 갑자기 전혀 다른 소리가 들려왔다. 그것은 주전자에서 물이 끓을 때 나는 '쉿쉿' 하는 소리였다. 그 소리가 들린 순간, 홈즈는 재빨리 자리를 박차고 일어나 성냥불을 켜면서 지팡이로 줄을 사납게 때렸다.

"왓슨, 자네 봤나?"

그가 외쳤다.

"봤냐고?"

홈즈가 재차 물었지만 나는 아무것도 보지 못했다. 홈즈가 불을 켠 순간 낮은 휘파람 소리를 분명히 듣긴 했지만 갑작스런 불빛 때문에 눈이 부셔서 그가 그렇게 정신없이 때린 것이 무엇인지 몰랐던 것이다. 홈즈의 얼굴은 무섭게 창백했고 공포와 혐오의 표정이 가득했다.

그가 손을 멈추고 환기 구멍을 올려다보고 있었는데, 깁지기 고요한 밤을 뚫고 난생 처음 들어보는 소름 끼

얼룩 끈의 비밀

치는 비명이 울렸다. 고통과 두려움, 그리고 분노가 뒤범벅이 된 끔찍한 비명은 점점 커졌다. 나중에 마을 사람들의 말에 따르면 그 소리는 마을을 지나 멀리 있는 사제관까지 들렸다고 한다. 사람들은 난데없는 비명에 잠이 깼다. 나는 심장이 차갑게 얼어붙는 듯했다. 우리는 비명의 마지막 메아리가 잦아들 때까지 서로를 멍하니 바라보고만 있었다.

"대체 이게 무슨 일인가?"

나는 숨이 막히는 목소리로 물었다.

"모든 게 다 끝났다는 뜻이야. 어쩌면 이렇게 끝나는 게 최선인지도 모르지. 권총을 들게. 일단 로일롯 박사의 방으로 가보자고."

홈즈는 무거운 표정으로 등불을 들고 복도를 내려갔다. 문을 두 번이나 두드렸지만 안에서는 아무런 대답도 없었다. 홈즈는 방문을 열고 안으로 들어갔고, 나는 권총을 들고 그의 뒤를 따랐다.

눈앞에는 기괴한 광경이 펼쳐져 있었다. 탁자 위에는 뚜껑이 반쯤 올라간 차광 각등이 철제 금고에 밝은 빛을 던지고 있었고 금고문은 활짝 열려 있었다. 탁자 옆 나무 의자에는 그림스비 로일롯 박사가 긴 회색 실내복 차림으로 앉아 있었다. 실내복 밑으로는 발목이 드러나 있었는데 뒤축이 없는 빨간 실내화를 신고 있었고, 무릎 위에는 낮에 본 채찍이 놓여 있었다. 박사는 고개를 뒤로 젖힌 채 공포에 질린 눈으로 천장 한구석을 응시하고 있었다. 머리에는 갈색 얼룩무늬가 새겨진 노란 끈을 단단히 두르고 있었다. 방에서는 어떤 소리도 움직임도 느껴지지 않았다.

"보이는가? 저게 끈이라네! 얼룩 끈!"

홈즈가 속삭였다.

내가 한 발짝 앞으로 나선 순간 박사가 두르고 있던 이상한 머리끈이 움직이기 시작하더니 혐오스러운 뱀이 납작한 다이아몬드 모양의 대가리를 머리카락 속에서 빳빳이 쳐들었다. 뱀은 목을 잔뜩 부풀리고 있었다.

"앗! 늪 살모사군!"

홈즈가 소리쳤다.

"인도에서 제일 무서운 독사라네. 박사는 물린 지 10초 안에 즉사했어. 폭력은 그걸 쓰는 자에게 이렇게 되돌아가게 마련이지. 자기 무덤을 스스로 판 셈이군. 이 녀석을 도로 집어넣어줘야겠어. 그 다음 스토너 양을 안전한 곳으로 옮기고 경찰에 연락하자고."

얼룩 끈의 비밀

홈즈는 이렇게 말하면서 죽은 사람의 무릎에 놓여 있는 채찍을 날쌔게 집어 들고 뱀 대가리를 채찍 끝의 고리에 밀어 넣었다. 그리고 로일롯 박사의 머리에 똬리를 튼 뱀을 낚아채서 철제 금고 안에 던져 넣고 문을 닫았다.

여기까지가 스토크 모런의 그림스비 로일롯 박사의 죽음에 얽힌 사실이다. 우리는 겁에 질린 숙녀에게 이 슬픈 소식을 전해 주었다. 그 다음날 아침 기차 편으로 그녀를 해로에 있는 마음씨 착한 이모 댁으로 데려다 주었다. 경찰 조사는 박사가 경솔하게 위험한 동물을 키우다가 죽음을 맞았다는 결론을 내릴 때까지 천천히 진행되었다. 이런 얘기까지 자세하게 할 필요는 없을 것이다. 다음날 런던으로 돌아가는 기차 안에서 내가 미처 이해하지 못한 부분에 대해 홈즈로부터 설명을 들었다.

"왓슨, 사실 나는 완전히 틀린 결론을 내리고 있었어. 불충분한 자료를 토대로 추론하는 것이 얼마나 위험한지 다시 한 번 알게 된 셈이지. 집시들의 존재, 스토너 양의 가엾은 여동생이 성냥불을 켜서 언뜻 본 것을

‘끈’이라고 했다는 얘기를 듣고 나는 완전히 엉뚱한 길로 들어선 거야. 내가 한 가지 잘한 것은 그 어떤 것도 창이나 방문을 통해 안으로 침입할 수 없다는 걸 깨닫고 바로 내 판단을 수정한 것이지.

이미 자네한테 말한 것처럼 나는 환기 구멍과 침대 위에 매달아 놓은 줄에 주목했다네. 그 줄이 먹통이라는 것 그리고 침대가 바닥에 고정돼 있다는 걸 알자 의혹은 눈덩이처럼 불어났다네. 거기 있는 밧줄은 구멍을 통해 나온 무엇인가를 침대로 연결시켜 주는 고리임이 분명했거든. 그게 뱀일지도 모른다는 생각 역시 금방 떠올랐지. 더구나 우리는 인도에서 로일롯 박사에게 동물을 공급해 주는 사람이 있다는 걸 알고 있지 않았는가. 뱀이 분명한 것 같았어.

어떤 화학 실험을 통해서도 검출되지 않는 독을 이용한다는 생각은 동양에서 살다 온 비상한 두뇌를 가진 냉혹한 인간이 떠올리기에 충분한 아이디어였으니까. 그런 독은 신속하게 작용한다는 점 역시 그의 입장에서는 장점이었을 거야. 하지만 날카로운 눈을 가진 검시관이었다면 거뭇한 두 개의 독니 자국을 알아볼 수 있었을 텐데. 그리고 휘파람에 대해서도 생각해 보았지.

물론 박사는 뱀이 아침까지 방 안에 남아 있다가 사람들의 눈에 띄지 않도록 다시 불러들여야 했을걸세. 아마 우리가 본 우유를 이용해서 주인이 부르면 뱀이 돌아오도록 훈련을 시켰던 게 분명하지. 박사는 적당하다고 생각되는 시간에 환기 구멍을 통해 뱀을 집어넣었어. 그러면 뱀이 밧줄을 타고 침대로 내려갔겠지. 물론 뱀이 거기 있는 사람을 물 수도 있고 안 물 수도 있어. 어쩌면 일주일 동안 물리지 않고 살아 있을 수도 있어. 하지만 결국 언젠가는 물리고 말겠지.

나는 박사의 방을 조사하기 전부터 이런 결론을 내렸다네. 의자를 조사해 보니 그가 그 위에 올라섰던 흔적이 보이더군. 환기 구멍에 뱀을 올려놓기 위해서는 그 위에 올라가야 했을 테니까. 금고, 우유 접시, 채찍 끝의 고리를 보자 확신은 더욱 강해졌고. 스토너 양이 들었다는 금속성의 소리는 뱀을 금고에 집어넣고 서둘러 문을 닫을 때 난 소리였을 거야. 일단 결론을 내리자 증거를 잡기 위한 차례를 밟았고 그것에 대해선 자네도 이미 잘 알고 있을 거야. 뱀은 '쉿쉿' 소리를 냈는데 그건 자네도 분명히 들었으리라 생각되네. 나는 그 소리를 듣자마자 불을 켜고 지팡이를 휘둘렀던 것이지."

“그 바람에 뱀이 환기 구멍으로 도로 기어들어간 것
이로군.”

“그리고 옆방에 있던 주인한테 덤벼든 거지. 녀석은
내 지팡이에 몇 번인가 정통으로 맞았어. 그러자 뱀의
본성이 발동해서 제일 먼저 본 사람한테 달려들었던 거
지. 나는 이렇게 해서 로일롯 박사의 죽음에 간접적으
로라도 책임을 가져야 하겠지. 그렇지만 양심의 가책이
심하게 느껴지지는 않는군.”

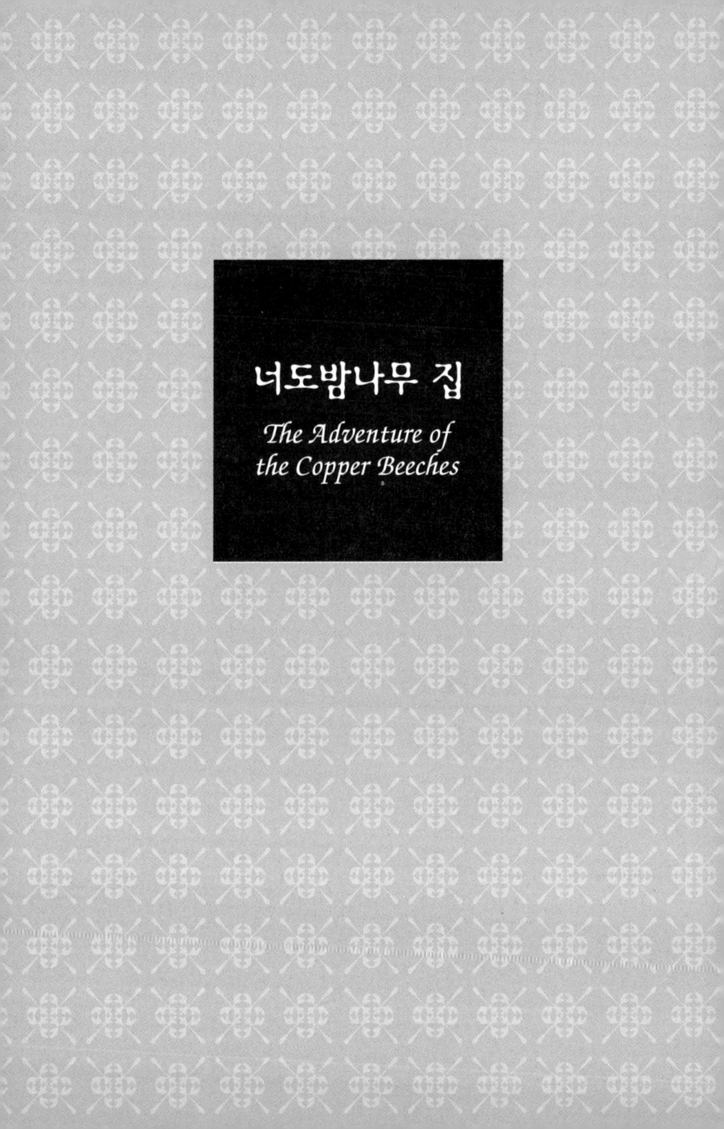

너도밤나무 집

The Adventure of the Copper Beeches

홈즈는 〈데일리 텔레그래프〉의 광고란을 보다가 신문을 밀어놓으며 말했다.

"예술 그 자체로 예술을 사랑하는 사람은 아주 사소하고 신변잡기적인 것에서도 큰 기쁨을 느끼곤 한다네. 왓슨, 자네가 원고지에 사건을 옮기는 것을 보면서 자네도 점점 이러한 진실을 깨닫고 있는 것 같군. 그래서 매우 흐뭇하기도 하다네. 어떤 경우에는 사건의 기록보다는 재구성에 치중하는 경우도 많았지만 말이야. 내가 해결한 사건들 중에는 악명 높은 범죄자가 나오는 사건이나 마음 약한 사람들은 알고 싶지도 않을 만큼 흉악한 사건도 꽤 많지 않은가. 그런데 자네는 이러한 사건들보다는 사소한 것으로 생각될 수 있는 사건들을 선택하여 작가다운 면모를 발휘하고 있지. 사실 겉으로 보기에 별것 아닌 것 같아 보이는 사건들이야말로 나의

가장 큰 장기이자 매력이라고 할 수 있는 추론과 논리
적 종합이 가장 잘 나타나긴 하네만.”

나는 홈즈를 향해 웃으면서 말했다.

“그런가? 내가 기록한 내용들은 선정적이라는 비난
을 꽤 받았다네. 사실 그런 혐의에서 완전히 자유로울
수도 없고.”

“부연 설명 같은 건 필요가 없지. 사건의 전개 과정
중에서 기록할 가치가 있는 것은 원인부터 결과까지의
세밀하고 엄격한 추론 과정이니까.”

홈즈는 긴 벚나무 파이프에 불을 붙이기 위해 불붙은
석탄덩이를 부지깽이로 집어들었다. 그는 사색할 때는
도자기 파이프를, 논쟁할 때는 벚나무 파이프를 이용하
는 묘한 습관을 가지고 있었다.

“자네는 좋은 평가를 받을 만한 필력을 가지고 있지.
하지만 자네는 기록을 남기는 것보다 사건 하나하나에
생명력을 부여하려고 노력하고 있다네. 이 부분은 아쉬
운 점이기도 하고.”

“글쎄, 난 사건 기록에 있어서 매우 공정하다고 생각
하는데.”

나는 냉정한 표정을 지으며 말했다. 함께 오랜 시간을

너도밤나무 집

보내면서 나는 홈즈의 지나친 개성과 자기 중심주의적 성향을 이미 잘 알고 있었다. 또한 그 부분은 어느 정도 개선이 필요하다고도 느끼고 있는 바였다.

"이런 말을 하는 건 이기주의나 나의 능력에 대한 자만심 때문이 아니야."

홈즈는 마치 내 생각을 읽은 듯이 말했다.

"내 능력을 공정하게 대해 달라는 것은 자네의 기록이 이미 사적인 것이 아닌 나 자신을 넘어선 것이기 때문이라네. 범죄는 흔한 것이지만 그에 따른 논리를 추론하는 과정을 기록하는 일은 드물거든. 그렇기 때문에 자네는 범죄보다는 논리 자체를 조명해야 한다네. 하지만 자네는 강연 기록이나 논문이 될 수도 있는 진지한 내용을 추리소설 같은 이야기 시리즈로 격하시켜 버렸어."

아직 이른 봄이었기 때문에 아침 날씨는 비교적 쌀쌀했다. 홈즈와 나는 베이커 가의 하숙집에서 아침을 먹고 활활 기세 좋게 타오르는 난로 앞에 앉아 있던 참이었다. 거리에 늘어선 우중충한 빛깔의 집들 사이로 희뿌연 안개가 떠다니는 것이 보였다. 맞은편 집 창문들은 형태를 알기 힘든 시커먼 얼룩처럼 보일 정도였다.

The Adventure of the Copper Beeches

식탁보의 하얀 빛을 반사하는 가스등이 아직 켜져 있었고, 막 식사를 끝내서 아직 치우지 않은 사기 접시와 금속 식기가 반짝거리고 있었다. 홈즈는 말을 끊더니 무언가를 찾는 듯이 신문을 이것저것 뒤지다가 광고면을 파고들었다. 그는 내 작품을 비평하기 전부터 기분이 좋아 보이지는 않았다.

"사실 자네 작품에 선정적이라는 비난은 어울리지 않다네."

그는 난로의 불꽃을 응시하면서 긴 파이프를 빨고 있었다.

"자네가 흥미를 느껴서 기록했던 사건들 중, 사건에 대한 공정한 서술이 법적으로 도움이 되지는 않았을 테니까. 보헤미아 왕이 스캔들에 휘말릴 뻔했던 사건, 메리 서덜랜드 양의 기이한 경험, 입술 삐뚤어진 사나이의 사건, 독신 귀족사건 등은 모두 법의 테두리를 벗어났지. 이러한 사건에 대한 자네의 서술은 선정주의가 아닌 사소함이 중심이 된 것이 사실이고."

"자네의 말을 듣고 보니 결과적으로는 그런지도 모르겠군."

나는 고개를 끄덕이며 말했다.

너도밤나무 집

"그렇다고는 해도 내가 선택한 수사 기법들은 흥미롭고 독특한 것들임에 분명하네."

"왓슨, 대중들은 치아를 보고 치과기공사임을 알지 못하고, 왼손 엄지손가락을 보고 식자공임을 구별하지는 못한다네. 이렇게 부주의한 대중들이 나의 다양한 분석과 미묘한 추리 기법에 대해 이해할 것이라고 생각하는 건가? 자네가 사소한 것들에 주의를 기울인다고 비난하는 것은 아니라네. 대사건에 대한 대중의 관심은 이미 지나갔으니까. 특히 범죄를 저지르는 인간들은 이제 더 이상 모험심과 독창성을 갖고 있지 않아. 나의 일 역시 놀랍고 명석한 논리를 제공하는 대신, 잃어버린 연필이나 찾아주고 기숙학교를 막 졸업한 아가씨들에게 상담이나 해주는 사람이 되어버린 것 같아서 서글프다네. 정말 나도 이제는 추락할 데가 더 없는 건 아닌지. 자, 이 편지를 읽어보게. 오늘 아침에 온 편지인데, 정말이지 나의 위치에 대해 다시 한 번 생각하게 해주는군."

홈즈는 이미 구깃구깃한 편지 한 통을 내게 주었다.

그 편지는 어제 저녁, 몬태규 플레이스에서 부친 것으로 다음과 같은 내용이었다.

친애하는 홈즈 선생님

안녕하세요. 제게 고민이 있어서 이렇게 편지를 드립니다. 최근에 가정교사 자리를 제안 받았는데 가야 할지 말아야 할지 고민이 돼서요. 선생님과 상의하고 싶으니 폐가 되더라도 내일 10시 반에 찾아뵙겠습니다.

— 바이올렛 헌터

"헌터 양은 가까운 친척 아가씨인가?"
내가 물었다.
"그렇지 않다네. 전혀 모르는 아가씨야."
"지금이 10시 반이군."
"아가씨가 말한 정확한 시간이라네. 지금 초인종을 누르는 소리를 들었어. 그 아가씨일 것 같군."

"이 아가씨는 자네가 생각하는 것보다 훨씬 더 흥미로운 일을 갖고 올지도 모르겠네. 자네, 푸른 카벙클 사건을 기억하나? 처음에는 하찮은 사건 같았지만 매우 중대한 사건이 아니었는가. 이번 일도 혹시 모르니 희망을 가져보자고."

"알겠네. 희망은 좋은 것이지. 당사자가 온 것 같으니 어떤 일인지 금방 결정 나겠군."

너도밤나무 집

홈즈가 말을 끝내기도 전에 방문이 열리고 앳된 얼굴의 아가씨가 들어왔다. 소박했지만 깔끔한 옷차림이었고, 야무지고 똑똑하게 생긴 얼굴에는 주근깨가 가득했다. 스스로의 힘으로 사는 여성답게 발랄함이 넘쳤다.

"이렇게 아침 일찍 찾아와서 죄송합니다."

홈즈는 일어나 그녀에게 예의 바르게 인사를 했다.

"무례라고 생각은 하지만 정말 이상한 일이라서요. 저는 이런 일을 상의드릴 수 있는 부모님도 일가친척도 없습니다. 선생님이라면 제 일에 대해 올바른 조언을 해주실 거라고 생각해서 이렇게 실례를 무릅쓰고 찾아왔습니다."

"헌터 양, 일단 앉으세요. 제가 도와줄 수 있는 것이라면 무엇이든 도와드리겠습니다."

홈즈가 조금 전과는 달리 아가씨의 태도와 말투에 호감을 가지고 있는 것이 분명했다. 그는 아가씨를 관찰하는 시선으로 응시했고, 아가씨가 이야기를 시작하자 조용히 눈을 감고 양손가락 끝을 맞댔다.

"저는 스펜스 먼로 대령님 댁에서 5년 동안 가정교사로 일했습니다. 그런데 두 달 전 대령님이 노바스코샤의 핼리팩스로 발령을 받으셨고, 곧 아이들을 데리고 캐나다로 떠나셨어요. 저는 갑자기 실업자가 되어버린 거죠. 어떻게든 생활 방도를 찾기 위해 구직 광고를 내보기도 하고 구인 광고를 찾아다니기도 했지만 일자리를 구하지 못했습니다. 그동안 저축해 놓은 얼마 안 되는 돈도 바닥이 나서 지금은 정말 난처한 상황이 되었답니다.

잘 모르시겠지만 웨스트엔드에는 웨스터웨이라고 유명한 가정교사 전문 직업소개소가 있어요. 저는 일주일에 한 번씩 들러서 저에게 맞는 일이 있나 알아보고 있습니다. 직업소개소의 설립자는 그 이름대로 웨스터웨이지만, 실제로 운영하는 사람은 스토퍼 양이에요. 스토퍼 양은 작은 사무실에서 일하고 있고, 일자리를 찾는 아가씨들은 대기실에 있다가 한 사람씩 사무실 안으로 들어가서 상담을 한답니다. 스토퍼 양은 장부를 검토하면서 어울리는 일이 있는지 봐주고요.

지난주 역시 평소와 마찬가지로 저는 소개소에 도착한 뒤 그녀의 작은 사무실에 들어갔습니다. 그런데 사무실에는 뚱뚱하고 안경을 낀 남자가 옆에서 들어오는 사람을 관찰하고 있더군요. 웃는 얼굴이었지만 목 위로 겹겹이 턱이 늘어져 있는 뚱뚱한 사람이었습니다. 제가

너도밤나무 집

들어가자 그 사람은 자리에서 벌떡 일어났어요. 그리고 재빨리 스토퍼 양에게 말하더군요.

'바로 이 아가씨입니다. 더 좋은 분은 없을 것 같군요. 최고입니다!'

그분은 몹시 흥분한 태도였고, 매우 만족스럽다는 듯이 두 손을 비볐습니다. 바라보는 것만으로도 기분이 좋아질 것처럼 편안하게 생기신 분이었어요.

'아가씨, 지금 일자리가 필요하지요?' 그가 제게 물었습니다.

'네.'

'가정교사로 일하는 것입니까?'

'네.'

'월급은 얼마 정도가 적당할까요?'

'전에 있던 스펜스 먼로 대령 댁에서는 한 달에 4파운드였습니다.'

'저런, 착취나 다름없군요. 지독한 대령 같으니라고.'

그분은 화가 나는 듯 통통하고 부드러운 두 손을 저으며 말했습니다.

'이처럼 교양 있는 숙녀에게 어떻게 그런 형편없는 급료를 줄 수 있는지 모르겠군요.'

‘제가 가진 교양은 선생님께서 생각하시는 것처럼 대단한 것은 아닙니다. 프랑스어와 독일어 조금 할 줄 알고요. 음악과 그림도 조금⋯⋯.’

‘아가씨, 그런 건 중요한 게 아니에요. 태도와 행실이 얼마나 숙녀다운가가 중요할 뿐이지. 만약에 숙녀답지 못한 행실을 한다면 어떻게 다른 집의 아이를 키울 수 있겠소. 아가씨에게는 그렇게 적은 급료는 어울리지 않소. 우리 집에 가정교사로 와준다면 연봉 1백 파운드부터 시작하고 싶소만.’

저는 당장 생활비도 없을 정도로 어려웠지만 그분의 제안은 매우 비현실적이었답니다. 제 얼굴에 떠오르는 표정을 읽은 듯이 그분은 지갑을 열고 수표를 한 장 꺼냈습니다.

‘나는 믿음이 가는 숙녀에게는 봉급의 절반을 선불로 준다오.’

두 눈이 흰 살에 파묻혀서 단춧구멍으로 보일 정도로 웃으면서 그는 말했습니다.

‘이렇게 해야 아가씨들이 필요한 경비를 쓸 수 있을 테니까 말이오.’

그분처럼 사람 좋고 사려 깊은 분은 가정교사를 시작

너도밤나무 집

하고 처음이었어요. 부끄러운 이야기지만 사실 저는 여기저기 외상을 좀 지고 있었거든요. 선불을 받는다면 큰 도움이 될 게 분명했지만 다소 이상한 점이 느껴졌습니다. 그래서 저는 제대로 계약을 하기 전에 좀 더 알아봐야겠다고 생각했지요.

'그런데 댁은 어디신가요?'

'윈체스터에서는 약 8킬로미터 떨어져 있는 햄프셔로, 살기 좋은 시골에 있는 너도밤나무 집이오. 아가씨도 보면 감탄할 만큼 아름다운 전원이오. 오래된 시골집이라 참으로 정겨운 곳이라오.'

'그곳에서 제가 할 일은 뭐죠? 미리 알 수 있으면 좋겠습니다만.'

'물론 가정교사 일이오. 아이는 6살짜리 개구쟁이 녀석이지요. 그 녀석이 슬리퍼를 휘둘러서 바퀴벌레를 때려잡으면 깜짝 놀랄 거요. 순식간에 세 마리를 잡으니까 말이오.'

그는 몸을 젖히고 아까처럼 두 눈이 얼굴에 파묻힐 정도로 신나게 웃어댔습니다. 저는 아이의 이야기를 듣고 좀 놀랐지만, 그분이 웃는 걸 보니 농담처럼 들렸습니다.

The Adventure of the Copper Beeches

‘그럼 제가 해야 할 일은 아이를 돌보는 것뿐인가요?’

‘사실 그게 전부는 아니라오.’

그분은 말했습니다.

‘아내가 부탁하는 일을 해야 합니다. 하지만 아가씨도 충분히 이해할 수 있는 일이니 걱정하시 마시오. 물론 숙녀의 품격을 손상시키는 일도 절대 아니니 걱정하지 않아도 될 거요. 제가 약속드리겠소.’

‘그런 일이라면 저도 기꺼이 할 수 있습니다.’

‘다행이오. 예를 들자면 어떤 옷을 입어달라는 부탁을 할 거요. 나와 아내는 좀 별난 사람이라서 말이오. 어떻소, 괜찮겠소? 독특한 취미이기는 하지만 나쁜 의도가 있는 것도 아니고. 만약 우리가 아가씨한테 어떤 옷을 주면서 입으라고 한다면 거절하지는 않겠지요?’

‘물론 괜찮습니다.’

저는 말은 이렇게 했지만 속으로는 이 이상한 제안에 조금 놀랐어요.

‘그리고 다른 부탁도 있을 거요. 지정한 자리에 앉아달라고 하거나 자리를 옮겨달라고 할 테니까 말이오. 그런 말을 듣는다고 기분 나빠 하지는 않겠지요?’

‘네, 듣고 보니 어려운 일도 아닌걸요.’

너도밤나무 집

‘그럼 한 가지 부탁을 더 하겠소. 우리 집에 오기 전에 머리를 자르는 건 어려울까요?’

저는 잠시 제가 들은 말을 의심하지 않을 수 없었습니다. 제 머리는 특이한 밤색이고 숱이 매우 풍성한 데다가 윤기가 흘러, 사람들한테 머리카락이 가장 큰 매력이라는 말도 많이 들어요. 그런데 갑자기 머리카락을 자르라고 하다니 받아들이기 어려운 말이었습니다.

‘그건 어려울 거 같은데요.’

그분은 미간을 모으며 저를 뚫어지게 쳐다보더군요. 제가 머리를 자를 수 없다는 말을 하는 순간 얼굴에 그늘이 졌습니다.

‘안타깝게도 짧은 머리는 필수라오. 사실 아내의 취향이기도 하고. 왜 알 수 없는 여자들의 괴상한 취향이 있지 않소. 그런데 그 취향을 만족시켜주지 않으면 안 되고. 정말 머리를 자를 수는 없는 거요?’

‘죄송합니다. 그건 어렵습니다.’

저는 단호하게 대답했지요.

‘할 수 없군요. 아주 적임자인데 정말 안타까운 일이오. 스토퍼 양, 그렇다면 다른 아가씨들을 좀 더 보기로 하지요.’

스토퍼 양은 아무 말도 하지 않고 서류를 보더니 언짢은 얼굴로 저를 바라보았어요. 제가 이 일을 거절해서 상당한 수수료를 놓친 것 같다는 생각이 들더군요.

'헌터 양, 장부에 계속 이름을 올려놓을 건가요?'

스토퍼 양이 저에게 물었습니다.

'네, 부탁드리겠습니다.'

'내 생각엔 장부에 이름을 올려놓아도 소용없을 것 같은데요. 이렇게 좋은 자리도 마다하다니 말이에요.'

그분은 차가운 목소리로 말했습니다.

'다른 자리를 찾을 수 있을 거라고는 생각하지 말아요. 잘 가요.'

스토퍼 양과 인사를 하고 저는 사무실을 나왔습니다.

집에 와보니 찬장은 텅 비어 있었고, 탁자 위에는 청구서만 있었어요. 그걸 보니 막막해져서 바보 같은 짓을 한 것은 아닐까 하는 생각이 들었습니다. 그 사람들이 저한테 이상한 일을 시킨다고 해도 그 행동에 대해서는 충분히 보상하려 하고 있으니까요. 게다가 영국에서 1년에 1백 파운드를 받는 가정교사는 아마 없을 거예요. 돈이 없다면 머리카락도 아무 소용이 없을 테고요. 오히려 머리를 자르면 더 예뻐 보일지도 모른다는 생각까지 들었습니다. 다음날이 되자 이러한 생각은 더 커지면서 점차 확신에 가까워지더군요. 저는 자존심을 버리고 직업소개소를 다시 찾아가기로 했습니다. 아직 그 자리가 비어 있다면 일을 하겠다고 생각했으니까요. 막 나가려던 참에 그 뚱뚱한 신사분이 보낸 편지가 왔어요. 여기 가지고 왔으니 두 분께 읽어드리도록 하겠습니다.

헌터 양,

실례를 무릅쓰고 스토퍼 양이 알려준 아가씨의 주소로 편지를 보내오. 혹시 그때 내린 결정을 다시 생각하고 있을지도 모른다고 생각했소. 아내에게 어제의 이야기를 했더니 아가씨가 마음에 든다며 꼭 와주었으면 하고 간절히 바라고 있다오. 아가씨가 머리를 자르고 우리의 요구에 따라준다면 그에 대해서는 충분히 보상할 거요. 1사분기에 30파운드를 지불하는 것으로 말이오. 1년에 120파운드라면 아가씨가 마음을 바꿀 수도 있다고 생각하오.

사실 우리의 요구는 그리 어려운 것은 아니라고 생각하오. 아내가 파란색을 좋아해서 아가씨가 파란 색깔의

옷을 아침에 입어주길 바라는 것뿐이라오. 물론 우리가
그 옷도 제공할 것이고. 지금은 필라델피아에 있는 딸
앨리스가 입던 옷이라면 아마 아가씨에게도 잘 맞을 거
라고 생각하오. 그리고 내가 말한 대로 부탁한 곳에 앉
아 있는 일도 어려운 일은 아닐 거요. 만났을 때 본 아
가씨의 아름다운 머리카락을 자르는 것은 아쉽겠지만,
우리가 제공하는 급료라면 보상이 되지 않을까 싶소.
아이를 돌보는 일도 그렇게 많지 않다오. 만약 제안을
받아들인다면 내가 윈체스터 역으로 마차를 몰고 마중
을 갈 테니 기차 시간을 알려주기 바라오.

- 너도밤나무 집의 제프로 루캐슬

“이것이 제가 받은 편지입니다. 사실 저는 가기로 결
심했지만 내려가기 전에 마지막으로 이 문제를 선생님
께 상의 드리고 싶어서요.”

“헌터 양, 이미 가기로 결심했다면 문제는 해결된 게
아닌가요?”

홈즈는 웃으면서 말했다.

“제가 이대로 가도 괜찮을까요? 아무래도 망설여져
서요.”

"솔직히 내 누이라면 권하지는 않을 거요."

"그건 무슨 뜻인가요?"

"나한테는 아가씨가 고민하는 것에 대한 구체적인 정
보가 없어요. 그래서 어떤 것도 알 수가 없답니다. 헌터
양한테도 어떤 생각이 있는 것 같은데요?"

"제가 생각할 수 있는 경우는 하나밖에 없어요. 루캐
슬 씨는 아주 친절하고 유쾌한 신사지만 부인은 정신적
으로 약간의 문제가 있는 분이 아닐까요? 루캐슬 씨는
부인을 정신병원으로 보내고 싶지 않기 때문에 부인의
이상하고 변덕스런 요구를 다 들어주는 것이고요. 부인
이 심한 발작을 일으키지 않도록요."

"그럴지도 모르겠군요. 지금까지 들은 얘기로는 아가
씨가 생각하는 가능성이 매우 높습니다. 하지만 어떤
경우라고 해도 어린 아가씨에게 추천할 만한 일은 아닌
것 같군요."

"하지만 선생님, 저에게는 지금 돈이 몹시 필요하답
니다."

"물론 그쪽에서 제안한 급료가 많은 편이고 바로 그
점이 더 불안하군요. 1년에 40파운드면 훌륭한 가정교
사를 얼마든지 쓸 수 있는데 왜 몇 배나 되는 120파운

The Adventure of the Copper Beeches

드를 지불할까요? 틀림없이 그럴 수밖에 없는 이유가
있을 거예요."

"제가 온 이유 역시 그러한 걱정 때문입니다. 일단 선
생님께 상황을 알려드리면 어떤 문제가 생겨 도움을 청
했을 때 금방 이해하실 거라고 생각했어요. 선생님이
제 뒤에 있다고 생각하면 든든해요."

"다행이군요. 잘 생각하셨습니다. 개인적으로 보자면
이 일은 최근 의뢰받은 일 중에서 가장 흥미로운 사건
이 될 것 같군요. 만약 의심스럽거나 위험하다는 느낌
이 들면 바로 연락하도록 해요."

"위험이라니요? 위험할 거라고 생각하시는 건가요?"

홈즈는 어두운 표정으로 고개를 흔들었다.

"어떤 위험인지 설명할 수 있다면 더 이상 위험이 아
닙니다. 도와달라는 전보를 받으면 밤낮을 가리지 않고
달려갈 테니 연락하세요."

"네, 정말 감사합니다."

아가씨는 지금까지의 불안이 모두 가신 얼굴로 당당
하게 일어났다.

"저는 이제 편안한 마음으로 햄프셔로 가겠습니다. 당
장 루캐슬 씨에게 편지를 보내고 오늘 저녁에는 머리를

너도밤나무 집

자르겠습니다. 내일 윈체스터로 출발할 생각이에요.”

아가씨는 홈즈에게 감사의 인사를 전한 뒤 방을 나갔다.

“태도를 보니 저 아가씨는 자기 몸 하나는 충분히 건사할 것 같군.”

나는 계단을 내려가는 아가씨의 발자국 소리를 들으며 말했다.

“아마 그래야 할 거야.”

홈즈는 무거운 표정을 지으며 말했다.

“내가 생각하기에 우리는 곧 저 아가씨의 소식을 들을 수 있을 거야.”

머지않아 홈즈의 예상은 사실이 되었다. 약 보름 동안 나는 그 아가씨의 일을 자주 떠올렸다. 그 외로운 아가씨는 얼마나 이상한 경험을 하고 있을까. 상식에 맞지 않는 높은 급료, 머리를 자르라는 이상한 조건 등 주인의 제안은 모두가 비정상적이었다. 단순히 별난 취미인 건지 아니면 어떤 음모가 있는 건지 알 수 없었다. 집주인이 자선가인지 혹은 범죄자인지 내 힘으로 판단하는 것은 불가능했다. 홈즈 역시 나와 같은 생각인지

The Adventure of the Copper Beeches

30분 정도씩 인상을 찌푸린 채 멍하니 앉아 있는 모습을 자주 볼 수 있었다. 그러다가 막상 내가 그 얘기를 꺼내면 양손을 저으며 아무 말도 하지 못하게 했다.

"정보, 정보가 없으면 아무것도 알 수가 없다네."

그는 조바심을 내는 목소리로 말했다.

"점토가 없다면 어떻게 벽돌을 만들 수 있겠나?"

이런 말을 하다가도 항상 마지막에는 자신의 누이라면 그런 자리에 절대로 보내지 않았을 거라고 중얼거렸다.

어느 밤늦은 시간, 아가씨의 전보가 도착했다. 나는 막 침대에 들어가려던 참이었고 홈즈는 자주 밤을 새우곤 하는 화학 실험에 몰두해 있을 때였다. 실험을 하는 날이면 그는 다음날 아침까지도 전날 내가 마지막으로 보았던 자세로 증류기와 시험관을 들여다보고 있었다. 홈즈는 전보를 재빨리 뜯어 내용을 확인하고는 나에게 주었다.

"철도 시간표 좀 확인해 주게나."

그는 실험실로 다시 들어가면서 말했다.

짧은 전보였지만 아가씨의 다급함이 묻어났다.

내일 정오까지 윈체스터의 블랙 스완 여관으로 와주세
요. 꼭 부탁드립니다. 전 어떻게 해야 할지 모르겠어요.
— 헌터

"자네도 같이 갈 텐가?"

홈즈는 나를 올려다보며 물었다.

"당연히 가야지."

"기차 시간은 확인했는가?"

"아침 9시 반 기차가 괜찮군."

나는 브래드쇼 철도 시간표를 보면서 말했다.

"이 기차를 타면 윈체스터에는 11시 반에 도착할 수
있다네."

"약속 시간은 지킬 수 있겠군. 나도 아세톤 분석을 다
음으로 미뤄야겠어. 내일 아침에는 좋은 컨디션을 유지
해야 할 테니 말이야."

다음날 11시, 우리는 영국의 옛 수도인 윈체스터를
향하고 있었다. 홈즈는 가는 내내 조간신문에 얼굴을
묻은 채 신문을 읽다가, 기차가 햄프셔를 지나자 신문
을 접고 경치를 보기 시작했다. 나무랄 데 없이 화창한
봄날이었다. 연한 푸른빛의 하늘에는 하얀 양털구름이

둥실둥실 여유롭게 흘러가고 있었다. 태양은 밝게 빛나고 있었지만 아직도 공기에서는 냉기가 느껴졌다. 들판 여기저기와 앨더숏 근처의 구릉에 이르기까지, 그림처럼 초록으로 가득한 나무 사이로 회색과 붉은색의 작은 농가 지붕들이 얼굴을 내밀고 있었다.

"정말 그림 같은 풍경이지 않은가?"

나는 경치에 감탄하면서 감동을 받은 목소리로 외쳤다.

내 말에 아랑곳하지 않고 홈즈는 고개를 저었다.

"왓슨, 자네와 달리 나 같은 사람은 모든 것을 관심사와 관련시키지. 자네는 아름다운 풍경을 보고 그 자체에 감탄하지만, 나는 저곳에 사는 사람들의 고립성을 먼저 떠올린다네. 저렇게 외진 곳에서 사람들 모르게 저질러진 범죄가 얼마나 많을까 하는 생각 말이야."

"역시 자네답군. 아름답고 오래된 농가들을 바로 범죄와 연결시켜버리다니!"

"나는 저런 집들을 보면 항상 공포를 느낀다네. 런던의 허름한 동네에서도 아름다운 시골만큼 끔찍한 범죄가 자행되지는 않아. 그동안의 경험이 그런 사실을 충분히 깨닫게 했지."

"자네는 정말 끔찍한 소리만 하는군."

"그런데 왜 아름다운 동네에서 범죄가 더 많을까? 사실 그 이유는 아주 분명하지. 공중(公衆)의 여론은 경찰보다 더 큰 압력을 동네에서 행사할 수 있거든. 런던이라면 하층민들이 사는 골목에서 학대받는 아이나 술 취한 망나니의 싸움은 이웃 사람들의 동정과 분노를 이끌어내지. 게다가 곳곳에 경찰서가 가까이 있어서 누가 한 마디만 하면 경찰이 출동해. 그래서 대도시에서는 죄를 지으면 곧장 철창행이 될 수밖에 없어.

하지만 저 외로운 집들은 그렇지 않다네. 저곳에 살고 있는 사람들은 대부분 법에 대해 아무것도 모를 뿐 아니라 가난하고 무지하지. 저런 곳에서는 상상도 할 수 없는 잔인하고 악독한 일들이 몇 년 아니 몇십 년 동안 계속될 수 있다네. 주위에 그것을 저지할 수 있는 생각이나 능력을 가진 사람도 없고. 우리한테 도움을 청한 아가씨가 원체스터에 와 있다면 다행히도 크게 염려할 것이 없겠군. 시골에서 8킬로미터나 떨어져 있으니까. 게다가 아가씨의 신상에 위험이 닥친 것은 아닌 것 같고."

"그렇지. 집에서 원체스터까지 올 수 있다면 충분히 도망칠 수도 있다는 것 아닌가."

The Adventure of the Copper Beeches

“바로 그거라네. 자유롭게 행동할 수 있다면 크게 위험하다고는 볼 수 없지.”

“그렇다면 대체 무엇이 문제일까? 특별히 생각해 둔 것은 없나?”

“나는 서로 다른 상황을 일곱 가지 정도로 고려해 보았네. 우리가 알고 있는 한에서는 모두 사실일 수도 거짓일 수도 있지. 진실을 알기 위해서는 그녀의 이야기를 충분히 들어야 해. 저기 뾰족탑이 보이는가? 헌터 양을 곧 만날 수 있겠군.”

아가씨가 말한 블랙 스완은 하이 가에 위치해 있었고, 역에서 멀지 않은 유명한 여관이었다. 아가씨는 미리 와서 방을 잡아놓고 우리를 기다리고 있었는데, 점심도 미리 준비시켜 놓아 우리를 편안하게 맞이해 주었다.

“빨리 와주셔서 정말 감사합니다.”

헌터 양은 진지한 목소리로 말했다.

“번거롭게 해드려서 죄송합니다. 그런데 저는 정말 어떻게 해야 할지 알 수가 없어서요. 선생님의 조언을 꼭 듣고 싶어요.”

“자, 아가씨의 이야기를 들어보도록 하지요.”

“모두 다 말씀드리겠어요. 하지만 서둘러야 해요. 루

캐슬 씨한테 3시 전까지는 돌아가겠다고 약속했거든요. 오늘 아침 그분에게 겨우 외출 허락을 받았고요. 하지만 제가 어떤 이유로 시내에 나가는지에 대해서는 말씀 드리지 않았어요.”

“일어난 일들을 순서대로 말해 주세요.”

홈즈는 난로 쪽으로 긴 다리를 쭉 뻗으며 얘기를 듣기 위한 준비를 했다.

“일단 저는 루캐슬 부부에게서 나쁜 대접을 받지는 않았습니다. 하지만 그 부부는 정말 이해할 수 없는 점이 많아요. 그래서 마음이 불편하고요.”

“이해할 수 없다는 부분은 어떤 건가요?”

“이상한 행동이에요. 그게 어떤 건지 구체적으로 말씀드리겠습니다. 제가 처음 이곳에 도착했을 때 루캐슬 씨가 마중을 나오셨어요. 그분과 저는 마차를 타고 너도밤나무 집으로 갔습니다. 그분이 말씀한 대로 정말 아름다운 곳이었어요. 하지만 풍경만 아름다운 곳이었습니다. 루캐슬 씨의 집 자체가 좋은 집이라고 하기에는 어려웠거든요. 집은 매우 큰 데다가 하얗게 회칠을 했는데, 비와 습기로 온통 얼룩져 있었어요. 집을 둘러싸고 있는 삼 면이 숲이고 앞쪽으로 경사진 들판이 사

우스햄프턴 도로까지 넓게 펼쳐져 있었어요. 도로는 현
관에서 백 미터 정도 떨어진 곳에 위치하고 있어요. 앞
쪽은 루캐슬 씨 땅이지만 주변의 숲은 사우서튼 경의
영지라고 하더군요. 현관문 바로 앞에는 너도밤나무가
몇 그루 있는데 그 나무들 때문에 너도밤나무 집이란
이름이 붙여졌다고 말씀해 주시더군요.

성격 좋은 주인은 그날 저녁을 함께 하면서 저에게
부인과 아이를 소개시켜주었어요. 제가 선생님 댁에서
추측했던 내용 기억하시죠? 그것은 전혀 근거 없는 것
이었습니다. 루캐슬 부인은 창백한 얼굴에 말이 없는
편이었고 남편에 비해 훨씬 젊었어요. 남편은 사십대
후반 이상으로 보이는데 비해 부인은 서른도 안 되는
것으로 보였으니까요. 부부가 얘기하는 걸 들으니 두
사람이 7년 전에 결혼했고, 전 부인이 낳은 딸이 필라델
피아에 가 있다는 것을 알 수 있었지요. 딸이 집을 떠나
미국까지 간 건 새어머니를 좋아하지 않았기 때문이라
고 루캐슬 씨가 나중에 말해 주었어요. 딸의 나이가 스
무 살도 안 됐을 것으로 짐작됐는데, 나이 차이도 별로
나지 않는 새어머니와 함께 지내는 것이 얼마나 불편했
을까 하는 생각이 들더군요.

그런데 루캐슬 부인은 굉장히 무미건조한 사람으로
보였어요. 어떤 일에 대해서도 좋고 싫은 게 없는 사람
같았고, 어딘가 모르게 비현실적인 분위기를 풍기고 있
었거든요. 물론 부인이 남편과 아들한테 매우 헌신적이
라는 것은 태도를 보아 충분히 알 수 있었어요. 감정이
느껴지지 않는 부인의 옅은 회색 눈은 끊임없이 남편과
아이를 보고 있었으니까요.

남편 역시 남편대로 다소 과장되고 떠들썩한 태도로
아내를 위해 줬답니다. 두 사람은 평범하고 행복한 부
부처럼 보였어요. 그런데 부인은 가끔씩 한없이 슬픈
얼굴로 깊이 생각에 잠기는 일이 많았습니다. 혼자 울
고 있는 모습을 본 것도 한두 번이 아니었거든요. 제 생
각에 부인이 그렇게 심각하게 걱정하는 모습을 보였던
건 아이의 이상한 기질 때문이라고 생각해요. 정말 그
렇게 버릇없고 심술꾸러기인 아이는 처음이었거든요.
아이는 나이에 비해 키도 작은 편인데다가 몸에 비해
머리가 매우 커요. 마구 뛰어다니지 않으면 입을 내밀
고 토라진 듯한 얼굴을 하고 있어요. 게다가 자기보다
약한 동물을 괴롭히는 걸 아주 즐거워해요. 쥐, 작은 새,
벌레 등을 살아 있는 채로 잡는 데는 정말이지 비상한

재주를 타고났어요. 사실 그 아이 얘기는 할 필요가 없을 것 같아요. 제가 말하려는 일과는 아무 상관도 없을 테니까요."

"관련되지 않더라도 주변의 일을 자세하게 말하는 건 큰 도움이 됩니다."

홈즈는 말했다.

"중요하다고 생각되는 건 모두 말씀드릴게요. 그 집에서 또 하나 이상하다고 생각되는 건 톨러라는 하인 부부예요. 하인이라곤 그 두 명이 전부인데 남자는 머리카락과 수염이 희끗희끗한데 거칠고 예의가 없어요. 게다가 항상 술 냄새를 풍기는데, 그 남자가 고주망태가 되어버린 걸 보름 동안 두 번이나 봤어요.

그런데 이상하게도 루캐슬 씨는 전혀 그 일에 신경 쓰지 않는 것 같았어요. 톨러의 아내는 키가 남자만큼 크고 힘이 좋은 여자인데 얼굴은 항상 음산한 분위기였어요. 루캐슬 부인처럼 말이 없고 붙임성도 전혀 없고요. 톨러 부부는 정말 마음에 안 드는 사람들이죠. 저는 다행히 주로 놀이방과 제 방에서 지내기 때문에 부딪힐 일은 거의 없어요. 그 두 방은 이층 한쪽 구석에 서로 붙어 있고요.

너도밤나무 집

너도밤나무 집에 도착하고 처음 이틀은 조용히 지냈
어요. 그런데 셋째 날에 루캐슬 부인이 아침 식사를 끝
낸 뒤에 남편에게 무슨 말을 속삭이더군요.
'알았어. 그렇게 하도록 하지.'
루캐슬 씨는 저를 돌아보며 말했어요.
'헌터 양, 머리를 자르면서까지 우리의 무리한 요구
에 따라주어서 매우 고맙소. 자른 머리 역시 매우 잘 어
울리니 다행이오. 전에 말한 대로 우리는 헌터 양에게
파란 드레스가 잘 어울리는지 보고 싶소. 방에 올라가
면 침대 위에 드레스가 있을 거요. 그 옷을 입어준다면
정말 고마울 거요.'
그 말을 듣고 방에 올라가 보니 특이한 파란색 드레
스가 놓여 있었어요. 드레스는 질이 좋은 모직물이었지
만 누가 입던 옷임에 분명했어요. 입어보니 정말 맞춘
것처럼 저에게 꼭 맞았어요. 루캐슬 부부는 제가 입은
모습을 보고 좋아했는데, 어딘가 모르게 과장된 태도가
느껴졌어요.
부부는 저를 거실로 부르더군요. 거실은 집의 앞쪽에
있는 큰방이에요. 바닥까지 닿는 커다란 창문이 세 개
나 나 있을 정도로 밖이 잘 보이는 곳이고요. 제가 들어

가 보니 가운데 창문 앞에 의자 하나가 바깥을 등지고 놓여 있었어요. 부부가 시키는 대로 저는 그 의자에 앉았어요. 루캐슬 씨는 제 앞에서 정말 재미있는 이야기를 들려주었어요. 이야기가 얼마나 익살스러웠는지 저는 한동안 배꼽을 쥐고 웃었습니다. 제가 그렇게 웃고 있는데도 루캐슬 부인은 웃기는커녕 두 손을 무릎에 올려놓고 걱정스러운 표정으로 앉아 있었어요. 한 시간쯤 지나자 루캐슬 씨는 이 정도면 되었다며 옷을 갈아입고 놀이방에 있는 아이한테 가라고 하셨어요.

그리고 이틀 뒤, 똑같은 일이 똑같은 상황으로 반복됐어요. 저는 그 옷을 입고 창가에 앉았고, 루캐슬 씨가 해주는 재미난 얘기를 들으면서 웃었지요. 그분은 재미있는 이야기를 많이 알 뿐만 아니라 말솜씨가 정말 뛰어났어요. 그러더니 저에게 노란 표지의 소설책을 한 권 주었어요. 그늘이 지지 않도록 제가 앉은 의자를 옆으로 살짝 돌리더니 그 책을 크게 읽어달라고 했어요. 10분쯤 읽고 나니 점점 재미있어지더군요. 재미있는 부분을 읽기 시작하려는데, 갑자기 중간에 끊더니 이제 올라가서 옷을 갈아입으라고 하더군요.

서생님, 도대체 이런 연극을 하는 이유를 제가 얼마

나 궁금해 했는지 모르실 거예요. 저는 루캐슬 부부가
제 얼굴이 창 밖을 향하지 않도록 주의를 기울인다는
걸 알았어요. 그 사실을 알고 나니까 제 등 뒤에서 어떤
일이 일어나는지 너무 보고 싶었어요. 처음에는 어떻게
해야 할지 몰랐지만, 곧 좋은 방법이 떠올랐어요. 저한
테는 깨진 손거울 조각이 있거든요. 거울 조각을 손수
건에 숨겨서 가야겠다는 생각이 난 거예요.

파란 드레스를 입고 거실에 다시 갔을 때, 저는 루캐
슬 씨의 이야기를 들으며 웃다가 손수건을 눈가에 댔습
니다. 살짝 조정하니 뒤쪽 풍경이 보였어요. 그런데 정
말 실망했죠. 아무것도 보이는 게 없었거든요. 그런데
다시 보니까 어떤 남자가 사우스햄프턴 도로에 서 있는
것을 볼 수 있었어요. 회색 정장에 턱수염을 길렀고 키
가 작은 남자였어요. 이쪽을 보고 있는 것 같았지만, 그
도로에는 항상 누군가가 있어서 처음에는 의심하지 않
았거든요.

그런데 그 남자는 집 울타리에 기댄 채 제 쪽을 뚫어
지게 보고 있었습니다. 제가 손수건을 내렸을 때, 부인
이 저를 날카롭게 탐색하는 게 보였어요. 부인은 아무
말도 하지 않았지만 제가 한 행동을 알아차린 것 같았

The Adventure of the Copper Beeches

어요. 부인이 갑자기 벌떡 일어서는 바람에 저도 깜짝
놀랐답니다.
　'여보, 길가에서 어떤 이상한 남자가 헌터 양을 보고 있
는 것 같아요.'
　'헌터 양, 혹시 아는 사람인가요?'
　루캐슬 씨가 저에게 물었습니다.
　'그럴 리가요. 저는 마을 근처에 아는 사람이 아무도
없어요.'
　'저런, 그렇다면 매우 뻔뻔스러운 녀석이군. 미안하
지만 헌터 양, 저 남자한테 그냥 가라고 손짓을 해주겠
소?'
　'손짓을요? 그냥 모르는 척하는 게 낫지 않을까요?'
　'저번에도 저 녀석이 이 근처를 배회하고 있는 것을
봤기 때문이오. 미안하지만 좀 가라고 손짓을 해줘요.
부탁해요.'
　저는 루캐슬 씨가 시키는 대로 했어요. 그러자 부인
은 재빨리 커튼을 내렸어요. 그게 오늘부터 일주일 전
의 일이었습니다. 그 이후에는 거실 창가에 앉는 일도,
파란 드레스를 입는 일도 없었고 길가에 있던 남자 역
시 다시 보지 못했어요.”

너도밤나무 집

“계속 말해 봐요.”

홈즈가 궁금하다는 듯이 말했다.

“헌터 양의 이야기는 정말 재미있군요.”

“제가 쓸데없는 이야기들을 세세하게 한다고 생각하실지도 몰라요. 하지만 서로 다른 것처럼 보여도 어떤 연관이 있을지도 모른다고 생각했어요. 제가 너도밤나무 집에 도착한 바로 그날, 루캐슬 씨는 저를 부엌문 옆의 작은 창고로 데려갔어요. 그 앞에 갔을 때 사슬을 끄는 소리가 들렸습니다. 안에는 커다란 짐승이 움직이는 것 같았어요.

‘저기 있는 것을 보시오!’

루캐슬 씨는 저에게 판자 사이에 있는 빈틈으로 안쪽을 들여다보게 했어요.

‘정말 잘생기지 않았소?’

판자 틈새로 번쩍거리는 두 눈이 보였고, 희미한 물체가 어둠 속에서 웅크리고 있는 모습이 어렴풋이 보이자 저는 깜짝 놀랐어요.

‘놀라지 마시오.’

주인은 놀란 제 모습을 보고 크게 웃었습니다.

‘매스티프 종 개인데 이름은 칼로요. 주인은 나지만

사실 저 녀석을 다룰 수 있는 건 마부 톨러 영감뿐이오. 저 녀석은 하루 한 끼만 먹게 하는데 그것도 많이 주지는 않아요. 그래야 항상 야성을 유지할 수 있기 때문이오. 톨러는 밤마다 녀석한테 물어뜯겨 죽을지도 모르는 위험을 안고 있지. 앞으로 무슨 일이 있어도 밤에 문 밖을 나오지 마시오. 죽고 싶지 않다면 말이오.'

루캐슬 씨의 경고가 지나가는 말이 아니라는 것은 이튿날 밤에 알게 되었어요. 새벽 2시 경, 저는 잠이 오지 않아 침실 창문을 통해 밖을 내다보고 있었어요. 아름다운 달밤이었고 잔디밭은 달빛이 가득해서 마치 대낮처럼 밝았어요. 저는 그 풍경에 홀린 것처럼 한참을 꼼짝 않고 서 있었습니다.

그런데 갑자기 무엇인가가 너도밤나무 그늘 밑에서 움직이고 있더군요. 그러더니 갑자기 그것이 달빛 속으로 나왔고 저는 그것을 분명히 보았어요. 그건 송아지만큼 아니 송아지보다 더 큰 개였어요. 황갈색 털, 축 늘어진 턱, 까만 주둥이, 바싹 마른 몸을 하고 있더군요. 개는 잔디밭을 천천히 가로지르더니 다시 건너편 그늘 속으로 사라졌어요. 제가 집을 지키는 무시무시한 파수꾼을 보는 순간, 그 어떤 도둑이라도 느끼지 못할 정도

너도밤나무 집

의 두려움으로 떨리는 가슴을 진정시킬 수가 없었어요.

아, 이제 더 신기한 일을 말씀드리겠습니다. 아시는 것처럼 저는 런던에서 머리를 자르고 이 마을에 왔어요. 저는 잘라낸 머리 타래를 여행 가방 아래에 넣어두었습니다. 하루는 아이를 재운 뒤 방에 있는 가구를 살피고 있었어요. 소지품을 다시 정리하려고 했거든요. 방에는 낡은 서랍장이 하나 있었고, 맨 위의 두 칸은 텅 빈 채 열려 있었어요. 아래쪽 한 칸은 잠겨 있었는데, 서랍이 더 필요했기 때문에 저는 그 서랍도 사용하고 싶었어요. 저는 열쇠 꾸러미를 꺼내서 서랍을 열려고 했는데 운 좋게도 맨 처음에 집은 열쇠가 들어가더군요. 그 안에 뭐가 있었는지 아세요? 바로 제 머리 타래였습니다.

저는 그것을 들고 꼼꼼히 살펴보았어요. 특이한 색깔이랑 숱까지 제 머리카락이랑 똑같았어요. 하지만 그럴 리가 없었지요. 어떻게 제 자른 머리카락이 잠긴 서랍 속에 있을 수 있겠어요? 저는 떨리는 손으로 여행 가방에 있는 제 머리 타래를 꺼냈습니다. 두 개의 머리 타래를 나란히 놓고 보니 정말 똑같더군요. 이렇게 희한한 일이 또 있을까 싶었어요. 아무리 생각해 봐도 어떻게 된 일인지 알 수 없었습니다. 저는 그 머리 타래를 다시

원래대로 서랍에 넣어놓았어요. 그리고 루캐슬 부부에
게는 아무 말도 하지 않았습니다. 그분들이 잠가놓은
서랍을 함부로 열어본 것은 제가 잘못한 일 같았고 물
어보기에도 뭔가 미심쩍은 부분이 있었으니까요.

선생님, 사실 저는 관찰력이 뛰어난 편이랍니다. 그
래서 집 전체의 평면도가 지금 제 머릿속에 들어 있어
요. 그 집 이층에는 사용하지 않는 것처럼 보이는 문이
하나 있어요. 톨러 부부의 방이 그곳과 연결되어 있는
데 들어가는 문은 항상 잠겨 있지요. 그런데 어느 날 계
단을 올라가다가 루캐슬 씨가 거기서 나오는 것을 우연
히 보고 말았습니다. 열쇠를 들고 있었는데 얼굴 표정
이 정말 딴사람 같았지요. 평소 통통한 얼굴의 유쾌한
모습은 완전히 사라지고 화가 많이 났는지 두 뺨은 벌
겋게 달아올랐으며 이마엔 주름이 가득했어요. 관자놀
이에는 정맥이 불거져 있었고요. 루캐슬 씨는 문을 잠
그고 저를 못 본 것처럼 빠르게 지나쳐 갔어요.

이 일 이후 제 호기심은 더욱 커졌어요. 어느 날은 아
이를 데리고 산책을 하다가 그쪽 창문이 보이는 곳으로
조심스럽게 걸어갔어요. 그쪽에는 창문 네 개가 일렬로
있었거든요. 그 중 세 개는 매우 더럽기만 했는데, 다른

너도밤나무 집

한 개는 덧문이 달혀 있었어요. 아무도 안 쓰는 그 방임에 틀림없었어요. 제가 그 앞을 왔다 갔다 하면서 그쪽 창문을 쳐다보고 있는데 루캐슬 씨가 제 쪽으로 다가오더군요. 언제나처럼 유쾌한 모습이었어요.

'예쁜 아가씨, 전에 말 한 마디 없이 내가 그냥 지나갔다고 해서 기분이 상하지는 않았지요? 그때는 사업 문제 때문에 생각에 깊이 잠겨 있었어요.'

저는 괜찮다고 말씀드린 뒤 자연스럽게 말했어요.

'그런데 저 위에 있는 방들은 안 쓰시는 건가요? 하나는 덧문도 달혀 있고요.'

그분은 내 말에 매우 당황한 것처럼 보였어요.

'사실 내 취미는 사진이라오.'

루캐슬 씨가 말했죠.

'저 방에 암실을 만들어 놓았거든요. 그런데 관찰력이 대단히 좋군요. 정말 놀라워요.'

그분은 농담처럼 말했지만 저를 바라보는 눈에는 의심스러움과 불쾌감이 분명히 드러나 있었어요.

선생님, 저는 그 방에 제가 알면 안 되는 무엇인가가 있다는 사실을 알고 난 뒤에 그곳에 너무 가보고 싶었어요. 단순한 호기심 때문만은 아니었어요. 어떤 의무

감 같은 게 느껴졌거든요. 그곳에 들어가면 좋은 일이 생길 것 같은 느낌도 들었고요. 어쩌면 사람들이 말하는 여자의 본능일지도 모르지요. 저는 그때부터 그 방으로 들어가기 위해 꾸준히 기회를 노렸습니다. 그 기회를 잡은 건 바로 어제였어요. 그쪽 방에 드나드는 사람은 루캐슬 씨 외에도 톨러 부부도 있었어요. 톨러 씨가 커다란 검은 자루를 어깨에 메고 그 안으로 들어가는 걸 본 적도 있으니까요. 최근에 톨러 영감은 술이 더 늘었고, 어제 저녁엔 정말 엄청나게 취해 있었어요. 제가 이층에 올라갔을 때 우연히 그 문에 열쇠가 꽂혀 있는 걸 보았어요. 톨러 영감이 술에 취해서 열쇠를 꽂아두고 간 게 틀림없었어요. 루캐슬 부부는 아이와 같이 아래층에 있어서 마침 잘됐다고 생각했어요. 저는 열쇠를 돌려서 문을 열고 그 안으로 살짝 들어갔습니다.

안으로 들어가 보니 카펫이 깔려 있지 않은 작은 복도가 나왔어요. 벽에는 벽지도 없더군요. 복도는 맨 끝에서 직각으로 꺾여 있고, 그곳을 돌아가자 세 개의 문이 보였습니다. 첫 번째, 세 번째 문은 열려 있었는데 그 안은 먼지가 잔뜩 내려앉은 빈방이었어요. 한 방에는 창문이 두 개, 다른 방에는 창문이 하나 있었는데

너도밤나무 집

먼지가 두껍게 낀 유리창으로 저녁 빛이 희미하게 새어 들어왔어요. 가운데 방은 닫혀 있었고요. 그런데 닫힌 방문 앞에 굵은 무쇠 막대를 질러놓은 게 보였어요. 무쇠 막대의 한쪽 끝은 벽의 고리 속에 넣고 맹꽁이자물쇠로 잠가놓았더군요. 다른 쪽 끝은 굵은 밧줄로 다른 고리에 묶어놓았고요. 방문은 잠겨 있었지만 열쇠는 없었어요. 밖에서 본 덧문을 닫아놓은 창이 있는 곳이 바로 이 방임에 틀림없었죠. 방문 밑으로 희미한 빛이 새나오는 걸 보고 그 방이 아주 어두운 것은 아니라는 것도 알 수 있었어요. 덧문까지 닫혀 있었으니 빛이 있다는 건 천창이 있다는 게 분명했어요.

저는 복도에 서서 그 방문을 쳐다보며 그 뒤에 어떤 비밀이 있을까 궁금해 하고 있었어요. 그런데 갑자기 방 안에서 발자국 소리가 들렸어요. 방문 아래로 나오는 희미한 빛에 그림자가 보였거든요. 저는 그 광경을 보고 미칠 듯한 공포를 느꼈답니다. 저는 몸을 돌려 달아났어요. 무서운 손길이 제 옷자락을 뒤에서 잡아당길 것 같아서 빠르게 달렸어요. 복도를 지나고 문을 나와 뛰어든 곳은 루캐슬 씨의 품속이었답니다. 그분이 밖에서 기다리고 있었던 거지요.

루캐슬 씨는 웃으면서 말했습니다.

‘역시, 아가씨였군. 문이 열려 있어서 안에 아가씨가 들어갔을 거라고 생각했어요.’

‘루캐슬 씨, 너무 무서웠어요!’

저는 진정되지 않은 채로 말했습니다.

‘오, 정말 가엾군요. 우리 불쌍한 아가씨!’

그분의 태도는 정말 너무나 부드럽고 상냥했어요.

‘뭐가 그렇게 무서웠던 건가요?’

갑자기 저는 경계심이 들었어요. 그 목소리는 지나치게 부드러웠고, 자신의 감정을 과장하고 있다는 걸 알게 되었으니까요.

‘저는 바보처럼 열쇠가 꽂혀 있기에 그 안에 들어갔어요.’

저는 조심스럽게 대답했습니다.

‘하지만 너무 음침하고 적막했어요. 어둡기도 했고요. 그러다 갑자기 무서운 생각이 들어서 뛰어나왔답니다. 저 안은 정말 너무 끔찍한 분위기였어요.’

‘그것밖에 없소?’

루캐슬 씨는 저를 날카롭게 쳐다보았습니다.

‘제가 무서워해야 할 다른 이유가 있나요?’

'아가씨는 이 문을 왜 잠가났을 거라고 생각하오?'
'글쎄요, 잘 모르겠어요.'
'그건 사람들이 들어가지 말라는 뜻이오. 알겠소?'
그분은 부드럽게 웃으면서 말했습니다.
'죄송합니다. 열쇠가 꽂혀 있었고 아무 생각 없이 들어간 거였어요.'
'좋아요, 그럼 이제는 알겠지요? 앞으로는 다시 저 문지방을 넘지 말아요.'
이 말을 하면서 루캐슬 씨는 표정을 바꾸면서 이를 악물더군요. 그리고 이글거리는 눈으로 저를 내려다보았어요. 그 얼굴은 마치 악마의 얼굴과도 같았어요.
'또다시 이런 일이 생긴다면 그때는 아가씨를 창고에 있는 매스티프 개한테 던져줄지도 몰라요.'
저는 너무나 무서워서 어떤 행동을 했는지 전혀 기억이 안 나요. 정신을 차려보니 저는 침대 속에서 이불을 뒤집어쓰고 떨고 있었으니 저도 모르게 방으로 돌아왔던 것 같아요. 그때 홈즈 선생님이 생각났어요. 저는 더 이상 이렇게 지낼 수 없어요. 그 집이 너무 무섭고, 루캐슬 씨와 부인, 하인 부부와 그 아이도 모두 무서워요. 모든 게 끔찍하고요. 선생님의 조언만 있다면 모든 게

다 해결될 것 같아요. 물론 그 집에서 그대로 도망칠 수
도 있지만, 저는 도대체 어떻게 된 건지 너무 궁금했어
요. 그래서 선생님께 전보를 치기로 결정하고서 곧바로
모자를 쓰고 망토를 걸친 후 그 집에서 8백 미터쯤 떨
어진 전신국으로 갔어요. 전보를 치고 돌아올 때는 훨
씬 편안해졌고요. 그런데 그 집에 가까워질수록 개를
풀어놓았을지도 모른다는 생각에 걱정이 되더군요. 물
론 톨러가 그날 저녁에 인사불성이었기 때문에 그 개를
풀어놓지 않았을 거라고 생각했어요. 그 집에서 그 무
서운 개를 다룰 수 있는 사람은 톨러뿐이니까요. 다행
히 저는 무사히 집 안으로 들어갈 수 있었습니다. 다음
날 선생님을 뵐 수 있다는 기쁨으로 밤을 새우다시피
했지요. 오늘 아침 제가 원체스터에 갔다 오겠다고 했
을 때, 루캐슬 씨는 가볍게 허락해 주었어요. 아까 말씀
드렸다시피 오후 3시까지는 돌아가야 합니다. 루캐슬
부부가 외출했다가 밤늦게 돌아올 예정이라 제가 아이
를 돌봐야 하거든요. 홈즈 선생님, 제가 겪은 일은 이게
전부예요. 이제 제가 어떻게 이 모든 일을 이해해야 하
고 앞으로 어떻게 해야 하는지 말씀해 주시면 정말 안
심이 될 거예요."

홈즈와 나는 헌터 양이 들려주는 이야기에 한동안 빠져 있었다. 홈즈는 자리에서 일어났고 두 손을 호주머니에 넣은 채 크지 않은 방 안을 걸었다. 그의 표정은 매우 어두웠고 진지했다.

"아가씨, 톨러는 아직도 취한 상태인가요?"

홈즈가 그녀에게 물었다.

"네, 오늘 아침에도 톨러의 아내가 자기도 어쩔 수 없다고 루캐슬 부인에게 말하더군요."

"그렇다면 잘됐네요. 루캐슬 부부는 오늘 밤 외출한다고 했죠?"

"네, 밤늦게 돌아온다고 했어요."

"혹시 그 집에 튼튼한 잠금 장치가 설치된 지하실이 있나요?"

"네, 지하에 있는 포도주 저장실에 잠금 장치가 되어 있어요."

"헌터 양, 아가씨는 지금까지 매우 용감하고 현명하게 처신했어요. 오늘 밤, 한 번 더 용기를 내야 할 것 같아요. 아가씨는 쉽게 겁에 질리는 보통 여자들과는 다르고, 그래서 이런 부탁도 할 수 있고요."

"물론 하겠습니다. 어떤 일을 해야 하나요?"

"저녁 7시까지 제가 왓슨과 함께 너도밤나무 집으로 가겠습니다. 그 시간이면 루캐슬 씨 부부는 외출 상태일 것이고 톨러는 술에 곯아떨어져 정신을 못 차리고 있을 테니까요. 아니 꼭 그래야 합니다. 사건 해결에 방해가 될 수 있는 사람은 톨러 부인 한 명이에요. 아가씨가 일을 만들어서 톨러 부인을 지하실로 보낸 뒤, 밖에서 문을 잠글 수 있다면 일이 아주 간단해질 거고요."

"시키는 대로 하겠습니다."

"좋아요! 자, 이제 문제를 다시 검토해 보죠. 아가씨가 겪은 일을 설명할 수 있는 가정은 하나뿐이에요. 아가씨를 그곳으로 부른 이유는 누군가를 대신할 수 있도록 하기 위해서죠. 그리고 그 사람은 굳게 잠긴 이층 방에 갇혀 있는 게 분명해요. 아마 거기 갇힌 사람은 필라델피아에 있다는 집주인의 딸일 겁니다. 헌터 양이 가정교사로 선택된 이유는 분명히 키와 용모, 머리색이 모두 비슷하기 때문이지요. 루캐슬 씨 딸은 어떤 이유에서인지 머리카락을 잘랐고, 그래서 아가씨에게도 머리를 잘라 달라고 부탁했을 거예요. 그리고 아가씨는 서랍장에서 루캐슬 씨 딸의 머리 타래를 본 것이지요. 아마 길가에서 아가씨를 바라보던 남자는 루캐슬 씨 딸

의 친구였을 겁니다. 대역을 세울 정도였으니 그녀의
약혼자일 가능성이 크겠군요. 그래서 아가씨가 푸른 드
레스를 입고 창가에 앉아 있을 때, 그는 당신을 루캐슬
씨의 딸이라고 생각했을 거예요. 게다가 볼 때마다 아
가씨가 웃는 걸 보았고, 나중에는 가라고 손짓까지 했
으니 행복하다고 생각했겠죠. 더 이상 자신을 원하지
않는다고도 생각했을 거고요. 밤중에 개를 풀어놓는 것
은 그가 직접적으로 루캐슬 씨의 딸에게 접근하는 걸
막기 위해서 그런 겁니다. 여기까지는 의심할 것도 없
이 분명하지요. 하지만 이 사건에서 가장 심각한 부분
은 다름 아닌 아이의 성격이군요.”

“아니, 아이의 성격과 이 사건이 무슨 관계가 있지?”
나는 의아해하며 물었다.

“왓슨, 자네가 아이를 진찰할 때를 생각해 보게. 아이
의 성향을 파악하기 위해서 가장 간단한 방법은 부모를
관찰하는 것이지. 그렇다면 거꾸로 아이의 성격을 통해
부모를 이해할 수도 있어. 나는 아이들을 관찰하는 것
으로 부모의 성격을 정확하게 파악한 적이 여러 번 있
다네. 그런데 아이의 성격은 그 또래에게 어울리지 않
을 정도로 잔인하지. 아이가 그 성격을 아버지 또는 어

머니 중 누구에게 받았든 그것은 루캐슬 씨 전처의 딸에게는 매우 좋지 않은 일이야.”

“선생님의 말씀이 맞아요.”

아가씨가 외쳤다.

“지금 선생님의 말씀을 듣고 나니 그 불쌍한 분을 더욱 빨리 도와드리고 싶어요.”

“우리는 신중하게 행동해야 해요. 우리가 상대할 인간은 매우 교활하니까요. 7시까지는 할 수 있는 일이 아무것도 없습니다. 말씀드린 대로 이따가 그 집으로 찾아갈 거요. 진실이 곧 밝혀질 겁니다.”

홈즈와 나는 약속 시간을 정확하게 지켰다. 길가에 있는 선술집 앞에 마차를 세워놓았고 너도밤나무 집 앞에 도착하니 막 7시가 되었다. 헌터 양이 굳이 활짝 웃으며 문 앞에서 우리를 반기지 않았어도 그 집을 찾는 것은 어렵지 않았을 것이다. 너도밤나무의 무성한 잎사귀들이 석양빛을 받아 반짝거리는 것은 매우 눈에 띄는 풍경이었기 때문이다.

“톨러 부인은 어떻게 되었죠?”

홈즈가 아가씨에게 물었다.

지하실에서 쿵쿵거리는 소리가 들렸다.

"아까 말씀하신 대로 톨러 부인을 지하실에 가두었
어요."

헌터 양이 조심스레 말했다.

"마부 톨러는 부엌에서 깊이 자고 있어요. 그가 항상
가지고 있던 열쇠를 빼내왔어요. 루캐슬 씨가 가지고
있는 열쇠와 똑같은 거죠."

"오, 정말 대단하군요!"

홈즈는 감탄하며 외쳤다.

"이제, 올라갑시다. 이 무서운 일에 대해 모두 알 수 있
게 될 거예요."

우리 셋은 2층으로 올라가서 열쇠로 문을 열고 복도
를 내려갔다. 우리는 헌터 양이 말했던 쇠막대를 질러
놓은 문 앞에 섰고, 홈즈는 미리 준비한 도구로 밧줄을
잘라내고 쇠막대를 제거했다. 톨러에게 가져온 열쇠를
열쇠 구멍에 넣어봤지만 어느 것도 맞는 것이 없었다.
게다가 안에서는 어떤 소리도 나지 않았다. 홈즈의 얼
굴은 이내 어두워졌다.

"우리가 너무 늦은 게 아니었으면 좋겠는데. 헌터 양,
좀 더 강력한 방법을 사용해야겠어요. 왓슨, 여기 어깨
를 대게나. 우리 둘의 힘으로 문을 열어보자고."

둘이서 잠시 힘을 쓰자 삐걱거리던 낡은 문짝이 쿵하는 소리를 내며 열렸다. 우리는 바로 방 안으로 뛰어 들어갔지만 방은 이미 텅 비어 있었다. 짚을 깐 볼품없는 침대와 조그만 탁자, 옷이 든 바구니가 방 안 가구 전부였다. 천창은 열려 있었고 그 안에는 아무도 없었다.

"이런, 악당이 이미 다녀갔군."

홈즈가 아쉬워하며 말했다.

"그가 헌터 양의 의도를 벌써 눈치 챈 것 같군. 앨리스 양을 이미 빼돌린 것 같아."

"하지만 어떻게 그렇게 할 수 있죠?"

"천창을 이용한 거죠. 그가 어떻게 했는지 좀 더 살펴봅시다."

홈즈는 가볍게 몸을 날려 지붕 쪽으로 올라갔다.

"오, 역시 그렇군."

그는 위에서 외쳤다.

"처마 위로 긴 사다리가 있어요. 이걸 이용했군요."

"하지만 그건 불가능할 것 같은데요."

그녀가 말했다.

"아까 루캐슬 부부가 외출할 때만 해도 거기에 사다리는 없었거든요."

너도밤나무 집

"외출을 한다고 말하고 나갔다가 되돌아온 거죠. 그는 아주 똑똑하고 위험한 인간이군요. 지금 층계를 올라오는 소리가 들려요. 아마 그자인 것 같습니다. 왓슨, 어서 권총을 꺼내들게."

그의 말이 끝나기도 전에 뚱뚱한 남자가 짧고 무거워 보이는 지팡이를 들고 문 앞에 나타났다. 헌터 양은 그를 보자마자 비명을 지르며 벽 쪽으로 붙어섰고 홈즈는 재빨리 그의 앞을 가로막으며 큰 소리로 외쳤다.

"이 나쁜 놈! 너의 딸은 어디 있느냐?"

뚱뚱한 사내, 즉 루캐슬 씨는 방 안을 보더니 활짝 열려 있는 천창을 보았다.

"내가 묻고 싶다. 내 딸은 어디 있지?"

그가 소리를 지르며 말했다.

"이 도둑놈들! 스파이 짓도 모자라 이제는 도둑질까지 하다니! 너희들은 이제 꼼짝없이 잡힌 몸이야! 이 집에 침입한 대가를 치르게 해줄 테다!"

그는 돌아서서 빠른 걸음으로 계단을 내려갔다.

"개를 데리러 간 게 분명해요!"

아가씨가 외쳤다.

"여기 권총이 있어요. 걱정하지 말아요."

내가 그녀에게 말했다.

"그래도 현관문을 닫는 게 좋겠군. 만약을 대비해서 말이야."

홈즈가 말했고 우리는 함께 계단을 뛰어 내려갔다. 현관을 향해 가고 있을 무렵, 개 짖는 소리와 고통스런 비명이 뒤섞여 들리더니 뒤이어 뭔가를 물어뜯는 듯한 끔찍한 소리가 허공을 갈랐다. 알코올 기운으로 얼굴이 벌겋게 달아오른 남자가 팔다리를 부들부들 떨며 옆문에서 나왔다.

"오, 이런. 하느님!"

남자가 외쳤다.

"누가 개를 풀어놓았군요. 저 개는 이틀 동안이나 굶었어요. 어서 가세요, 꾸물댔다가는 우리도 저 개의 밥이 될지 몰라요."

홈즈와 나는 빠르게 달려나가 집 옆으로 돌아갔다. 마부 톨러가 뒤에서 쫓아 나왔다. 엄청나게 큰 짐승이 주둥이를 루캐슬의 목덜미에 박고 있었다. 루캐슬은 무서운 비명을 지르면서 땅바닥을 마구 뒹굴었다. 나는 그를 향해 달려가면서 권총의 방아쇠를 당겼다. 총알은 개의 머리를 정확히 맞혔고, 개는 날카로운 이빨을 루

너도밤나무 집

캐슬의 목에 박은 채 쓰러졌다. 우리는 겨우 개를 떼어
내고 루캐슬을 집 안으로 옮겼다. 숨이 조금 붙어 있었
지만 상처는 보기만 해도 끔찍할 정도로 심했다. 그를
거실 소파에 눕히고 이제 술이 깬 톨러를 시켜 부인에
게 소식을 전하도록 부탁했다. 나는 의사로서 그의 고
통을 덜어주기 위해 할 수 있는 처치를 모두 다했다. 집
안의 모든 사람이 루캐슬의 옆에 모여 있는데, 갑자기
문이 열리더니 키가 크고 마른 여자가 들어왔다.

"아, 톨러 부인!"

헌터 양이 그녀를 불렀다.

"헌터 양, 루캐슬 씨가 오셔서 저를 꺼내주고 이층으
로 올라갔어요. 이런 일을 계획하고 있었다면 저에게
미리 알려주지 그랬어요. 그랬으면 이런 헛수고를 하지
않아도 됐을 텐데."

"오, 톨러 부인은 이 사건에 대해 다른 것을 알고 있
군요."

홈즈가 날카로운 눈으로 톨러 부인을 쳐다보며 말했다.

"네, 그렇습니다. 신사분들께서 원하신다면 제가 알
고 있는 것을 모두 말씀드리죠."

"그래 주시면 감사하죠. 일단 앉으시지요. 자, 이제

The Adventure of the Copper Beeches

얘기를 들어볼까요. 솔직히 제가 아직 밝히지 못한 부분들이 있으니까요."

"전부 말씀드리겠어요."

톨러 부인이 말했다.

"제가 지하실에서 더 빨리 나왔다면 이미 다 말씀드렸을 거예요. 만약 경찰이 이 사건을 조사하게 된다면 저는 선생님의 친구뿐 아니라 앨리스 양의 편을 들 테니까요. 앨리스 양은 루캐슬 씨가 재혼한 뒤, 집에서 천덕꾸러기 신세가 되었어요. 친아버지에게조차 형편없는 대우를 받았지만 아무 말도 하지 않았어요. 그런데 친구의 집에서 파울러 씨를 만난 이후에는 더욱 괴로운 처지가 되고 말았습니다. 앨리스 양에게는 유산이 있었거든요. 하지만 워낙 인내심이 강한 데다가 조용한 성격이라 그 일에 대해서는 아무 말도 하지 않고 아버지에게 위임하고 있었죠. 루캐슬 씨는 딸이 옆에 있는 한 재산에 대해서는 아무런 문제가 없다는 걸 알고 있었어요. 하지만 남편이 생기면 달라진다는 사실을 알았죠. 법이 보장한 권리를 전부 요구할 게 분명했으니까요. 루캐슬 씨는 그런 일이 생기는 걸 막기 위해서 방법을 생각해 냈어요. 결혼과 관계없이 자신이 유산을 사용할

너도밤나무 집

수 있도록 권리를 양도하는 서류에 서명을 하라고 아가
씨에게 시킨 거죠. 아가씨는 물론 거절했고, 그러자 아
버지는 딸을 정말 지독하게 괴롭혔어요. 몸과 마음이
허약해진 아가씨는 뇌막염에 걸렸죠. 약 6주일 동안 사
경을 헤맨 끝에 겨우 병이 나았지만, 허수아비처럼 마
른 데다 아름다운 머리카락은 잘려나가고 없었습니다.
이렇게 어려운 상황이었지만 파울러 씨는 마음이 한결
같았고, 변함없는 순정을 가지고 있었답니다.”

톨러 부인이 말했다.

“아, 부인이 이렇게 말씀을 해주시니 모든 일들이 더
분명해지는군요. 나머지는 제가 말해보겠습니다. 앨리
스 양은 아무리 해도 말을 듣지 않으니 루캐슬 씨는 이
층에 그런 말도 안 되는 감옥을 만든 것이군요.”

“네, 선생님.”

“게다가 계속 찾아오는 끈질긴 파울러 씨를 쫓아버리
기 위해 런던에서 헌터 양을 데려온 것이고요.”

“그렇습니다, 선생님.”

“파울러 씨는 쉽게 포기하지 않는 청년임이 분명하군
요. 무서운 개까지 있는 집의 포위망을 뚫고 당신을 만
나서 여러 가지로 설득한 것이고요.”

“네, 파울러 씨는 상냥하고 인심도 좋은 신사분이랍니다.”

톨러 부인은 차분하게 말했다.

“그런 이유 때문에 파울러 씨는 부인의 남편이 언제나 술을 마시게 했고, 부인은 루캐슬 씨가 외출한 사이 기회를 노려서 사다리를 준비한 것이고요.”

“네, 오래 걸리긴 했지만 목표를 이루어서 정말 다행이지요.”

“톨러 부인, 우선 감사하다는 말씀을 드리겠습니다. 부인의 설명으로 인해 모든 사실을 정확하게 파악할 수 있었으니까요.”

홈즈가 말했다.

“오, 왓슨, 저기 외과 의사와 루캐슬 부인이 오는군. 우리가 헌터 양을 윈체스터까지 모셔다드려야겠어. 이 사건의 사법적인 처리는 우리와 관계없을 테니 말이야.”

너도밤나무 집에서 일어난 사건은 이렇게 끝났다. 루캐슬 씨는 목숨은 겨우 건졌지만 심한 장애가 남았고, 평생 다른 사람의 간호를 받아야만 살 수 있는 신세가 되었다. 루캐슬 부부는 여전히 톨러 부부를 하인으로 데리고 있었는데, 아마도 이들 부부가 루캐슬에 대해 너무 많은 것을 알고 있기 때문인지도 모른다.

파울러 씨와 루캐슬 양은 너도밤나무 집에서 도망친 그 다음날, 사우스햄프턴 대주교의 특별 결혼 허가를 받을 수 있었고 행복한 결혼식을 올렸다. 파울러 씨는 현재 인도양의 식민지인 모리셔스에서 관리로 일하고 있다. 내 친구인 홈즈는 냉정한 남자답게 사건이 종결된 이후에는 바이올렛 헌터 양에게 더 큰 관심을 가지지 않았다. 지금 헌터 양은 월솔에서 사립학교 교장으로 아이들을 가르치고 있다. 용기 있고 지혜로운 그녀는 그곳에서도 일을 잘하고 있으리라 나는 믿고 있다.

마지막 사건

The Final Problem

사건을 기록할 때면
항상 설레고 기대되는 마음이었지만, 지금
은 무거운 마음으로 펜을 들고 있다. 나의 둘도 없는 친
구인 셜록 홈즈의 특별하고 남다른 재능에 대해 마지막
기록을 남겨야 하기 때문이다. 그와 내가 처음 인연을
맺었던 《주홍색 연구》를 시작으로, 그가 <해군 조약문>
사건에서 큰 업적을 남겼던(국제적 분쟁을 막아준 공헌)
일까지 나는 그와 함께했던 놀랍고 신기한 경험들을 글
로 남기기 위해 항상 노력해 왔다. 그러나 지금 생각해
보면 그것은 두서도 없고 결코 완전할 수 없는 노력이
었다. 나는 <해군 조약문> 사건의 기록을 마지막으로,
나의 삶에 오점으로 남은 그 사건에 대해서는 아무 말
도 하고 싶지 않았다. 그 일 이후 2년이라는 적지 않은
세월이 흘렀지만 내 삶은 여전히 공허함이 남아 있었기

때문이다. 하지만 최근 제임스 모리어티 대령이 죽은 형을 옹호하는 편지를 만천하에 드러낸 것을 보고, 사실을 있는 그대로 발표하는 것이 최선임을 깨닫게 되었다. 나는 사건의 전말을 알고 있는 유일한 사람이고, 내가 아무 말도 하지 않는다는 것은 사회에 도움이 되지 않으리라고 생각했기 때문이다.

내가 알고 있는 한, 이 사건에 대한 기사가 신문에 실린 것은 모두 세 번이다. 첫 번째는 1891년 5월 6일자 스위스의 일간지 <주르날 드 주네브>에, 두 번째는 5월 7일자 로이터 통신 발로 영국의 각 일간지에 소개된 기사, 마지막으로 제임스 모리어티 대령이 발표한 최근의 편지이다. 이 중 첫 번째와 두 번째는 간단한 요약 기사에 불과하지만, 세 번째 기사는 사실을 완전히 왜곡한 것이었다. 그러므로 모리어티 교수와 셜록 홈즈 사이에 실제 있었던 사실을 내가 밝혀야만 하는 것이다.

내가 결혼과 함께 병원을 개업하면서, 홈즈와 나 사이의 관계는 상당히 달라졌다. 결혼 전에는 모든 생활을 함께하는 아주 밀접했던 관계였지만, 이제는 가끔씩 만나는 친구이자 일부 사건을 함께하는 보조자가 된 것이다. 사건을 해결하면서 동료가 필요할 때는 가끔씩 나를 찾기도 했지만 그런 일은 점점 드물어졌다. 1890년에 썼던 내 노트에는 단 세 가지 사건만 기록될 정도였다. 그해 겨울과 다음 해 초봄, 홈즈가 프랑스 정부의 의뢰로 매우 중요한 사건을 맡게 되었다는 사실을 신문을 통해서 우연히 알게 되었다. 그리고 얼마 뒤 그에게 편지 두 통이 왔다. 발신지가 나르본과 님으로 되어 있는 것을 보면서 그의 프랑스 체류가 예상보다 길어지고 있다고 생각했다. 그렇기 때문에 4월 24일 저녁, 그가 나의 진료실로 들어오는 걸 보자 나는 놀라지 않을 수 없었다. 그는 평소보다 더 창백해 보였고 마른 듯했다.

"내가 그동안 너무 많은 활동을 한 거 같긴 하군."

내가 미처 말을 꺼내기도 전에 그는 내 표정만 보고 이렇게 대답했다.

"요즘 많이 바빴네. 그런데 내가 덧문을 닫아도 될까?"

방 안에는 책을 읽기 위해 책상 위에 올려놓은 등잔불만이 있었다. 홈즈는 벽에 바싹 붙은 채로 조심스럽게 몸을 움직이더니 신속하게 덧문을 닫고 단단히 잠갔다.

"조심해야만 하는 무슨 일이 있는 건가?"

나는 그에게 물었다.

“그렇다네.”

“어떤 종류의 위험인가?”

“공기총이라고 할 수 있지.”

“아니, 갑자기 그게 무슨 말인가?”

“자네는 나에 대해 잘 알고 있으니 내가 소심하지 않다는 것 또한 알고 있을 거야. 하지만 신변에 위험이 닥쳤다는 걸 알고 있는데도 인정하지 않는다면 그것은 용기가 아니라 어리석은 거라네. 나에게 성냥을 좀 빌려 주게나.”

홈즈는 담배를 피우면서 기분이 좋아진 듯 연기를 깊이 빨아들였다.

“밤늦게 찾아와서 미안하네. 조금 이상하게 들릴 수도 있겠지만 난 돌아갈 때 자네 집 뒤로 해서 담을 넘어 가겠네. 이해해 주게.”

“도대체 무슨 일이 있는 건가?”

내가 물었다. 그는 나에게 대답 대신 그의 손을 내밀었다. 밝은 불 아래에서 보니 손등 관절 두 곳이 터져서 피가 나고 있었다.

“상처가 보이지? 이건 내 상상력이 만든 게 아니라네.”

그는 살짝 미소를 머금으며 말했다.

“오히려 한 남자의 손을 다치게 할 수 있을 만큼 현실적이지. 자네 부인은 위층 침실에 있나?”

“잠시 어딜 좀 갔다네.”

“그럼 집에 자네 혼자 있나?”

“그렇다네.”

“오, 마침 잘됐군. 괜찮다면 나와 함께 일주일 정도 유럽에 다녀오는 것은 어떤가?”

“갑자기 유럽이라니? 어느 나라를 갈 예정인지 물어 봐도 되겠나?”

“나한테는 어디라도 상관없다네.”

모든 게 다 수상하기 짝이 없었다. 홈즈가 아무 목적 없는 휴가를 보낼 리가 없다는 사실을 나는 잘 알고 있었다. 게다가 창백하고 많이 여윈 얼굴에는 매우 긴장한 듯한 표정이 역력했다. 그는 내 눈에 담긴 의문을 읽어내고 무슨 말을 하려는 듯이 두 손 끝을 마주 댄 채로 팔꿈치를 무릎 위에 올렸다. 그리고 이야기를 시작했다.

“자네 혹시 모리어티 교수라고 아는가?”

“처음 듣는 이름이군.”

“아, 그런가? 그는 천재라네. 그 점이 바로 가장 놀라운 것이지.”

홈즈는 외쳤다.

"그자는 런던에서 큰 세력을 떨치고 있다네. 하지만 그에 대해서 자세히 아는 사람은 아무도 없어. 그가 오랜 범죄의 역사에서 최고로 꼽히는 이유가 바로 그것 때문이지. 왓슨, 내가 그자를 사라지게 할 수 있다면, 그자의 악랄한 손에서 이 나라를 해방시킬 수 있다면 더 이상 바랄 게 없을걸세. 그렇게 된다면 나도 소명을 다한 것으로 생각하고, 은퇴하여 조용하게 살고 싶다네. 지금 이 말은 진심이야. 자네 앞이라서 하는 말인데, 최근 스칸디나비아 왕실과 프랑스에서 의뢰했던 사건 해결 때문에 나에게 어울리는 조용한 생활을 영위할 수 있게 되었지. 내가 하고 싶어하는 화학 연구에 몰두할 수 있는 여건이 조성되었어. 하지만 왓슨, 모리어티 교수 같은 인간이 런던을 활보하고 있다고 생각하면 나는 이대로 있을 수가 없다네. 조용히 쉬는 것도, 자리에 가만히 앉아 있을 수도 없지."

"그가 대체 어떤 사람이기에 그러는 건가?"

"모리어티 교수는 매우 독특한 이력을 갖고 있어. 좋은 집안에서 태어났고 훌륭한 교육을 받았지. 게다가 뛰어난 수학적 재능을 타고났어. 21살 때 이항정리에 관한 논문을 썼는데 유럽 전체에서 아주 높은 평가를 받기도 했다네. 그 논문으로 인해 영국의 작은 대학에서 수학 교수로 임명되기도 했고. 어떤 면에서 봐도 그는 빛나는 미래가 보장되어 있었다네. 그러나 그는 천성적으로 악마의 기질을 타고난 거지. 몸속에 범죄자의 피를 가지고 있었던 거야. 정신적으로 뛰어난 능력으로 인해 그의 범죄적 능력은 더욱 강해졌다네. 재능이 오히려 화를 부른 것이지. 대학가에서 그를 둘러싸고 좋지 않은 소문이 돌자 그는 결국 교수직을 사임하고 런던으로 돌아왔지. 그리고 육군 교관이 된 거라네. 세상에 알려져 있는 사실은 여기까지야. 지금부터 말하는 것은 모두 내가 발로 뛰어 알아낸 거라네.

자네도 알겠지만 나만큼 런던의 범죄 세계에 대해 알고 있는 사람은 없을 거라네. 최근 몇 년 동안 사건을 해결하면서 나는 어떤 힘을 느꼈다네. 법질서를 거스르고 범죄자를 뒤에서 보호해 주는 거대한 조직력이었지. 사기, 절도, 살인 등의 극단적인 사건에서 이 힘을 계속 느끼고 있었고, 알려지지 않은 수많은 범죄들에서 그 세력의 근원을 찾아내려고 노력했지. 몇 년에 걸쳐 그 세력을 싸고 있는 장막을 걷어내려고 시도한 끝에 얼마

The Final Problem

전 수학의 귀재이자 전직 대학교수인 모리어티의 존재
를 밝혀냈다네. 물론 단서를 찾아서 그의 위치를 추적
하기까지는 정말 말할 수 없는 우여곡절이 있었지.

왓슨, 그자는 범죄 세계에서만큼은 나폴레옹과 같다
네. 런던이라는 대도시에서 일어난 악행의 절반 이상,
그리고 발각되거나 알려지지 않은 범죄의 대부분은 그
에게 책임이 있다고 해도 과언이 아니야. 그는 천재인
데다가 철학자이고 추상적 사고의 대가라네. 그리고 가
히 최고라고 할 수 있는 머리를 가지고 있지. 그는 거미
줄 한가운데에서 먹이를 기다리고 있는 거미처럼 꼼짝
않고 엎드려 있어. 거미줄은 천 가지가 넘는 방향으로
뻗어 있고, 그는 각각의 거미줄의 떨림을 예리하게 느
낄 수 있지. 그는 무모하게 직접 행동에 나서는 일은 거
의 없다네. 오로지 범죄에 대한 계획을 세울 뿐이야.

그리고 그가 세운 계획을 실행할 행동 대원은 무수히
많다네. 게다가 놀라울 정도로 조직이 완벽하게 구성되
어 있고. 예를 들면, 어떤 범죄를 저지르려고 할 때, 그
얘기가 교수한테 들어가면 바로 체계적으로 실행될 수
있도록 사건이 짜여지는 것이지. 물론 행동대원은 다른
사람에게 잡힐 수도 있지만 그럴 때는 보석금이나 변호

사 비용이 조달되지. 하지만 뒤에서 범죄를 조종하는 중요 세력은 절대로 잡히지 않는다네. 게다가 의심받는 일도 없지. 왓슨, 내가 추리해 낸 조직은 이와 같아. 나는 그자의 존재를 만천하에 드러내고 괴멸시키는 일에 전력을 다해 왔다네.

하지만 생각보다 교수는 매우 치밀하더군. 내가 아무리 뒤를 쫓아도 곳곳에 안전장치를 설치해 놓은 것을 볼 수 있었지. 어떠한 수단을 이용한다고 해도 그를 법정에 세우고 유죄를 증명할 수 있는 현실적인 증거를 잡는 것은 불가능할 것 같았어. 자네는 사실 내 능력에 대해 충분히 알고 있지 않은가. 그를 쫓는데 전념하고 약 세 달이 지났을 때, 나는 결국 지적으로 동등한 능력을 가진 적을 만났음을 인정해야만 했네. 그가 저지르고 있는 범죄에 대한 증오심이 그렇게 강했어도 그의 놀라운 범죄적 기술에는 감탄할 수밖에 없었다네. 그렇지만 그 역시 사람이었던 터라 실수를 하더군. 그것은 아주 작은 실수였지만 내가 뒤쫓고 있는 상태였기 때문에 절대로 해서는 안 될 실수이기도 했네. 나는 신이 내려준 것 같은 그 기회를 놓치지 않았어. 그가 실수한 지점부터 그의 주변에 그물을 치기 시작했지. 모든 일이

마무리되고 이제는 그 그물을 잡아당기기만 하면 된다네. 앞으로 사흘 뒤, 즉 다음 주 월요일에 교수는 조직의 간부들과 함께 경찰에 체포된다네. 그러면 아마 본 적이 없을 최대의 형사재판이 열리겠지. 그리고 미궁에 빠졌던 사건 중 최소 40건 이상의 진상이 밝혀질 거야. 내 생각에는 전원이 교수형에 처해질 것 같고 또 그래야 한다고 생각하네. 그렇지만 만일 때가 되기 전에 함부로 움직인다면, 그들은 마지막 순간에도 도망을 갈 수 있을 거야. 그래서 매우 조심해야 한다네.

모리어티 교수 모르게 이런 일을 할 수 있었다면 좋았겠지만 그처럼 교활한 인물을 속인다는 것은 불가능했다네. 그는 내 행동 하나하나를 내가 된 것처럼 꿰뚫고 있었지. 그는 내가 친 그물을 끊임없이 걷어내기 위해 시도했고 나는 그럴 때마다 그를 격퇴했다네. 그 말 없는 싸움을 글로 쓴다면 아마 가장 치열한 범죄소설이 될걸세. 사실 지금까지 수많은 범죄를 다뤘지만, 이렇게 거세게 누군가를 몰아붙이거나 적수에게 이렇게까지 심하게 몰렸던 것도 처음이네. 하지만 내가 누군가. 그가 나를 향해 칼을 휘두를 때면 나는 그의 급소를 찔렀지. 마지막으로 오늘 아침, 나는 마지막 포석을 놓았

네. 이제 사흘 동안 기다리기만 하면 상황이 종료될 거라는 생각을 하면서 방에 앉아 있었지. 그런데 갑자기 문이 열리더니 모리어티 교수가 나타났네.

왓슨, 내가 웬만한 일에는 눈 하나 깜짝 하지 않는 사람이라는 건 자네도 알지? 하지만 오늘 아침에는 솔직히 매우 놀랐다네. 내 마음을 점령하고 있는 바로 그 남자가 내 앞에 서 있으니 내가 놀라는 건 오히려 당연한 일이겠군. 그는 깡마른 키다리인 데다가 하얀 이마는 유난히 튀어나왔더군. 두 눈은 움푹 꺼졌지만 얼굴은 깨끗이 면도한 상태였다네. 창백한 얼굴이 매우 금욕적으로 보였어. 용모는 교수 같은 분위기에 공부를 많이 한 탓인지 어깨는 굽었고 고개를 살짝 앞으로 내밀고 있었어. 파충류처럼 생긴 얼굴을 천천히 좌우로 흔들더니 눈살을 찌푸리고 호기심이 가득한 얼굴로 나를 자세히 바라보더군.

'생각처럼 전두엽이 발달한 건 아니군.'

교수는 드디어 입을 열었지.

'하지만 말이야, 실내복 주머니에 장전한 총을 집어넣고 그렇게 만지작거리는 건 매우 위험하다네.'

사실 그가 내 방에 들어오는 순간부터 내가 위험한

상태라는 것을 알았지. 그에게 있어서 유일한 탈출구는 나를 제거하는 것일 테니까. 그런 이유로 재빨리 서랍에서 권총을 꺼내 주머니에 쑤셔 넣은 뒤에 옷 속에서 그를 겨누고 있었다네. 그의 말을 듣고 나는 권총을 꺼내 공이치기를 당겨놓은 채로 탁자 위에 올려놓았어. 혹시 모를 만약을 대비해서 말이지.

'당신은 내가 누군지 모를 테지만.'

교수가 말했지.

'그럴 리가. 내가 어떻게 당신을 모르겠나? 이쪽으로 앉으시지. 나한테 할 말이 있어서 온 것 아닌가?'

'그렇다면 내가 무슨 말을 할지 잘 알고 있겠군.'

'물론이지. 자네 역시 내 대답을 잘 알겠군.'

나는 그의 말에 대답했다네.

'허허, 자네 생각을 바꿀 생각이 없다는 건가?'

'절대로 없지.'

교수는 내 대답을 듣자마자 주머니에 손을 집어넣었고 나는 탁자에 있는 권총을 집어 들었지. 하지만 그가 꺼낸 것은 날짜를 몇 개 적어 놓은 메모장이었어.

'당신은 1월 4일에 미행으로 나의 영역을 처음으로 침범했어.'

교수는 계속 말했네.

'23일에는 나한테 폐를 끼친 일로 불편한 상황이 되기도 했고, 2월 중순쯤에는 당신이 매우 거추장스러웠어. 3월 말에는 내 계획을 결정적으로 방해해서 적지 않은 차질까지 빚게 했지. 그리고 지금 4월 말, 나는 당신의 끊임없는 추적 때문에 자유까지 잃을 지경이야. 이런 상황이 있을 수 있다니 정말 믿을 수가 없어.'

'그래서 어쩌라는 건가?'

나는 그에게 물었지.

'홈즈 선생, 부탁이니 나에게서 손을 떼게나. 그게 자네를 위한 일이라는 건 말하지 않아도 알겠지?'

교수는 고개를 저으며 말했네.

'좋아! 하지만 사흘 뒤에 그렇게 하지.'

'저런, 당신같이 명석한 사람이 이번 일의 결과가 어떻게 될지 모를 리가 없을 텐데. 이쯤에서 멈추시게나. 당신이 일을 극단적으로 처리했기 때문에 우리가 선택할 수 있는 방법은 하나밖에 없어. 하지만 난 당신이 마음에 들어. 당신의 일처리 솜씨를 지켜보는 것도 매우 큰 기쁨이었기 때문에 극단적인 방법을 사용하고 싶지 않아. 이런, 당신은 지금 이 상황에서 웃고 있군. 이건

협박이 아니야. 이렇게 나온다면 나도 다른 방법이 없다네.'

'위험을 감수하는 것은 내가 하는 일의 일부지. 피하고 싶지 않다네.'

'그건 위험이 아니야. 불가피한 파멸이라네. 지금 맞서고 있는 대상은 어느 한 개인이 아니거든. 당신의 뛰어난 두뇌로도 쉽게 파악하기 힘든 막강한 조직이지. 이렇게까지 말했으면 비켜서게나. 그렇지 않으면 무참히 짓밟히고 말걸세.'

나는 인사를 하기 위해 자리에서 일어섰지.

'오늘 만나서 반가웠네. 즐거운 대화를 나누다보니 중요한 일을 잊고 있었지 뭔가.'

교수도 자리에서 일어났지. 슬픈 듯이 고개를 흔들면서 말없이 한동안 나를 쳐다보았어.

'정말 어쩔 수 없군. 안타깝지만 어쩔 수 없어. 난 최선을 다한 거라네. 당신이 어떤 포석을 놓았는지 난 다 알고 있지. 사흘이라고? 자네는 자신 있게 말하지만, 사흘 안에 자네가 할 수 있는 일은 아무것도 없을 거야. 오랜 시간 동안 우리 둘은 사투를 벌여왔지. 나를 피고석에 앉게 하고 싶겠지만 내가 법정에 서는 일은 절대

로 없을 거야. 당신이 나를 꺾고 싶어하는 마음 또한 잘 알고 있지만 내가 당신에게 꺾이는 일 또한 절대 없을 테지. 기억해 두게. 당신이 나를 파멸시킨다면 나 또한 당신에게 파멸을 선물할 테니까.'

'모리어티 교수, 당신이 나한테 충고를 해주었으니 가만히 있을 수가 없군. 답례로 나도 한 마디 하겠네. 당신을 이 사회에서 없앨 수 있다면 이 한 목숨 정도는 기꺼이 내놓을 테니 걱정은 접어두시게.'

'그럴 수 있을 거라 생각하나? 끝장나는 건 당신 하나 뿐일 텐데.'

교수는 매서운 목소리로 말하고 또다시 고개를 흔들면서 방을 나갔네. 솔직히 모리어티 교수와 이런 대화를 나눈 뒤에 매우 불쾌했다네. 그의 부드럽고 명료한 말은 그 어떤 협박보다 강한 설득력을 가지고 있었으니까. 자네는 이렇게 말할 수도 있을 거야. 왜 경찰력을 동원하지 않느냐고. 경찰은 사실 도움이 안 된다네. 나를 공격할 사람은 그가 아니라 그의 부하들이니까. 그런 사실을 증명할 수 있는 결정적인 증거도 이미 몇 가지 손에 넣었고."

"설마, 자네 벌써 테러를 당한 건 아니겠지?"

"모리어티 교수는 꾸물거리는 사람이 아니야. 점심 무렵에 볼 일이 있어서 난 잠시 옥스퍼드 가에 갔었어. 벤틴크 가의 모퉁이를 돌아 웰베크 가의 교차로로 가고 있었는데, 갑자기 두 필의 말이 끄는 짐마차가 엄청난 속도로 달려오더니 나를 덮쳤어. 나는 재빨리 인도로 뛰어들어서 간신히 목숨을 구할 수 있었지. 짐마차는 다시 눈 깜짝할 사이에 매릴리본 길로 사라졌어. 그 상황은 우연이 아니었을 거야.

그 이후에 나는 인도로만 걸었지. 하지만 그것도 안전하진 않더군. 비어 가를 내려가고 있는데 어떤 집 지붕에서 벽돌 하나가 떨어지는 거야. 그 벽돌은 내 발밑에서 산산조각이 났지. 나는 경찰을 불렀고 그곳을 샅샅이 뒤졌다네. 그 집 지붕에는 집수리를 하기 위해 슬레이트와 벽돌이 쌓여 있었어. 경찰은 바람으로 인해 그 중 하나가 떨어졌을 거라고 설명했지. 물론 그건 사실이 아니었지만 증명할 방법이 없더군.

그리고 마차를 잡아타고 펠멜 가에 있는 형 집에서 하루를 쉬었다네. 아까 자네 집으로 오는 길에는 길에서 곤봉을 들고 있던 거구의 괴한에게 습격당했지. 나는 그자를 때려눕힌 다음 경찰에 넘겼네. 그때 내 주먹이 그자의 앞니를 맞혔고 내 손등은 찢어졌다네. 그렇지만 나를 습격한 괴한과 그로부터 15킬로미터나 떨어져 있는 곳에서 수학 문제를 풀고 있는 수학자와의 관계를 증명할 수 있는 연결 고리가 과연 있을까? 그래서 내가 이 방에 들어오자마자 덧문부터 잠근 거지. 돌아갈 때는 담을 넘어가겠다고 한 것도 그런 이유일세.”

그동안 여러 가지 모험을 함께하면서 나는 홈즈의 용기에 감탄한 적이 한두 번이 아니었다. 하지만 이렇게 조용히 자신을 죽음으로 몰아넣으려고 한 사건들을 털어놓는 모습에는 더더욱 놀라지 않을 수 없었다.

“오늘 밤 여기에서 자게나. 이곳은 안전할 거야.”

내가 말했다.

“아니라네. 난 매우 위험한 손님이니까. 이미 나는 계획을 전부 짜놓았어. 모두 다 잘 될 테니까 걱정하지 말게. 이렇게 완벽하게 준비해 두었으니 일당을 검거하는 문제는 경찰이 나 없이도 잘할 수 있을 거야. 혐의를 입증하려면 물론 내가 있어야겠지만 경찰이 행동을 개시하기 전까지 남은 며칠 동안 나는 여기에 있지 않는 게 좋을 것 같아. 자네가 그 시간 동안 나랑 함께 유럽에 있어준다면 정말 즐거울 거라네.”

“다행히 나도 요즘은 한가한 편이야. 일을 부탁할 친절한 이웃 의사도 있으니 나도 자네와 함께 즐거운 마음으로 동행하겠네.”

“내일 아침에 출발하는 건 어떤가?”

“자네만 괜찮다면 나도 좋네.”

“오, 괜찮고말고. 이제 행동 요령을 알려주겠네. 잘 기억해 두고 그대로 따라하게. 자네는 지금 나와 함께 유럽에서 가장 머리가 뛰어난 악당과 가장 강력한 범죄 집단을 상대하는 게임을 해야 한다네. 먼저 오늘 밤, 믿을 만한 심부름꾼을 찾아 빅토리아 역으로 여행에 필요한 짐을 보내게. 주소를 써서는 안 되네. 그리고 아침이 되면 이륜마차를 부르게. 이때는 미행당하지 않도록 조심해야 하네. 마차가 오면 재빨리 타고 스트랜드 쪽의 로더아케이드로 가게. 주소는 미리 종이에 적어서 마부에게 건네주고 그걸 함부로 던져버리지 않도록 따로 부탁하게. 마차 요금은 미리 준비해 놓고 마차가 서면 바로 내려서 아케이드를 빠르게 뛰어가게. 아케이드의 반대쪽 끝에 정확히 9시 15분까지 도착해야 해. 그곳에 도착하면 작은 브루엄 마차 한 대가 있을걸세. 마차의 마부는 빨간 선을 두른 검정색 망토를 입고 있을 거야.

자네가 이 마차를 제 시간에 탄다면 시간에 맞춰 빅토
리아 역에 도착할 테고.”

“자네와는 어디서 만나는 건가?”

“역에서 만나게 될걸세. 앞에서 두 번째, 일등실을 예
약해 놓았지.”

“열차 안에서 만나게 되는 건가?”

“그렇다네.”

나는 걱정스러운 마음에 홈즈에게 다시 한 번 자고
가라고 말했지만 그는 거절했다. 자신이 머물게 되면
문제가 생길 것이라고 생각한 게 분명했다. 내일 계획
에 대해서 이야기를 마친 뒤 그는 정원으로 나가 그가
말한 대로 담을 넘었다. 모티머 가로 내려서자 바로 휘
파람을 불어 이륜마차를 불렀다. 마차를 탄 그는 곧 사
라졌다.

다음날 아침, 나는 홈즈가 말한 그대로 실행했다. 식
사를 마치자마자 쫓는 자가 있을지 모르는 마차를 피해
로더 아케이드로 달려갔다. 나는 있는 힘을 다해 아케
이드를 통과했고, 육중한 체구에 검은 망토를 두른 마
부를 발견했다. 내가 마차에 타자 마부는 빅토리아 역
을 향해 빠른 속도로 마차를 몰았다. 내가 내리자 그는

마차를 돌리고 다시 다른 방향으로 쏜살같이 달려갔다.

짐은 벌써 도착해 있었고 홈즈가 말한 열차는 쉽게 찾을 수 있었다. <예약>이라고 표시된 열차는 그것뿐이었기 때문이다. 그러나 걱정거리가 남아 있었다. 홈즈가 아직 나타나지 않았기 때문이었다. 역에 있는 시계를 보니 겨우 7분이 남아 있었다. 여행하는 사람들과 전송하는 사람들 사이에서 나는 눈으로 열심히 홈즈의 모습을 찾았다. 그러나 그의 모습은 어디에서도 찾을 수 없었다.

사방을 두리번거리던 나는 점잖은 이탈리아 신부를 잠시 도와주었다. 신부는 영어가 몹시 서툴렀고, 짐을 파리로 부치겠다는 말을 짐꾼에게 이해시키려고 노력하고 있었다. 그러다가 내 자리로 돌아왔는데, 아까 내가 도와주었던 이탈리아 사제가 옆자리에 앉아 있는 것이 아닌가. 나는 신부에게 이 자리는 이미 임자가 있다고 말했지만, 그는 내 말을 전혀 알아듣지 못했다. 내 이탈리아어 실력은 그의 영어만큼이나 짧았기 때문에 나는 홈즈가 오면 해결하기로 했다.

초조한 마음으로 주위를 두리번거렸지만, 그는 보이지 않았고 나는 겁이 나기 시작했다. 지난밤 홈즈에게

마지막 사건

무슨 일이 생겼을지도 몰랐기 때문이었다. 열차의 문이 닫히고 기적이 울렸다. 어찌 해야 할 바를 모르던 나에게 갑자기 누군가 말을 걸어왔다.

"자네는 나에게 인사하는 걸 잊은 건가?"

나는 몹시 놀라서 말을 건 방향으로 몸을 돌렸다. 이탈리아 신부가 내 얼굴을 쳐다보고 있었다. 주름살이 펴지면서 처졌던 코가 올라붙었고, 튀어나온 아랫입술은 제자리로 돌아왔다. 멍하던 눈에는 활기가 돌았고 처졌던 몸은 곧추세워졌다. 그러나 순식간에 다시 온몸이 쪼그라들었다. 홈즈의 모습은 나타났을 때처럼 흔적도 없이 다시 사라져버린 것이다.

"이럴 수가!"

나는 나도 모르게 소리쳤다.

"사람을 놀라게 하는 건 당해낼 수가 없군!"

"조용히 하게. 아직도 조심해야 한다네."

그는 낮은 목소리로 속삭였다.

"지금 내 뒤를 바짝 쫓고 있거든. 저기 교수가 직접 왔군."

홈즈가 말하는 사이 기차는 움직이기 시작했다. 뒤를 돌아보니 키가 큰 남자가 기차를 세우라는 뜻으로 손을

The Final Problem

흔들면서 군중 속을 정신없이 헤쳐 나오고 있었다. 그러나 기차는 이미 빠른 속도로 역 구내를 빠져나갔다.

"조심한 덕분에 이렇게 무사히 빠져 나와서 다행이야."

홈즈는 안심했다는 듯이 웃음을 터뜨렸다. 그는 일어나서 옷과 모자를 벗어 가방에 넣었다.

"왓슨, 오늘 아침 조간신문 봤는가?"

"아니. 아직 보지 못했네."

"그럼 베이커 가 소식에 대해서는 모르겠구먼."

"베이커 가에 무슨 일이 있는가?"

"교수 일당이 간밤에 우리 하숙집에 불을 질렀다고 하더군. 예상하고 있었기 때문에 큰 피해는 없었지만."

"저런, 홈즈. 이건 말도 안 되는 일이야."

"저 악당들은 곤봉을 든 사내가 경찰에 검거된 후 나를 놓친 것 같네. 내가 집으로 돌아갔다고 생각했으니 하숙집에 불을 질렀을 것이고 말이야. 게다가 용의주도하게 자네를 감시한 것 같네. 그랬으니 모리어티가 빅토리아 역에 나타난 거지. 자네 오다가 실수를 한 건 아닌가?"

"난 자네가 어제 말한 대로만 했네."

"내가 말했던 브루엄을 타고 왔는가?"

마지막 사건

“그렇다네. 도착하고 바로 탈 수 있었다네.”

“그 마부가 누구였는지 알겠던가?”

“아니. 처음 보는 얼굴이었네.”

“마이크로프트 형이라네. 이런 비밀스러운 일에는 가능하면 제3자가 없는 게 좋지. 이제부터 우리는 모리어티 교수에게 어떻게 대처할 것인가에 대해 좀 더 세밀한 계획을 짜야 한다네.”

“이건 급행열차가 아닌가. 게다가 배와 곧장 연결되고. 우리는 이미 역에서 그자를 따돌린 것이 아닌가?”

“왓슨, 내가 자네에게 그의 지적 수준은 나와 동등하다고 말하지 않았던가. 내가 그를 뒤쫓는 입장이었다면 포기할 것 같나? 그건 그를 아주 얕잡아보는 거라네.”

“그렇다면 그는 어떻게 할 것 같나?”

“아마 나처럼 하겠지.”

“자네라면 어떻게 할 생각인가?”

“나라면 특별열차를 전세 내겠지.”

“그렇지만 이 열차보다는 늦을 텐데.”

“이 기차는 캔터베리 역에서 정차하는 데다가 배는 항상 최소 15분은 지연되지. 모리어티는 아마 그곳에서 우리를 따라잡을 수 있을걸세.”

"이런, 마치 우리가 범죄자가 된 것 같군. 그가 거기
까지 우리를 쫓아오면 체포해 버리는 건 어떤가?"

"그렇게 하면 세 달 동안 작업한 게 모두 수포로 돌아
가 버린다네. 대어를 낚을 수야 있겠지만, 피라미들도
모두 잡아야 하거든. 월요일만 되면 저 악당들을 모두
잡을 수 있어. 이제 와서 그것들을 다 포기하고 교수만
체포할 수는 없다네."

"자네에게는 물론 다른 방법이 있겠지?"

"우리는 캔터베리 역에서 내릴 거라네."

"그 다음에는 어떻게 할 건가?"

"육로로 뉴헤이번으로 가야지. 거기서 다시 프랑스의
디에프 항으로 건너갈 거야. 모리어티 역시 물론 나처
럼 할 게 분명하네. 파리로 건너가서 우리가 부친 짐을
미리 점찍어 놓고 역에서 우리를 기다리겠지. 하지만
우리는 그 짐을 찾지 않을걸세. 대신 시골에서 여행용
가방을 두어 개 사야겠지. 그리고 룩셈부르크와 바젤을
경유해서 좀 한가해진 뒤에 스위스로 들어갈 거라네."

그의 계획대로 우리는 캔터베리 역에서 내렸다. 그러
나 뉴헤이번 행 기차를 타기 위해서는 한 시간을 더 기
다려야 했다. 옷가방을 실은 수하물차가 멀어져 가는

마지막 사건

것을 안타깝게 쳐다보고 있는데, 홈즈가 내 소매를 잡아당기며 철로 쪽을 가리켰다.

"저기 보게, 벌써 오고 있군."

저 멀리 켄티시의 숲 사이로 가느다란 연기가 피어오르는 것이 보였다. 1분 뒤면 객차 겸 기관차가 굽은 길을 돌아 역사로 들어올 것이다. 홈즈와 나는 짐 더미 뒤로 가까스로 몸을 숨겼고, 기관차는 굉음을 내며 우리를 지나쳤다. 얼굴에 후끈한 더운 바람을 느낄 수 있었다.

"저기 그가 가는군."

기차가 지나가는 뒷모습을 보면서 홈즈가 말했다.

"보았는가? 저 친구의 지능에는 한계가 있는 거라네. 저 친구가 내 생각과 행동을 완벽하게 추리해 낸다면 정말 말할 수 없이 놀라운 일이겠지만."

"그런데 우리를 따라잡으면 어떻게 할 생각일까?"

"의심할 여지없이 나를 죽이려고 하겠지. 그것도 둘이 해볼 만한 게임이야. 이제 한동안 시간이 생겼다네. 여기서 이른 점심을 먹을까, 아니면 배가 고프더라도 뉴헤이번까지 참고 갈까?"

그날 밤 우리는 벨기에의 브뤼셀에 도착했다. 이틀을 보내고 사흘째 되는 날에는 프랑스의 스트라스부르로 이동했다. 월요일 아침이 되자 홈즈는 런던 경찰로 전문을 보냈고, 저녁때 호텔에 돌아오니 답장이 와 있었다. 홈즈는 편지를 뜯어보고 함부로 욕설을 내뱉으면서 벽난로 속에 편지를 던져버렸다.

"이럴 수가, 그 정도는 미리 예상해야 했는데."

그는 괴롭다는 듯이 신음했다.

"놈이 도망쳤다는군."

"모리어티 교수가 도망을 갔다고?"

"교수만 빼고 일당은 전부 검거했네. 그자는 경찰을 따돌린 거지. 내가 영국을 떠나면서 그자를 상대할 수 있는 인물이 사라진 것이긴 하지만. 난 사냥감을 전부 경찰에게 넘겨주었다고 생각했지 뭔가. 왓슨, 자네는 이제 영국으로 돌아가게."

"벌써 돌아가라고? 왜인가?"

"나와 함께 다니는 게 매우 위험해졌으니까. 교수는 이제 할 일이 없어졌다네. 이대로 그가 런던으로 돌아간다면 그는 패배자가 되는 거야. 그의 성격으로는 나에게 복수하기 위해서라면 무슨 짓이라도 할 거야. 지

마지막 사건

난번에 날 찾아왔을 때도 그 얘기를 했고. 분명히 진심이었을 테니 자네는 다시 환자를 돌보는 의사로 돌아가게나.”

하지만 나는 오랜 친구이자 동료인 그를 버릴 수 없었다. 우리는 스트라스부르에 있는 한 식당에 앉아서 30분 동안 그 문제로 논쟁했다. 그리고 결국 그날 밤, 우리는 다시 제네바를 향해 출발하기로 결정했다.

약 일주일 동안 우리는 즐거운 시간을 보냈다. 론 지방의 골짜기를 돌아다녔고, 루크로 나와서는 아직도 눈이 가득한 게미 고개를 넘기도 했다. 인터라켄을 경유해서 마이링겐으로 향하는 길은 그야말로 환상적이었다. 발아래는 초록이 빛나는 봄이었고, 그 위쪽은 하얀 눈이 쌓인 겨울이었다. 하지만 홈즈는 늘 경계하는 모습으로, 단 1초도 자신의 어두운 그림자를 망각하지 않았다. 알프스의 조용한 촌락이나 한적한 산길에서도 그는 언제나 날카로운 눈빛으로 주위 사람들을 훑어보았다. 그는 우리가 어디로 간다 해도 위험에서 벗어날 수는 없다고 여겼던 것이다.

게미 고개를 넘을 때는 실제로 매우 위험했던 적도 있었다. 음침한 도벤세 호수를 따라 걷고 있는데, 산 위

The Final Problem

에서 갑자기 커다란 바위 하나가 굴러 내려온 것이다. 다행히도 그 바위는 우리의 옆을 살짝 스치고 뒤쪽의 호수 속으로 풍덩 빠졌다. 홈즈는 산으로 뛰어올라가 산꼭대기에서 목을 길게 빼고 사방을 두리번거리며 범인을 찾았다. 여행 안내원은 원래 이곳이 낙석이 흔한 지역이라고 말했지만 홈즈는 그 말을 절대로 믿지 않았다. 그 일에 대해서는 아무 말도 하지 않았지만, 예상하고 있었다는 듯이 나를 보고 둘만이 알 수 있는 미소를 짓기도 했다.

홈즈는 이렇게 항상 경계를 늦추지 않았지만, 지금까지 별로 본 적이 없는 활발하고 밝은 모습을 여행 내내 보여주었다. 그는 모리어티 교수를 사회에서 제거할 수만 있다면 탐정으로 살아왔던 삶을 정리하겠다고 나에게 몇 번이나 반복해서 이야기했다.

"왓슨, 난 내 인생이 헛된 것이라고 생각하지 않아. 내 수사 기록이 오늘로 끝을 맺는다고 해도 냉정한 시선으로 돌아볼 수 있지. 지금 이곳의 맑고 깨끗한 공기보다 내게는 런던의 공기가 더 감미롭다네. 천 건이 넘는 사건을 다루면서 내가 실수를 한 사건은 아마 하나도 없을 거야. 사실 요즘에 나는 인위적으로 야기된 사건보다는 자연이 제기한 문제를 조사하고 싶다는 생각을 해왔지. 내가 유럽, 아니 전 세계에서 가장 위험하고 강력한 범죄자를 제거하는 위업을 이루게 된다면 더 이상 자네가 적을 이야기는 없을걸세.”

홈즈의 마지막은 이제 얼마 남지 않았고, 나는 최대한 간단명료하게 설명하려고 한다. 다시 떠올리고 싶지 않은 힘든 기억이지만, 일의 전후 결과를 빠짐없이 설명하기 위해서는 피할 수 없는 방법이다.

우리는 5월 3일, 마이링겐에 있는 작은 마을에 도착했다. 페터 스타일러 씨가 운영하는 <영국 주점>에서 짐을 풀었는데, 호텔 주인은 런던에 있는 그로브너 호텔에서 3년 동안 급사로 일한 적이 있는 사람이었다. 그는 영어를 유창하게 구사할 수 있었고 매우 똑똑한 사람이었다. 우리는 주인이 조언해 준 대로 4일 오후에 길을 나섰다. 작은 산을 하나 넘은 뒤 로젠라우이에 있는 촌락에서 숙박할 예정이었다. 호텔 주인은 우리에게 산 중턱에 있는 라이헨바흐 폭포를 건너갈 생각은 하지 말라고 신신당부했다. 폭포를 보기 위해서는 길을 약간 돌아가라고 말했다.

호텔 주인에게 들은 대로 그곳은 정말 무시무시했다.

눈이 녹은 물로 수량이 엄청나게 불어난 급류가 거대한 심연으로 쏟아져 내리면 짙은 안개처럼 보이는 엄청난 물보라가 피어올랐다. 폭포의 양쪽은 검푸른 바위가 둘러싸고 있었으며, 급류는 폭이 점점 좁아지면서 깊이를 알 수 없는 용소(龍沼)로 이어졌다. 그곳에서 마치 끓어오르는 듯한 물은 가장자리로 끊임없이 넘쳐흐르고 있었다. 쉴 새 없이 떨어지고 있는 녹색의 물줄기, 그리고 위쪽에는 커튼처럼 마구 펄럭이는 두꺼운 물보라 앞에서 홈즈와 나는 넋을 잃은 채 폭포수의 울림에 귀를 기울이고 있었다. 발밑 저 아래쪽에 있는 검은 바위에 물이 하얗게 부서졌다. 우리는 심연으로부터 물보라와 함께 올라오는, 마치 인간의 외침과도 같은 굉음에 귀를 기울였다.

폭포 전체를 볼 수 있는 길은 중간에서 끊겨 있었기 때문에, 우리는 왔던 길을 되돌아가야만 했다. 우리가 막 길을 돌아섰을 때 한 스위스 청년이 우리 쪽을 향해 달려오고 있었다. 그는 우리에게 편지를 전했는데, 방금 전에 떠나온 호텔 주인이 내게 보낸 것이었다. 우리가 호텔을 떠나자마자 폐결핵 말기의 어느 영국 부인이 그곳에 도착했다는 것이다. 부인은 다보스 플라츠에

마지막 사건

서 겨울을 나고 루체른으로 가던 중이었는데 갑작스럽
게 각혈이 시작되었고, 영국 의사를 만나보고 싶어한다
는 것이었다. 상냥한 스타일러 씨는 편지 말미에 추신
을 덧붙였는데, 부인이 스위스 의사를 한사코 마다하고
있으므로 내가 돌아와 준다면 정말 고마울 것이라고
말했다.

　의사로서 환자를 모른 척할 수는 없었다. 객지에서
죽어가는 동포의 부탁을 거절할 수 없었던 것이다. 홈
즈를 두고 가는 것도 마음이 놓이지 않았기 때문에 내
가 다시 올 때까지 편지를 전해 준 스위스 청년이 잠시
남아주기로 했다. 홈즈는 폭포를 더 구경하다가 로젠라
우이를 향해 산을 넘어가겠다고 말했고, 나는 저녁때쯤
다시 그곳으로 가기로 했다. 내가 걸음을 돌렸을 때, 홈
즈는 팔짱을 끼고 바위에 몸을 기댄 채 폭포를 내려다
보고 있었다. 그리고 그것이 그의 마지막 모습이었다.

　내리막을 거의 다 내려왔을 때, 폭포는 보이지 않았
지만 산등성이를 넘어 이어지는 구불거리는 산길이 보
였다. 한 사내가 그 길을 매우 빠른 걸음으로 걷고 있었
다. 초록빛 산을 뒤로 했기 때문에 그의 모습을 지금도
또렷이 떠올릴 수 있다. 유난히 빠른 그의 걸음이 왠지

The Final Problem

낯설지 않았지만 나는 마음이 급했기 때문에 돌아서자마자 그에 대해 잊고 말았다.

　마이링겐에 도착하는 데는 약 한 시간이 조금 넘게 걸렸다. 마침 스타일러 씨는 호텔 입구에 있었다.
　"부인의 병세는 어떤가요?"
　나는 빠른 걸음으로 그에게 다가서며 묻자 주인의 얼굴에 당혹스런 빛이 스쳐갔다. 그의 표정을 보자 나는 가슴이 쿵 내려앉는 걸 느꼈다.
　"이 편지를 쓰시지 않았습니까?"
　나는 스위스 청년에게서 받은 편지를 꺼내며 말했다.
　"폐결핵에 걸린 영국 여성은 어디에 있나요?"
　"영국 여성이라니, 그런 손님은 오지 않았습니다."
　주인이 말했다.
　"겉봉에 우리 호텔 마크가 있군요! 이런, 두 분이 떠난 뒤 키가 큰 영국인이 왔었는데 아마 그가 쓴 것 같군요. 그분 말로는……"
　나는 그의 설명을 기다릴 수 없었다. 나는 다리가 후들거리는 걸 느끼면서 마을길을 되돌아 내달리고 있었다. 내려오는 데는 한 시간 걸렸지만, 젖 먹던 힘까지

다해도 라이헨바흐 폭포까지는 약 두 시간이 넘게 걸렸다. 홈즈가 있던 자리에는 그의 등산용 지팡이가 있었다. 하지만 그는 어디에도 보이지 않았다. 내가 낼 수 있는 한 가장 큰 소리로 여러 번 불러봤지만 소용이 없었다. 되돌아오는 것이라곤 절벽에 부딪혀 되돌아오는 메아리가 전부였다.

등산용 지팡이를 다시 보았을 때 나는 온몸이 떨리면서 구역질이 나기 시작했다. 지팡이가 여기에 있다면 그는 로젠라우이에 가지 않은 것이 분명했다. 모리어티가 쫓아왔을 때 그는 한쪽은 수직 절벽이고 다른 한쪽은 깎아지른 듯한 낭떠러지인, 폭이 90센티미터밖에 안 되는 좁은 길 위에 서 있었던 것이다. 내게 편지를 전해 주었던 스위스 청년도 사라졌다. 아마도 그는 모리어티의 심부름꾼이었을 것이고 홈즈와 모리어티만 남겨졌을 것이다. 그 둘에게 어떤 일이 벌어졌을까? 무슨 일이 있었는지 우리에게 말해 줄 사람이 있을까?

나는 정신을 차릴 때까지 그 자리에 서 있었다. 내 눈 앞에 놓인 사실을 도저히 받아들일 수가 없었다. 나는 홈즈가 가르쳐준 방법을 생각해 내면서 이 비극적인 사실에 대해 읽어내려고 노력했다. 그러나 모든 것이 너

무나 분명했다. 우리가 이야기를 하고 있던 장소를 표
시하는 듯 지팡이는 그 자리에 있었다. 검은 토양은 물
보라 때문에 항상 젖어 있어서 작은 새 발자국도 남을
정도였다. 자세히 살펴보니 두 사람의 발자국이 길 끝
을 향해 찍혀 있었다. 그러나 그 발자국은 내 쪽에서 멀
어져만 갔고 돌아온 것은 없었다. 길 맨 끝에서 몇 미터
앞쪽에는 흙이 짓밟혀 진창(땅이 질어서 질퍽질퍽하게 된
곳)인 곳이 보였다. 절벽 가장자리에 있는 덤불이 뜯겨
져 나가 흙투성이가 된 것도 볼 수 있었다. 나는 이리저
리 튀기는 물보라 속에서 아래를 자세히 살펴보기 위해
바닥에 엎드렸다. 그러나 내가 떠난 뒤에는 이미 날이
어두워졌기 때문에 보이는 거라고는 물에 젖어 희끄무
레하게 보이는 검은 바위와 한없이 수직으로 떨어지는
물줄기의 끝에서 튀어 올랐다가 흩어지는 물거품이 전
부였다. 나는 미친 듯이 마구 소리를 질러댔다. 하지만
내 외침을 닮은 폭포 소리만 되돌아올 뿐이었다.

　그러나 친구의 마지막 인사는 남아 있었다. 그의 등
산용 지팡이가 있던 바위 위에 반짝거리는 무언가가 있
었던 것이다. 그것을 살펴보니 홈즈가 항상 가지고 다
니던 은제 담뱃갑이었다. 내가 담뱃갑을 들자 그 밑에

있던 작은 종이가 떨어졌다. 홈즈가 수첩을 찢어내 쓴 세 장짜리 편지였다. 그가 쓴 편지답게 수신인이 정확하게 적혀 있었고, 서재에서 쓴 것처럼 글씨는 또박또박했다.

　친애하는 왓슨

　모리어티 교수의 배려 덕에 몇 자 적을 시간이 있군. 교수는 우리 사이의 문제에 대해 마지막 토론을 앞두고 잠시 기다려주고 있다네. 그는 내게 영국 경찰을 어떻게 따돌렸는지 간단하게 얘기해 주었다네. 나 역시 우리가 이동한 경로에 대해 간단히 말해 주었지. 그의 이야기를 들어보니 역시 그의 능력은 높이 평가할 만한 가치가 있었어. 나는 그가 우리 사회에 더 이상 고통을 주지 않을 거라고 생각하니 매우 기쁘다네.

　물론 그것은 희생이 따르는 일이야. 그래서 내 친구들, 특히 자네는 적지 않은 고통을 겪을 것 같지만 말이야. 이미 충분히 설명했던 것처럼 나는 기로에 섰다네. 사실 이 결말은 그 어떤 것보다 마음에 들기도 해. 솔직히 말하자면 나는 마이링겐 호텔에서 보낸 편지가 속임수라는 걸 알았다네. 하지만 일이 이런 식으로 전개될 것을 미리 알았기 때문에 자네를 마을로 보냈지.

자네에게 몇 가지 부탁할 것이 있네. 모리어티 일당의 유죄를 입증하기 위해 필요한 서류는 서류꽂이 'M' 칸에 〈모리어티〉라고 쓰여진 푸른 봉투에 있다고 패터슨 경감에게 전해 주게나. 나는 영국을 떠나기 전에 재산을 전부 정리했네. 마이크로프트 형에게 모두 넘겨주었지. 자네 부인에게 인사 전해 주는 것도 잊지 말게. 그리고 자네, 잊지 말게나. 나는 자네의 진정한 벗이었다네.

— 셜록 홈즈

그 뒤의 이야기는 몇 마디면 충분하다. 경찰의 조사에 의하면, 격투를 벌이던 두 남자는 서로를 안은 채 밑으로 떨어졌을 것이라고 한다. 어차피 그렇게 끝날 수밖에 없었던 상황이기도 했다. 시신을 건져내려는 시도는 무의미했다. 흰 거품을 일으키며 끊임없이 소용돌이치고 있는 그곳에는 가장 위험하고 악랄한 범죄자와 최고의 법의 수호자가 영원히 잠들어 있을 것이다. 편지를 전했던 스위스 청년은 그 후로 찾을 수가 없었는데,

아마도 모리어티가 고용한 하수인의 하나였을 것이다. 대중들은 홈즈가 수집한 증거로 인해 모리어티 일당의 힘이 얼마나 컸는지 알 수 있었다. 그러나 가장 부서운 그들의 우두머리에 대해서는 거의 밝혀진 것이 없었다. 재판 과정에서도 그에 대해서는 아무런 얘기가 나오지 않았다. 내가 지금 그의 정체를 밝히는 것은 홈즈를 공격하여 모리어티의 오명을 없애려고 하는 생각 없는 사람들 때문이다. 홈즈는 나뿐만 아니라 모두에게 있어서 세상에서 가장 선하고 지혜로운 사람으로 남아 있어야 하기 때문이다.

빈집의 모험

The Adventure of
the Empty House

1894년 봄,
흔히 생각하지 못한 방식으로 살해당한
로널드 아데어 도련님 사건은 런던 전역을 시끄럽게 했
고 사교계를 충격으로 몰아넣었다. 지금은 경찰 조사
과정에서 흘러나온 사건 내용을 일반인들도 잘 알고 있
지만, 그 당시에는 사건에 대한 많은 사실들이 누락된
채로 알려졌다. 유죄의 증거가 너무도 뚜렷했기 때문에
굳이 모든 사실을 들춰낼 필요가 없었기 때문이었다.
10년이 지난 지금에서야 그 사건에서 누락된 고리를 완
벽하게 드러낼 수 있게 되었다.

사건은 그 자체만으로도 충분히 흥미로웠지만, 그것
과 맞물려 적지 않은 모험을 경험한 나는 큰 충격과 놀
라움을 느꼈다. 적지 않은 세월이 흘렀지만 아직도 그
생각을 하면 온몸에 전율이 일어날 정도이다. 또한 그

당시 가슴에 흐르던 환희와 경이, 그리고 의혹의 감정이 모두 생생하게 되살아나는 듯한 기분이 든다. 비록 사건을 완벽하게 파악하기에는 보잘것없는 기록이지만, 평범하지 않은 한 인간의 사고와 행동에 대해 새롭게 관심을 갖게 된 이들은 나를 너무 나무라지 않길 바란다. 만약 그가 진실 공개를 그토록 막지만 않았더라도 나는 진실을 밝히는 것을 가장 중요한 일로 생각했을 것이다. 그가 감춰진 이 사실을 비로소 밝히도록 허락해 준 것은 지난달 3일이었다.

나는 친구인 홈즈와 가깝게 지내면서 범죄에 깊은 관심을 갖게 되었다. 그가 실종된 이후에도 신문지상에 실리는 다양한 사건 기사를 유심히 읽었던 것은 그러한 이유이기도 했다. 순수하게 재미로만 그의 추리 방법을 이용하여 사건의 고리를 풀어보려고 한 적도 몇 번 있었지만 결과는 말할 만한 것이 못 되었다.

하지만 로널드 아데어 도련님 살인사건만큼 흥미로운 사건은 전무후무했다. 신문에 실린 법정에 제출된 증거에 대한 기사를 읽으면서(증거로 인해 불특정 개인 및 다수를 노린 고의적 살인으로 유죄 평결을 받음) 홈즈의 죽음이 우리 사회와 경찰에게 얼마나 큰 손실이었는가에

빈집의 모험

대해 다시 한 번 뼈아프게 느껴야만 했다. 홈즈가 살아 있었다면 이 사건에 대해 깊은 관심을 가졌을 테고, 그는 특유의 관찰력과 기민한 추리력으로 경찰 수사를 보완하거나 그들의 수사를 앞질러 해결했을 것이다. 마차를 타고 왕진을 다니면서 나는 하루 종일 그 사건에 대해 곰곰이 생각해 보았지만, 스스로 만족할 만한 결과를 얻어내지는 못했다. 이미 모두에게 알려진 내용이긴 하지만 나는 먼저 심리를 통해 공개된 사실을 여기에 간단히 정리하면서 다시 한 번 사건을 검토해 보려고 한다.

로널드 아데어는 당시 오스트레일리아 지역의 식민지 총독이었던 메이누스 백작의 둘째아들이었다. 아데어의 어머니는 백내장 수술을 받기 위해 아들 로널드와 딸 힐다를 데리고 오스트레일리아에서 귀국하여 파크레인 427번지에 머물 곳을 정했다. 한창 나이였던 청년 로널드는 최상류층의 사교계에 드나들곤 했다. 알려진 바로는 남에게 원한을 사거나 특별히 나쁜 버릇은 없었다고 한다. 카스테어스의 에디스 우들리 양과 약혼했지만, 몇 달 전 둘의 합의를 거쳐 파혼했고 그 일 때문에 상심한 흔적은 없었다. 그의 교제 범위는 넓지 않았는

The Adventure of the Empty House

데, 그것은 그의 일상생활이 단조롭고 감정에 휩쓸리지 않는 성격을 가졌기 때문이었다. 그런데 1894년 3월 30일 밤 10시에서 11시 20분 사이, 온화하고 태평스러운 젊은 귀족에게 갑작스러운 사신이 찾아왔다.

로널드 아데어는 카드를 매우 좋아했기 때문에 자주 카드 게임을 하곤 했다. 하지만 위험할 정도로 큰 액수의 도박을 하는 일은 없었고 볼드윈, 캐번디시, 바가텔 카드 클럽 등의 우수한 회원이기도 했다. 그가 죽던 당일에는 저녁 식사 후, 바카텔 카드 클럽에서 두 사람씩 쌍을 이루어 하는 휘스트 3판 승부 게임을 했다. 그는 오후부터 그곳에서 카드를 치고 있었는데, 함께 카드 게임을 한 머레이 씨, 존 하디 준 남작, 모런 대령 등의 증언에 따르면 오후에 휘스트를 했고 비겼다고 한다. 아데어는 그날 적지 않은 돈을 잃었지만 5만 파운드 이상은 아니었을 것이라고 한다. 그는 상당한 부자였기 때문에 그 정도의 손해는 별 것 아니었을 것이다. 그는 거의 매일 클럽에서 카드 게임을 했고, 조심스러운 성격이 도움이 되어 대개 돈을 따는 편이었다. 사건 몇 주일 전, 모런 대령과 한 팀이 되어 갓프리 밀너와 발모럴 경 팀에게서 단번에 420파운드를 땄다는 증언도 있었

다. 심리 중에 아데어의 최근 생활에 대해 나온 얘기는 다음과 같은 정도였다.

사건 당일 저녁, 아데어는 10시 정각에 집으로 돌아왔다. 어머니와 누이는 방문한 친척과 함께 저녁 시간을 보내고 있었다. 하녀는 그가 자기 방으로 쓰는 2층 거실에 들어가는 소리를 들었다고 증언했다. 또한 그 방에 불을 지피다가 연기가 심하게 나는 바람에 창문을 열어두었다고 말했다. 그런 다음에는 아무런 소리도 나지 않았다. 11시 20분쯤 메이누스 백작부인은 아들에게 잘 자라는 인사를 하기 위해 딸과 함께 2층으로 올라갔다. 그런데 평소와 달리 방문은 안에서 잠겨 있었고, 문을 두드리며 소리를 질러도 아무런 대답이 없었다. 하인들을 불러와 억지로 문을 열고 들어가자 방에는 아데어가 탁자 옆에 쓰러져 있었는데, 리볼버(탄창이 회전식으로 된 연발 권총)로 보이는 권총에 맞아 끔찍할 정도로 머리가 으스러져 있었다. 그러나 방 안에서는 총은커녕 어떠한 무기도 발견되지 않았다. 탁자 위에는 10파운드 지폐 두 장과 은화 및 금화가 17파운드 10실링이 있었다. 그 외에도 숫자가 적힌 종이가 있었는데, 그 옆에는 나란히 클럽 친구들의 이름이 쓰여 있었다. 아데아가 죽기 바로 전에 그날 카드 게임에서 잃은 돈과 딴 돈을 계산해 보고 있었다는 추측이 생기는 부분이었다.

그러나 자세한 현장 조사는 사건을 더욱 복잡하게 만들었다. 이해되지 않는 부분은 여러 군데 있었다. 첫째, 청년은 왜 평소와 달리 문을 안에서 잠갔을까 하는 의문이었다. 살인자가 방문을 잠근 뒤 창문을 통해 도망친 것이라고 생각할 수도 있다. 하지만 창문에서 지면까지는 최소 6미터나 됐고, 게다가 바로 밑은 꽃이 활짝 핀 크로커스 꽃밭이었다. 꽃밭은 누가 밟은 흔적이 전혀 없었고, 집과 도로의 경계를 이루고 있는 좁은 풀밭에도 사람의 자취는 전혀 남아 있지 않았다. 이러한 점으로 미루어보았을 때 방문을 잠근 사람은 아데어라는 것이 틀림없었다.

그렇다면 그는 대체 어떤 방법으로 죽은 걸까? 외부에서 어떤 흔적도 남기지 않고 창문으로 기어 올라가는 것은 사실상 불가능했다. 창문을 통해 총을 쐈다는 가능성도 전혀 배제할 수 없었지만, 창 밖에서 그것도 권총으로 그런 치명상을 입혔다면 보기 드문 명사수였을 것이다. 게다가 집 앞에 있는 도로는 통행량이 많은 길이었고, 집에서 100미터 정도 떨어진 곳에는 합승마차

빈집의 모험

승차장도 있었다. 그러나 꼼꼼한 탐문 수사에도 불구하고 총성을 들은 사람은 없었다. 총상으로 사람이 죽었고 납작해진 리볼버 탄환도 발견되었지만 사건은 오리무중이었다. 파크 레인 사건의 정황은 이러했지만, 특별한 범행 동기를 찾아낼 수 없었고 사건은 더욱 복잡해지기만 했다. 언급했던 것처럼 아데어 청년은 남에게 원한을 산 적이 없었고, 그의 방에 있는 돈이나 귀중품도 손댄 흔적이 없었기 때문이다.

나는 하루 종일 알려진 사실을 되새기면서 모든 것을 설명할 수 있는 가설을 세우기 위해 노력했다. 나의 친구 홈즈가(그는 이미 사라져 나에게 상황을 설명해 줄 수 없었지만) 모든 수사의 출발점은 '최소의 저항선'이라고 했던 말을 떠올렸다. 나는 그것을 혼자 힘으로 찾아보고 싶었다. 하지만 아무리 고민해도 어떠한 가설도 세울 수 없었다.

저녁때 나는 천천히 걸어 하이드 파크를 지나 6시쯤 옥스퍼드 가 쪽 파크레인에 도착했다. 그런데 어떤 집 앞의 도로에 여러 사람들이 웅성웅성 모여서 모두 2층의 창문을 올려다보고 있었다. 사람들로 인해 부산한 모습이었지만 내가 찾고 있던, 범행이 일어났던 집이 분명했다. 키가 크고 선글라스를 낀 말라깽이 남자는 사복형사로 보였는데, 그는 자신이 세운 가설을 사람들에게 피력하고 있었다. 사람들은 그의 주위에 서서 그의 말에 귀를 기울이고 있었다. 나도 그에게 다가가서 이야기를 들어보았으나 너무 터무니없는 얘기였기 때문에 뒤로 물러섰다. 그러는 와중에 뒤에 서 있던 허리가 굽은 노인과 부딪혔고, 그로 인해 노인이 들고 있던 책 몇 권이 바닥에 떨어졌다. 나는 책을 주워주면서 그 중 한 권의 제목이 《나무 숭배의 기원》인 것을 보고 노인의 직업인지 아니면 취미인지는 모르겠지만, 이해하기 어려운 책들을 수집하는 불쌍한 애서가라는 생각을 잠시 했다. 그리고서 그에게 나의 부주의로 인한 실수를 사과하려고 했지만, 떨어뜨린 책들이 노인에게는 소중한 보물이었는지 그는 크게 화를 내며 돌아서서 떠나버렸다. 나는 망연자실한 모습으로 허연 구레나룻을 기른 구부정한 노인이 인파 속으로 사라지는 모습을 지켜보았다.

파크 레인 427번지 주변을 둘러본 것은 문제를 해결하는데 큰 도움이 되지 않았다. 집과 도로 사이에는 가로장(가로로 건너지른 나무 막대기)을 댄 낮은 담이 서 있었고, 높이는 1.5미터를 넘지 않았다. 정원으로 들어가는 것은 쉬웠지만, 짚고 올라갈 수 있는 배수관 같은 것도 하나 없었기 때문에 2층 창문으로 올라가는 것은 어려울 것 같았다. 궁금증 해결은커녕 더욱 혼란스러워진 나는 켄싱턴 가로 돌아왔다. 그런데 서재로 들어온 지 5분도 채 안 되어 하녀가 들어왔고, 찾아온 사람이 있다는 말을 전했다. 놀랍게도 그 손님은 조금 전에 나와 부딪히고 화를 냈던 백발의 고서 수집가였다.

노인은 주름투성이 얼굴을 하얀 머리카락과 구레나룻으로 가린 채, 적어도 열댓 권은 될 듯한 책들을 오른쪽 겨드랑이에 끼고 있었다.

"아까는 나 때문에 매우 놀란 것 같았소."

노인은 쉰 목소리로 말했다.

"네, 그런데 저를 어떻게 찾아오셨는지 매우 놀랍군요."

나는 깜짝 놀라서 말했다.

"난 양심이 있는 늙은이라오. 선생 뒤를 쫓다가 선생이 이 집으로 들어가는 것을 보고 사과해야겠다고 생각했소. 아까 내가 무례했던 건 나쁜 뜻이 있어서가 아니었소. 책을 주워준 것도 고마웠소."

“아니 뭐 괜찮습니다. 그런데 저를 찾아오신 이유가 무엇인가요?”

“뭐, 외람된 말일지 모르나 난 선생의 이웃이라오. 난 처치 가 모퉁이에서 작은 책방을 꾸려가고 있소. 이렇게 만나게 되어 매우 영광이오. 선생도 책을 수집해 보는 게 어떻겠소? 여기 《영국의 조류》, 《카툴루스》, 《성진》이 있는데 모두 싸게 드리겠소. 다섯 권만 있으면 저기 두 번째 서가의 빈자리를 채울 수 있을 것 같은데. 책꽂이에서 빈 곳은 매우 흉해 보인다오.”

나는 그가 가리키는 책장을 바라보다 다시 고개를 돌렸을 때 노인 대신 셜록 홈즈가 싱글벙글 웃고 있는 것을 보았다. 나는 마치 벼락을 맞은 사람처럼 벌떡 일어나서 깜짝 놀란 채로 그를 한동안 바라보다가 난생 처음이자 마지막으로 기절해 버렸다. 회색 안개가 눈앞에서 빙빙 돌았고 얼마 후에야 겨우 정신을 차려 눈을 뜰 수 있었다. 내 셔츠의 윗부분은 풀어헤쳐져 있었고 입 속에서는 브랜디 맛이 느껴졌다. 홈즈는 잔을 들고서 의자에 앉아 있는 나를 내려다보고 있었다.

“왓슨, 정말 미안하군. 자네가 이렇게 놀랄 줄은 생각도 못 했네.”

홈즈는 친숙한 목소리로 말했다.

"홈즈! 정말 자네인가? 자네가 이렇게 살아 있다니 이게 꿈은 아닌지! 어떻게 그렇게 끔찍한 골짜기에서 살아나올 수 있었지?"

나는 그의 두 팔을 움켜잡은 채로 두서없이 물었다.

"자네, 이렇게 이야기해도 괜찮겠나? 내가 너무 극적으로 출현하는 바람에 자네한테 큰 충격을 준 것 같군."

"난 괜찮다네. 하지만 홈즈, 나도 내 눈을 믿을 수가 없어. 이럴 수가! 자네가 내 서재에 이렇게 서 있다니. 너무 기쁘다네. 빨리 그동안의 사연을 이야기해 주게나."

나는 다시 한 번 그의 팔을 잡으며 현실을 만끽했다. 옷소매 밑으로는 여위었지만 강건함이 묻어나는 팔의 근육이 느껴졌다.

홈즈는 내 맞은편에 앉아서 예전과 다름없이 자연스럽게 담배에 불을 붙였다. 그는 아직도 허름한 코트 차림이었지만, 변장에 사용했던 흰 수염과 책은 책상 위에 올려놓았다. 그는 예전보다 더 마르고 날카로워 보였는데, 얼굴빛을 보니 건강이 좋아보이지는 않았다.

"이렇게 몸을 펴고 있으니 한결 편하군. 키가 큰 남자가 몇 시간 동안이나 구부정하게 키를 30센티미터나 줄이고 있는 건 매우 힘든 일이거든. 그런데 왓슨, 내가 돌아온 얘기에 대해서라면 다른 때 하는 건 어떨까? 오늘 밤 나는 자네 도움이 필요하거든. 우리 앞에 있는 힘들고 위험한 일이 끝난 다음에 자초지종을 설명하는 것이 어떨까?"

"하지만 나는 너무 궁금하군. 지금 당장 그 이야기를 듣고 싶다네."

"자네, 오늘 밤 내가 같이 가자고 하면 갈 수 있나?"

"물론이지. 자네가 원하는 시간에, 자네가 원하는 곳으로 무조건 갈 거라네."

"오, 정말 옛날로 다시 돌아간 것 같군. 나가기 전에 잠시 식사를 할 시간은 있을 거야. 그럼 그 절벽 얘기를 해볼까. 사실 거기서 빠져나오는 것은 아주 쉬운 일이었지. 왜냐하면 나는 떨어지지 않았거든."

"절벽 밑으로 떨어지지 않았다고?"

"그렇다네, 왓슨. 물론 자네에게 쓴 편지는 모두 사실이었어. 고(故) 모리어티 교수가 무서운 얼굴을 하고서 탈출로를 막아선 걸 보는 순간 난 끝났다고 생각했다네. 그의 회색 눈에는 냉혹하고도 무서운 결의가 빛나고 있었으니까. 나는 교수와 몇 마디 주고받은 다음 짧은 편

지를 썼지. 그가 배려해 준 덕분에 자네가 받아볼 수 있었던 그 편지 말이야. 나는 그걸 담뱃갑과 지팡이와 함께 놓아두고 앞으로 걸어갔지. 모리어티 교수는 내 뒤를 따라왔어. 길이 끊어지자 나는 더 이상 갈 곳이 없었지. 모리어티는 무기를 들지는 않았지만, 나한테 덤벼들었고 긴 팔로 나를 끌어안았네. 그는 게임이 끝났다는 걸 인정했고 오로지 복수하겠다는 생각밖에 없었어. 우리는 절벽 가장자리에서 함께 비틀거렸지. 나는 전에 일본식 레슬링인 바리츠(baritsu, 일본 유술을 바탕으로 '바티즈' 라는 사람이 만든 호신술)를 약간 익혀두었다네. 그 기술을 두어 번 유용하게 써먹은 적도 있지. 나는 그의 팔을 뿌리쳤고 교수는 끔찍한 비명과 함께 두 팔을 휘저으며 몸의 중심을 잃었지. 결국 그는 절벽 너머로 추락하고 말았어. 그가 까마득한 절벽 아래로 떨어지는 모습을 나는 내려다보았지. 그는 먼저 바위에 부딪쳤다가 물속으로 첨벙 떨어졌어. 물론 그가 원한 결말은 그게 아니었겠지만."

홈즈는 담배를 뻐끔거리며 나에게 설명해 주었다. 나는 그의 이야기를 들으면서 놀라움과 궁금증을 감추지 못했다.

"하지만 발자국이 있지 않았나? 나는 두 사람의 발자
국이 앞으로 나아가기만 하고 돌아오지 않은 것을 두
눈으로 분명히 봤는데."

"교수가 추락한 순간, 나는 정말 겨우 목숨을 건졌다
는 걸 깨달았어. 그리고 내 목숨을 노리는 자가 모리어
티만이 아니라는 사실을 생각했지. 나한테 복수하겠다
고 벼르는 자들은 최소 셋이었는데, 그들이 모리어티의
죽음을 알게 되면 나에 대한 복수심을 더욱 불태울 게
분명했지. 게다가 셋 모두 모리어티만큼이나 매우 위험
한 자들이었다네. 그 중 하나만 있어도 나는 태평한 앞
날을 기약할 수 없었어. 만약 내가 이대로 사라진다면
그들은 마음을 놓고 자신들을 노출시킬 것이고, 그렇게
되면 나는 그들을 쉽게 일망타진할 수 있을 거라 생각
했다네. 아직 살아 있다고 떠들고 다니는 건 그런 일을
해결한 다음에 해도 되는 일이었지. 모리어티 교수가
떨어지는 그 짧은 순간 나는 이러한 생각들을 했고, 그
가 라이헨바흐 폭포의 밑바닥에 가라앉기도 전에 이러
한 결론을 내렸지.

나는 그곳에 서서 등 위에 있는 벼랑을 살펴보았네.
그로부터 몇 달 후에, 그때에 대한 자네의 생생한 기록

을 아주 흥미롭게 읽었어. 자네는 그것을 깎아지른 듯한 낭떠러지였다고 묘사했더군. 하지만 꼭 그렇지만은 않았지. 작은 발판이 몇 개 돌출되어 있었고 중간에 암반이 하나 튀어나와 있었거든. 낭떠러지는 너무 높았기 때문에 맨 위까지 올라가는 것은 불가능해 보였어. 그리고 축축하게 젖어 있는 길을 발자국 없이 지나가는 것도 불가능했지. 물론 비슷한 상황에서 해봤던 것처럼 신발을 거꾸로 신고 갈 수도 있었지. 하지만 세 사람의 발자국이 한 방향으로만 나 있는 것은 의심을 살 수 있거든. 그래서 위험하더라도 위로 올라가는 게 최선이라고 생각했어.

사실 그건 유쾌한 일은 아니었다네. 발밑에선 귀를 먹먹하게 할 정도로 큰 물소리가 울리고 있었으니까. 마치 심연 속에서 모리어티의 비명이 나를 잡기 위해 올라오는 것 같더군. 발을 한 번만이라도 잘못 디디면 나도 모리어티와 같은 신세가 되는 거지. 나는 풀포기를 놓치기도 하고 젖은 바위틈에서 발이 미끄러지기도 하면서 삶과 죽음 사이를 오고갔다네. 하지만 기를 쓰고 기어오른 끝에 녹색 이끼로 덮인 2~3미터 폭의 암반 위로 올라가서 아주 편안하게 쉴 수 있었지. 아래쪽에서는 나를 전혀 볼 수 없었어. 자네와 자네가 데리고 온 사람들이 사건 현장을 비효율적으로 조사하는 동안, 나는 그곳에서 팔다리를 쭉 펴고 누워 있었다네.

자네들은 역시나 틀린 결론을 내리더니 호텔을 향해 떠났고 나는 혼자 남았지. 이미 모험은 모두 끝났다고 생각했지만 뜻밖의 일이 벌어지더군. 머리 위에서 커다란 바윗돌이 떨어져 내렸어. 그것은 무서운 소리를 내면서 옆을 스쳐가더니 길 위로 떨어졌다가 다시 절벽 아래로 튕겨져 나갔네. 처음에는 낙석이 아닌가 생각했지만, 잠시 후 눈을 들어보니 어두운 하늘을 배경으로 한 사내의 얼굴이 보였네. 그리고 다시 내가 누워 있는 그 암반에 돌이 떨어졌어. 돌은 내 머리에서 30센티미터 떨어진 곳으로 떨어졌다네. 그가 누군지는 물어볼 필요도 없었지.

모리어티는 혼자 온 게 아니었던 거야. 모리어티가 나를 공격하는 동안, 같은 패거리가 망을 봐주고 있었던 거지. 그자는 보이지 않는 곳에 숨어서 모리어티가 죽고 내가 도망가는 광경을 지켜본 거야. 그리고 그자는 절벽 꼭대기로 올라가서 기다리다가 모리어티가 실패한 일을 이루려고 한 거였지.

왓슨, 나는 이런 사실을 금세 간파할 수 있었어. 그 흉악한 얼굴이 다시 아래쪽을 내려다보는 것을 올려다보는 순간 그게 또 다른 돌덩이라는 것을 깨달았지. 나는 다시 밑으로 내려가기 시작했네. 지금 생각하면 무슨 정신으로 그렇게 했는지 모르겠어. 사실 내려가는 건 올라가는 것보다 백 배는 더 어려웠지. 하지만 돌출한 암반 끝에서 돌덩이가 옆을 스쳐가는 상황이라면 위험하다는 생각조차 할 겨를이 없었다네. 절반쯤 내려왔을 때 발이 미끄러졌지만 다행히 길 위에 내려설 수 있었다네. 찢어진 피부에서 피가 뚝뚝 떨어지기는 했지만 말이야. 나는 어둠 속에서도 무사히 산을 넘었고 15킬로미터를 도망쳤다네. 일주일 뒤에는 플로렌스에 도착했고, 더 이상 내 행방을 아는 사람은 없을 거라고 확신했어.

진실을 알고 있는 사람은 마이크로프트 형뿐이었다네. 자네에게는 입이 열 개라도 할 말이 없다네. 정말 미안하군. 하지만 무엇보다 사람들한테 내가 죽었다는 확신을 심어줄 필요가 있었네. 자네가 그게 사실이라고 생각하지 않았다면 나의 불행한 종말에 대해 그렇게 설득력 강한 보고서를 쓰진 않았을 테니 말이야. 지난 3년 동안 나는 자네에게 몇 번이나 편지를 쓰려고 펜을 들었어. 하지만 자네의 지나친 우정 때문에 자네가 비밀을 드러낼지도 모른다는 걱정이 사라지질 않았다네. 오늘 저녁에 자네가 내 책을 떨어뜨렸을 때 매몰차게 돌아섰던 것도 바로 그러한 이유 때문이었지. 나는 그때 위험한 상황이었는데, 자네가 조금이라도 놀라거나 동요하는 빛을 보였다면 적의 시선을 끌었을 거야. 그랬다면 아마 돌이킬 수 없는 결과가 빚어졌을 테지.

마이크로프트 형에게 사실대로 말한 이유는 필요한 경비 때문이었네. 하지만 런던의 일처리는 내가 원하던 대로는 되지 않았어. 모리어티 일당의 재판에서 가장 위험한 조직원이자 나에게 강한 복수심을 품은 적이 둘이나 풀려났으니까. 난 어쩔 수 없이 2년간 티베트를 떠돌아 다녔다네. 티베트의 수도 라사에서 기분 전환도 하고 법왕과 며칠 동안 같이 지내기도 했다네. 자네. 시게르손이라는 노르웨이 탐험가를 아는가? 그는 진기한 탐험 이야기를 쓴 사람이지. 그리고 그것이 바로 자네 친구의 근황이라네. 티베트를 떠난 뒤 페르시아를 지나 메카에 잠시 들렀고, 수단의 수도 하르툼의 할리파를 방문하기도 했어. 그 짧고 흥미로운 방문의 결과는 외

빈집의 모험

무부로 통보해 주었지. 그 뒤 프랑스로 건너갔고, 프랑스 남부 몽펠리에의 어느 연구소에서 콜타르의 유도체에 관한 연구를 몇 달 동안 했어. 그 연구에서 내가 원하는 만족스러운 결과를 얻은 뒤, 런던에 남아 있는 적은 한 명이라는 사실을 알고 돌아오려고 생각했지. 그러던 차에 기이하기 짝이 없는 파크 레인 사건에 대한 소식을 듣고 귀국 날짜를 조금 앞당겼다네. 사건 자체도 매력적이었지만 나한테는 다시없는 기회가 될 것 같았거든.

나는 당장 런던으로 돌아왔고 베이커 가에 들렀지. 허드슨 부인은 깜짝 놀라서 발작을 일으킨 것처럼 보였다네. 마이크로프트 형은 내 부탁대로 내 방과 서류를 그대로 보존해 두었지. 아까 오후 2시경에 그 방의 낡은 안락의자에 앉아 있으면서 자네가 그리웠다네. 옛 친구 왓슨이 예전처럼 내 앞에 앉아 있다면 얼마나 좋을까 하는 생각이 정말 간절했다네.”

4월의 어느 날 저녁, 나는 이렇게 홈즈의 놀라운 이야기를 들을 수 있었다. 다시는 보지 못할 것이라고 생각했던, 훤칠한 키와 마른 몸, 날카롭고 열정에 넘치는 눈을 직접 대면하지 않았다면 믿을 수 없었을 이야기였다. 그는 내가 마음 아프게 아내를 잃었다는 사실도 알고 있었는데, 그는 몇 마디 말보다는 태도로 나에게 연민을 표현해 주었다.

"왓슨, 슬픔에 대해 가장 좋은 치료약은 일이지. 오늘 밤 우리 둘이 해야 할 일이 하나 있는데, 그 일을 성공적으로 완수한다면 한 사람이 이 땅에서 정당한 삶을 누릴 수 있게 될 거야."

나는 어떤 일인지 내용을 자세히 말해 달라고 했으나 소용없었다.

"오늘 밤 안으로 자네가 원하는 것을 모두 실컷 보고 듣게 될걸세."

홈즈는 나의 애원에 이렇게 대꾸했다.

"우리는 지난 3년 동안 살아온 얘기를 아직 다하지 못하지 않았나. 9시 반까지 그 얘기를 마저 하다가 빈집의 모험으로 떠나자고."

이렇게 되니 정말 옛날로 되돌아간 기분이 들었다. 그가 말한 시각에 우리는 이륜마차에 나란히 앉아 있었다. 내 주머니에는 리볼버가 있었고 온몸에 짜릿한 긴장감이 넘쳤다. 홈즈는 냉정하고 단호한 눈빛을 한 채

아무 말도 없었다. 가로등의 불빛이 그의 금욕적인 얼굴을 비추자, 얇은 입술을 굳게 다물고 눈살을 찌푸린 채 생각에 집중해 있는 모습을 볼 수 있었다. 지금 우리가 어떤 범죄자를 쫓는지는 아직 몰랐지만, 이 노련한 사냥꾼의 태도를 보면 오늘 밤의 모험이 예사롭지 않을 것이다. 그의 얼굴에 간간이 번지는 싸늘한 비웃음은 우리의 사냥감에게 별로 좋은 징조라고 할 수는 없었다.

홈즈는 캐번디시 광장 모퉁이에서 마차를 세우고, 혹시 미행당하지는 않았는지 확인하기 위해 날카롭게 좌우를 살피며 거리 곳곳을 꼼꼼히 훑어보았다. 그는 런던의 뒷골목을 환히 꿰고 있는 사람답게 낯선 길만 골라서 걸어가고 있었다. 나는 그런 곳이 있는지조차 알지 못했다. 아파트와 마구간 사이의 복잡하게 얽힌 길을 그는 잰걸음으로 앞장서서 갔다. 마침내 음침하고 오래된 집들이 줄지어 있는 작은 도로로 나가게 되었다. 이 도로는 맨체스터 가를 지나서 블랜퍼드 가로 이어지는 길이었다. 그는 잽싸게 어느 비좁은 골목으로 들어서더니 어떤 집의 나무 대문을 밀치고 버려진 마당으로 들어가서 열쇠로 그 집 뒷문을 열었다. 집 안으로 들어서자마자 그는 바로 문을 닫았다.

The Adventure of the Empty House

집 안은 아무것도 보이지 않을 만큼 어두웠고 빈집이라는 것이 분명했다. 아무것도 깔지 않은 마룻바닥은 움직일 때마다 삐걱거렸고, 벽 쪽으로 손을 내밀자 너덜거리는 벽지가 만져졌다. 홈즈는 여위고 차가운 손으로 내 손목을 움켜쥐고 긴 홀 쪽으로 나를 인도했다. 홀에 도착하자 현관문 위로 뿌연 부채꼴 모양의 채광창이 있는 게 보였다. 거기서 그는 오른쪽으로 방향을 틀었고, 우리는 커다란 빈 방 안으로 들어서게 되었다. 방은 깜깜했지만 중간쯤에 거리에서 흘러 들어온 불빛이 있어서 아주 어둡지는 않았다. 하지만 가로등이 멀리 떨어져 있었고, 창문에는 먼지가 두껍게 내려앉아서 서로의 모습을 간신히 구별하는 정도였다. 홈즈는 내 어깨에 손을 올린 채 소곤거렸다.

“여기가 어딘지 알 수 있겠나?”

“베이커 가라는 것은 분명한 거 같은데.”

나는 흐린 창 밖을 바라보면서 대답했다.

“그렇다네. 우리는 지금 옛날 하숙집 맞은편에 있는 캠덴 저택에 와 있는 거라네.”

“여긴 무슨 일 때문에 온 건가?”

“이 집에서는 저곳의 그림 같은 풍경이 아주 잘 보인

다네. 여보게, 좀 힘들더라도 밖에서 자네 모습이 보이지 않게 조심하여 창가로 다가가서 우리가 쓰던 방을 좀 살펴보도록 하지. 자네의 그 많은 이야기들은 바로 저 방에서 시작되었으니까. 3년이라는 시간이 흐르는 동안 자네를 놀라게 해주는 내 능력이 아직 남아 있는지 볼까?"

나는 조심스럽게 창가로 다가가서 길 건너편에 있는 낯익은 창문을 보았다. 순간 나는 깜짝 놀라서 비명을 지르고 말았다. 창문에는 커튼이 내려져 있었고 방에는 불이 켜져 환했다. 그리고 의자에 앉아 있는 한 남자는 환한 창문 위에 검고 선명한 그림자를 드리우고 있었다. 고개의 각도, 각진 어깨, 날카로운 이목구비. 그는 바로 홈즈였다. 그는 옆모습을 보이고 앉아 있었는데, 창문에 비친 그림자는 나의 조부모 시기에 유행했던 검은 그림자 초상(한쪽 면을 오리거나 그려서 만든 초상)과 비슷했다. 나는 너무 놀라서 그를 다시 확인하기 위해 등 뒤를 더듬었다. 홈즈는 소리는 내지 않았지만 몸을 크게 흔들면서 웃고 있었다.

"자, 어떤가?"

"세상에! 정말 믿을 수가 없군."

나는 소리쳤다.

"나의 신선한 아이디어는 세월에 녹슬지도, 진부해지지도 않는다네."

홈즈의 목소리에는 자신의 능력을 만족스러워하는 예술가의 기쁨과 자부심이 그대로 드러나 있었다.

"정말 나랑 비슷하지 않은가?"

"그렇군. 정말 자네와 똑같아."

"저 작품의 제작자는 프랑스 그르노블의 오스카 뫼니에 씨야. 며칠이나 걸려서 저 틀을 만들었지. 나의 밀랍 흉상인 셈이지. 저걸 설치해 놓는 일은 오늘 오후 베이커 가에 갔을 때 해놓은 거라네."

"왜 저런 일을 했는가?"

"그 이유는 내가 저곳에 있다는 확신을 주어야 하기 때문이지."

"자네는 지금 저 방이 감시당하고 있다는 말을 하는 건가?"

"그렇다네. 그들은 날 감시하고 있어."

"누가 자네를 감시한다는 거지?"

"바로 나의 옛 적수라네. 모리어티를 라이헨바흐 폭포의 바닥에 묻어버린 것에 대해 복수를 준비하고 있는

집단이기도 하고. 아까 말한 것처럼 그들은 내가 살아 있다는 사실을 알고 있어. 물론 그들이 알고 있는 건 거기까지야. 그들은 내가 곧 집에 돌아오리라고 예상하고 있고, 내 방을 꾸준히 감시하고 있다네. 사실 오늘 아침 내가 도착하는 장면을 그들이 목격했지.”

“아니 어떻게 그런 사실을 알 수 있었나?”

“무심코 창 밖을 내다보았다가 파수꾼의 얼굴을 알아보았지. 파커라는 친구인데 뭐 그렇게 대단한 능력을 가지고 있는 자는 아니야. 직업은 살인강도이며, 구금(口琴, 주로 동남아시아·동북아시아에서 볼 수 있는 대나무로 만든 소형의 원시악기)의 명수이기도 하지. 사실 난 그자는 별로 신경 쓰지 않는다네. 하지만 그 배후에 있는 악랄한 인물에 대해서는 그냥 지나칠 수가 없다네. 그자는 모리어티의 심복으로, 절벽 위에서 나한테 돌을 던진 사람이기도 하지. 모리어티가 죽은 이후에는 런던에서 가장 교활하고 위험한 범죄자이기도 하고. 그는 지금 나를 쫓고 있지만, 그가 우리에게 쫓기고 있다는 것은 생각도 못 하고 있을 거야.”

나는 홈즈의 계획을 비로소 뚜렷하게 이해할 수 있었다. 우리는 편리한 은신처에서 감시자들을 감시하고,

미행자들을 미행하는 것이었다. 저쪽 창문에 비치고 있는 수척한 그림자는 그들을 낚는 미끼이고 우리는 그들을 잡는 사냥꾼인 것이다. 우리는 어둠 속에 선 채로 행인들이 분주하게 오가는 모습을 지켜보고만 있었다. 홈즈는 꼼짝도 하지 않고 서 있었다. 하지만 나는 그가 신경을 곤두세우고 있다는 것을 쉽게 알 수 있었다.

어수선하고 수상한 기운이 도는 밤이었다. 거리로 바람이 휘몰아쳤고, 사람들은 대부분 스카프를 목에 두르고 옷깃을 여미고 있었다. 한두 번 아는 사람이 지나간 것 같기도 했는데, 유난히 두 남자가 눈에 띄었다. 그들은 거리 위쪽에서 좀 떨어진 곳의 어느 집 현관에서 바람을 피하고 있었다. 난 홈즈에게 이들에 대해 말하고 싶었다. 하지만 홈즈는 초조한 표정으로 작은 외마디 소리를 지른 채 거리에서 좀처럼 눈을 떼지 않고 있었다. 두어 번 발을 동동거리고 손가락으로 벽을 치는 것으로 보아서는 매우 불안해하고 있는 것이 틀림없었다. 그의 계획대로 일이 잘 되지 않는 듯했다.

드디어 자정이 되었고 거리에 인적이 거의 없어졌다. 그는 초조한 기색을 감추지 못하고 방 안을 오락가락하기 시작했다. 나는 그에게 말을 건네려고 하다가 건너

빈집의 모험

편의 불 켜진 창문을 보고 깜짝 놀랐다. 나는 홈즈의 팔을 잡고 그쪽을 가리켰다.

"앗, 그림자가 움직이고 있군!"

나는 놀라서 외쳤다. 그림자는 더 이상 옆모습이 아니었고, 이쪽으로 등을 돌린 뒷모습을 보이고 있었다.

3년이라는 짧지 않은 세월이 지났지만 그의 날카로운 기질은 그대로였다. 또한 자신보다 지성이 덜한 사람에게 참을성이 없는 것도 예전과 같았다.

"물론 저 흉상은 움직이는 거라네. 왓슨, 설마 내가 인형 하나만 갖다놓고 유럽에서 가장 날카로운 눈을 가진 자들이 속을 수 있기를 바라는 바보인 줄 알았던 건가? 우리가 이 방에 있던 두 시간 동안, 허드슨 부인은 8번, 즉 15분에 한 번씩 저 흉상의 위치를 바꿔놓았어. 부인의 그림자가 밖으로 비치지 않게 조심하면서 앞에서 흉상을 움직이고 있는 것이지."

홈즈는 흥분한 것처럼 짧게 숨을 들이켰다. 그가 고개를 앞으로 내민 채 온몸을 긴장시키고 가만히 있는 모습이 희미한 불빛 속에 드러났다. 늦은 시간이었기 때문에 바깥의 거리에는 사람 그림자 하나도 없었다. 아까 보였던 두 사내도 이제 보이지 않았다. 맞은편의 눈부시게 노란 창문 한가운데에 검은 그림자가 있을 뿐 사방은 쥐 죽은 듯 고요하고 어두웠다. 모두가 숨을 죽이고 있는 중, 홈즈가 흥분을 이기지 못하고 숨을 들이쉬는 소리가 가느다랗게 들렸다. 다음 순간, 그는 나를 잡고 제일 어두운 방구석으로 갔다. 그리고 조용히 하라는 의미로 내 입술에 손가락을 댔다. 내 팔을 잡은 그의 손에서 가벼운 떨림을 느낄 수 있었다. 홈즈가 이렇게까지 흥분하거나 동요하는 모습은 처음이었다. 하지만 어두운 거리에는 여전히 아무도 없었다.

하지만 나 역시 갑자기 그가 날카로운 감각으로 알아챈 소리를 의식하게 되었다. 나지막한 발자국 소리였는데, 그것은 베이커 가가 아닌 우리가 잠복해 있는 이 집의 뒤쪽에서 들려온 것이다. 문을 여닫는 소리, 뒤이어 복도를 내려오는 조심스러운 발소리가 들렸다. 침입자는 소리를 안 내기 위해 매우 조심하는 듯했지만 발소리는 빈집에서 텅텅 울리고 있었다. 홈즈는 벽에 바짝 붙어선 채로 있었고, 나도 리볼버 손잡이를 움켜쥐고 친구를 따라 벽에 붙어서 있었다. 어둠 속을 한동안 노려보니 한 남자의 희미한 윤곽이 눈에 들어왔다. 그것은 열려 있는 문보다 더욱 짙은 그림자였다. 그는 잠깐

멈칫하더니 몸을 웅크린 채 살금살금 방 안으로 들어왔
다. 불길한 그림자는 우리가 서 있는 곳에서 약 3미터
거리까지 다가왔고, 나는 그가 덤벼들면 맞서 싸울 태
세를 갖추고 있었다. 그러나 그는 우리가 여기 있는 것
을 전혀 눈치 채지 못했고 우리가 서 있는 곳 바로 앞을
지나 조심스럽게 창가로 다가가, 소리가 나지 않도록
창문을 15센티미터 정도 들어올렸다. 그가 열어놓은 창
문 틈에 얼굴을 가져다 댔을 때 거리의 불빛이 그의 얼
굴을 직접 비춰주었다.

그는 흥분해서 제정신이 아닌 것처럼 보였다. 두 눈
은 마치 별처럼 반짝거렸고 얼굴은 경련마저 일으키고
있었다. 나이는 지긋해 보였고 살집이 없는 코는 툭 튀
어나와 있었다. 또한 머리는 벗겨지고 반백이 된 콧수
염을 길게 길렀으며 오페라해트(야회나 극장에서 관람할
때에 쓰는 모자)는 뒤로 젖혀 쓰고 외투의 단추를 잠그지
않아 안에 입은 예복 셔츠의 앞자락이 어슴푸레 빛나고
있었다. 거무튀튀하고 깡마른 얼굴에는 굵은 주름이 잡
혀 있고 손에는 지팡이 같은 걸 들고 있었는데 그것을
바닥에 내려놓자 날카로운 쇳소리가 났다. 사내는 외투
주머니에서 부피가 큰 물건을 꺼냈고, 부지런히 손을

The Adventure of the Empty House

놀리자 용수철과 볼트가 제자리로 들어갈 때 나는 철컥 소리가 울렸다. 그는 바닥에 무릎을 꿇은 채 고개를 숙이고 온힘을 다해 어떤 레버를 잡아당겼다. 그러자 공기가 소용돌이치는 듯한, 무언가를 가는 소리가 한참 들렸고 마지막으로 철컥 소리가 다시 한 번 크게 울렸다. 그가 몸을 일으켰을 때는 흉측한 개머리판이 달린 총을 들고 있었다. 그는 총미(銃尾)를 열고 그 안에 무언가를 집어넣더니 잠금 장치를 닫았다. 그리고 바닥에 쪼그리고 앉은 채로 아까 열어놓은 창문 선반에 총신을 올려놓았다. 남자의 긴 콧수염은 개머리판에 닿았고 반짝거리는 눈은 가늠쇠를 노려보고 있었다.

드디어 사내는 개머리판을 어깨에 올려놓고 가늠쇠 끝에 선명하게 들어오는 굉장한 목표물, 즉 노란 바탕의 검은 그림자를 바라보다가 만족스러운 듯 한숨을 토해냈다. 그는 숨을 죽이고 꼼짝도 하지 않고 있다가 마침내 방아쇠를 당겼다. 총알은 매우 크고 이상한 소리를 내며 날아갔고, 뒤이어 유리창 깨지는 소리가 우리가 있는 곳까지 선명하게 들렸다. 바로 그 순간, 남자의 등 뒤에 서 있던 홈즈가 재빨리 그에게 달려들었다. 남자는 바닥에 깔렸지만 다시 벌떡 일어났고, 사력을 다해 홈즈의 목덜미를 움켜잡았다. 하지만 내가 휘두른 리볼버의 개머리에 머리를 맞고 다시 그 자리에 쓰러졌다. 나는 남자를 위에서 타고 눌렀고 그 사이 홈즈는 날카롭게 호루라기를 불었다. 그와 동시에 여러 명이 거리를 달려오는 소리가 나더니 정복 경관 두 명과 사복 형사 한 명이 현관문을 밀치고 방으로 뛰어들었다.

"레스트레이드 경감, 당신인가요?"

홈즈가 말했다.

"그렇습니다, 홈즈 선생. 내가 직접 나섰지요. 런던에서 다시 만날 수 있게 되다니 정말 반갑소."

"당신한테는 비공식적인 도움이 좀 필요할 것 같아요. 경찰 모르게 일어난 살인사건이 1년에 세 건이라니. 하지만 레스트레이드 씨, 몰레시 사건은 꽤 잘 처리했더군요."

우리는 모두 일어나 있었고 건장한 경관 둘이 범죄자의 팔을 하나씩 끼고 있었다. 벌써 거리에는 무슨 일인가 궁금해 하는 사람들이 모여들고 있었다. 홈즈는 창문을 닫고 커튼을 내렸다. 레스트레이드 경감은 촛불에 불을 붙였고 경관들은 등잔 덮개를 벗겼다. 집이 환해지고 나서야 나는 우리가 잡은 범죄자의 얼굴을 볼 수

The Adventure of the Empty House

있었다. 매우 남자답게 생겼지만 악의에 가득한 얼굴이
불빛에 잘 드러났다. 철학자의 이마를 가졌지만 호색한
의 턱을 가진 그는 선과 악, 모두에 뛰어난 소질을 가진
듯했다. 하지만 게슴츠레하고 냉소적으로 내리덮인 눈
꺼풀, 한없이 잔인해 보이는 푸른 눈, 흉악하고 사나워
보이는 코, 굵은 주름이 팬 험상궂은 이마를 본 사람이
라면 그의 얼굴에 뚜렷이 새겨놓은 위험 신호를 어렵지
않게 읽어낼 수 있었을 것이다. 그는 다른 사람에게는
전혀 관심이 없었고, 증오와 경악이 섞인 표정으로 홈
즈만을 노려보고 있었다.

"이 악마 같은 놈! 이 교활한 악마 같은 놈!"

그는 쉬지 않고 혼자 중얼거리고 있었다.

"오, 대령!"

홈즈는 셔츠 깃을 바로잡으면서 남자에게 말했다.

"옛말에 이런 말이 있지. '여행은 연인들의 상봉으로
끝난다.' 지난번 내가 라이헨바흐 폭포의 암반 위에 있
을 때, 나에게 특별한 관심을 보내준 건 기억하고 있다
네. 안타깝게도 그 다음에는 한 번도 못 만난 것 같군."

대령은 망연자실한 표정으로 계속 홈즈만 응시하고
있었다.

"이 교활한 악마 같은 놈!"

그는 이 말만 계속 반복하고 있었다.

"아직 소개를 제대로 하지 않은 것 같군."

홈즈가 말했다.

"여기 있는 이 신사는 세바스천 모런 대령입니다. 과거 여왕 폐하의 인도 육군에서 복무한 적이 있는데, 그곳에서 배출한 최고의 맹수 사냥꾼이기도 합니다. 대령, 호랑이 사냥에서는 아직도 당신이 세운 기록을 깨뜨린 사람이 없지?"

매우 흉악한 초로의 남자는 입을 굳게 다물고 아직도 홈즈를 이글거리는 눈으로 노려보고 있었다. 포악한 눈, 뻣뻣하고 곤두선 콧수염이 호랑이와 매우 비슷해 보였다.

"당신 같은 노련한 사냥꾼이 단순한 전술에 어떻게 넘어간 건지 정말 신기하군."

홈즈가 말했다.

"내가 세운 전술은 당신도 잘 알고 있을 거라고 생각했는데. 호랑이를 유인하기 위해서 나무 밑에 새끼 양한 마리를 묶어놓고, 소총을 들고 나무 위에서 기다려 본 적 있지? 나에게는 이 빈집이 나무였고 당신이 호랑이였어. 당신도 호랑이가 여러 마리 나타나거나, 당신이 쏜 총알이 빗나갈 만약의 사태에 대비해서 총을 더 준비했을 것이라고 생각했는데, 아마 이번엔 그렇게 하지 않은 것 같군."

그는 경찰을 가리키면서 말했다.

"나는 이렇게 만반의 준비를 했거든. 당신도 나처럼 했어야 원하는 것을 이룰 수 있었을 텐데."

모런 대령은 포효하며 덤벼들려고 했지만, 두 경관이 그를 막아섰다. 그의 얼굴에 가득한 이글거리는 분노는 보는 것만으로도 끔찍했다.

"솔직히 난 당신이 이 빈집으로 올 줄 몰랐어. 그 창문을 이용할 줄은 더더욱 몰랐지. 당연히 당신은 거리에서 작업을 할 것이라고 생각했고, 그래서 밖에 내 친구 레스트레이드 경감과 그 부하들을 대기시켜 놓은 것이지. 그것 하나만 뺀다면 모든 게 다 내 예상대로 되었고."

모런 대령은 레스트레이드 경감을 향해 돌아섰다.

"내가 체포되어야 할 정당한 사유가 있는 거요? 만약 그렇다고 해도 여기서 저놈의 조롱을 받을 이유는 없소. 당신들이 법의 집행자라면, 법대로 처리해 주시오."

"좋소, 그렇게 하지요."

레스트레이드가 말했다.

"홈즈 선생, 우리가 가기 전에 더 할 말이 있소?"

홈즈는 남자가 쏜 성능 좋은 공기총을 집어 들고 그 구조를 꼼꼼히 살펴보았다.

"매우 놀랍고 독창적인 무기군요. 소음이 없고 파괴력도 엄청나지요. 나는 독일의 맹인 기술자 폰 헤르더가 죽은 모리어티 교수의 주문으로 이 총을 제작했다는 사실을 알고 있어요. 수년 동안 이 무기에 대해 알고는 있었지만 볼 기회는 없었습니다. 레스트레이드 경감, 이 총과 총알을 당신한테 맡기겠습니다. 조심해 주시오."

"걱정 마시오. 이건 증거품으로 우리가 잘 보관하겠소. 더 할 말이 있소?"

레스트레이드 경감은 일행을 데리고 문 쪽을 향해 나가면서 말했다.

"대령을 어떤 죄목으로 기소할 생각이죠?"

"기소 말이오? 물론 셜록 홈즈 당신에 대한 살인미수 혐의로 기소할 생각이오."

"레스트레이드 경감, 이 사건에서는 나를 아주 빼주셨으면 합니다. 범인을 체포한 공로는 오로지 당신에게 있으니까요. 레스트레이드, 정말 축하드립니다! 이번에도 당신은 대담하고 교묘한 작전으로 범인을 검거했군요."

"범인을 검거하다니? 홈즈 선생, 그게 무슨 말이오?"

"지난달 13일, 파크 레인 427번지의 2층 거실 창문을 통해 공기총으로 팽창 탄환을 발사해서 로널드 아데어 도련님을 저격한 범인을 말하는 겁니다. 지금 경찰에서는 전력을 다해 범인을 찾고 있지만 특별한 소득은 얻지 못했거든요. 레스트레이드 경감, 이자의 혐의는 바로 그겁니다. 왓슨, 우리는 이제 방으로 돌아가자고. 깨진 창문으로 들어오는 외풍을 견디면서 담배를 피워야겠지만 말이야. 생각해 보니 그것도 꽤 재미있을 것 같군."

우리가 예전에 함께 사용했던 방은 마이크로프트 홈즈의 감독과 허드슨 부인의 정성으로 모든 것이 그대로였다. 방 안이 유난히 깨끗해 보이기는 했지만, 쓰던 물건은 모두 제자리에 있었다. 구석에 있는 화학 실험 기구들과 산(酸) 때문에 변색된 전나무 탁자도 그대로 있었다. 선반에는 런던 시민들이 없애버리고 싶어했던 무시무시한 스크랩북과 참고 서적들이 가지런하게 꽂혀 있었다. 방 안을 둘러보자 도표, 바이올린 케이스, 파이프걸이, 심지어 담배를 숨겨놓곤 했던 페르시아 슬리퍼

까지 모두 눈에 들어왔다. 우리가 들어가기 전에 방에
는 사람이 이미 둘이나 있었다. 그 중 하나는 허드슨 부
인이었는데 우리가 들어서는 걸 보고 밝게 웃었다. 다
른 한 사람은 오늘의 모험에서 대단히 중요한 역할을
맡았던 인형이었다. 홈즈가 말한 대로 밀랍으로 만들어
져 있었는데, 매우 정교하게 만들어져 있어 얼핏 보면
실물과 똑같았다. 작은 받침대 위에 놓인 홈즈의 흉상
은 낡은 실내복까지 두르고 있어서 거리의 사람들이 속
지 않을 수 없었던 것이다.

"허드슨 부인, 내가 말씀드린 대로 조심하셨겠지요?"
홈즈가 부인에게 말했다.

"난 선생이 말한 대로 인형 앞까지 무릎걸음으로 갔
답니다."

"좋습니다. 아주 일을 훌륭히 해내셨어요. 총알은 인
형의 어디에 박혔나요?"

"그 총알은 머리를 뚫고 나가 벽에 맞고 떨어졌어요.
안타깝게도 저 멋진 흉상이 망가진 것 같은데. 내가 총
알을 카펫에서 주워놨어요. 자, 여기요."

홈즈는 총알을 부인에게 받아 다시 나에게 건네주었다.

"허드슨 부인, 도와주셔서 정말 감사합니다."

홈즈는 부인에게 감사의 뜻을 표했다.

“왓슨, 무른 리볼버용 총알이라네. 정말 천재적인 수법이지 않은가? 누가 이 총알이 공기총에서 발사됐다고 생각하겠나? 자 그럼 오랜만에 그 의자에 한 번 앉아보게. 자네한테 말해 주고 싶은 게 있으니까 말이야.”

그는 허름한 프록코트를 벗고 흉상이 입고 있던 쥐색 실내복을 걸쳤다. 그는 다시 예전의 홈즈로 완전히 되돌아온 듯했다.

“늙은 사냥꾼이지만 신경은 아직 튼튼하고 눈은 여전히 날카롭군.”

그는 흉상의 깨진 머리를 들여다보며 크게 웃었다.

“총알은 뒤통수에 명중해서 뇌를 관통했어. 모런 대령은 인도에서 특등 사수였는데 지금 런던에서도 그를 능가할 사람은 없을 거라고 생각하네. 자네는 그에 대해서 들어본 적 있나?”

“아니, 없다네.”

“그렇지, 명성이란 게 다 그런 거야. 내 기억이 정확하다면, 자네는 한 세기를 풍미했던 비상한 두뇌의 소유자인 제임스 모리어티 교수에 대해서도 못 들어봤다고 했었지. 선반에서 그 인명 색인 좀 내려주게나.”

빈집의 모험

홈즈는 몸을 의자에 파묻고 시가의 연기를 내뿜으며 천천히 책장을 넘겼다.

"'M' 항목은 정말 화려하군. 모리어티 하나만 해도 눈부신데 독살자 모건, 메리듀, 그리고 채링크로스의 대합실에서 내 왼쪽 송곳니를 부러뜨린 매튜도 있고 말이야. 마지막으로 아까 그 대령은 여기에 나 와 있군."

나는 그가 건네준 인명부를 읽어주었다.

세바스천 모런, 대령, 무직. 1840년 런던 출생. 주 페르시아 공사를 역임한 오거스터스 모런 남작의 아들. 이튼 학교와 옥스퍼드에서 수학. 인도의 뱅갈로 제1공병대에서 복무. 조와키전(戰), 아프카니스탄전, 챠라시아브(특파), 셰르푸르, 카불 등에서 복무. 《서부 히말라야의 맹수》(1881), 《정글에서의 세 달》(1884)의 저자. 주소 : 컨듀잇 가. 소속 클럽 : 앵글로 인디언, 탱커빌, 바가텔 카드 클럽.

가장자리에는 홈즈의 글씨체로 이렇게 쓰여 있었다.

런던에서 두 번째로 위험한 인물.

"오, 놀라운 이력이군. 이 정도면 역전의 용사야."

나는 인명부를 돌려주며 홈즈에게 말했다.

"그렇지, 옳은 말이야."

홈즈는 내 말에 대꾸했다.

"그는 어느 정도까지는 엇나가지 않은 채로 일을 잘했다네. 그는 무쇠 같은 신경을 타고나기도 했지. 인도에서는 아직도 대령이 부상당한 식인 호랑이를 쫓아서 배수로를 기어간 얘기가 사람들 입에 오르내리고 있다네. 하지만 세상에는 일정한 수준까지는 잘 자라다가 갑자기 이상한 모양으로 변하는 나무들이 있어. 사람들역시 마찬가지야. 내 생각에는 한 개인은 윗세대의 모든 특징을 자신의 발달 과정에서 드러내는 것 같아. 즉, 과거에 가계(家系)로 침투한 어떤 강한 영향력이 선 또는 악에 대한 갑작스러운 충동으로 나타나는 게 아닐까 생각된다네. 그래서 한 개인을 놓고 보면 그는 자기 가족사의 축소판이 되는 것이지."

"글쎄, 다분히 공상적인 얘기처럼 들리는군."

"내 의견을 고집하는 건 아닐세. 이유야 어쨌든 모런 대령은 악의 길로 들어서게 됐다네. 인도에서 특별한 일이 있었던 것도 아닌데, 더 이상 그곳에서 지내지 못하게 됐지. 그래서 제대하고 런던으로 돌아와 다시 악명을 떨치게 된 거라네. 모리어티 교수에게 발탁된 것은 그 무렵이었는데, 대령은 꽤 오랫동안 모리어티의 오른팔 노릇을 해왔어. 모리어티는 그에게 아낌없이 돈을 썼다네. 다른 부하에게는 역부족이었던 아주 까다로운 일을 한두 건 처리하는데 그를 동원했지.

자네, 1887년에 일어났던 로더의 스튜어트 부인 변사 사건을 기억하는가? 아, 모른다고? 내가 설명해 주지. 나는 스튜어트 부인을 살해한 것이 모런이라고 확신했지만 그것을 증명할 방법이 없었다네. 대령이 아주 교묘하게 사건을 은폐해 버렸기 때문이지. 모리어티 일당이 검거됐을 때도 경찰은 스튜어트 부인에 대한 혐의를 입증하는 데에는 실패하고 말았어. 그 무렵 내가 자네 집에 찾아갔을 때 공기총이 걱정된다고 덧문을 닫았던 일 기억나지? 아마 틀림없이 자네는 내가 상상력이 너무 지나치다고 생각했을 거야. 하지만 내가 그런 행동을 한 건 타당한 이유가 있었다네. 나는 그때 이미 놀라운 그 총의 존재를 알고 있었고, 그 뒤에 최고의 명사수가 있으리라는 것도 알고 있었지. 우리가 스위스에 갔을 때 대령은 모리어티와 함께 우리를 따라왔지. 라이헨바흐 절벽에서 내게 공포의 5분을 선물해 준 것은 바로 그자였으니까. 나는 프랑스에서 체류하는 동안 그자를 감옥에 넣을 기회를 찾을 생각을 하고 있었어. 신문을 꼼꼼히 읽으면서 말이야. 그자가 런던에서 활보하는 한 내 목숨은 풍전등화(風前燈火, 바람 앞의 등불)와 같은 것이었으니까.

내가 런던으로 돌아온 이후 내게는 밤낮으로 미행이 따라붙었을 테니 그는 금방 기회를 잡을 수 있었을 거야. 그렇다면 어떻게 해야 할까? 난 그자를 먼저 쏠 수는 없었네. 그랬다가는 도리어 내가 가해자가 되었을 테니까. 하급법원 같은 곳에 호소해 봤자 아무 소용없는 짓이었지. 내가 하는 애기는 지나친 의심 때문이라고 생각될 것이고, 법원에서 내 애기를 근거로 개입해 주지도 않을 테니까. 그래서 나는 때가 되기를 기다리며 가만히 있었네. 곧 조만간 기회가 올 것이라고 생각해서 여러 가지 사건 소식을 주시하고 있었지.

그런데 로널드 아데어가 죽었다는 소식을 알게 된 거지. 마침내 기회가 온 것이었어. 내가 아는 것이 있었기 때문에 정황만 보아도 모런 대령 짓임이 틀림없었지. 대령은 청년과 같이 카드를 치고 클럽에서 그의 집까지

빈집의 모험

몰래 뒤를 밟았을 거야. 그리고 열린 창문을 통해 아데어를 쐈을 것이고. 그것은 분명한 사실이었네. 그렇다면 총알만으로도 그자를 교수대로 보낼 수 있는 충분한 증거가 될 수 있었지. 그래서 나는 당장 귀국했다네. 그리고 이 앞을 지키던 녀석한테 내 존재를 들켰지. 녀석은 아마 나를 보자마자 대령에게 보고했을 거야. 대령은 내가 갑자기 귀국한 이유가 자신이 저지른 범죄와 관계가 있을 것이라고 생각해서 신경이 날카로워졌을 거야. 나는 대령이 당장 나를 제거하기 위해 나설 것과, 거기에 사용될 무기는 이미 성능이 확인된 문제의 살인 무기일 거라고 생각했지. 그래서 나는 창가에 나의 멋진 표적을 세워놓고 경찰에 지원 요청을 했어.

아, 그런데 자네는 경찰이 현관에 잠복하고 있는 걸 정확하게 알아채더군. 나는 관찰하기에 가장 좋을 듯한 자리를 골라잡아 이 집을 택했지만, 그자 역시 바로 이곳을 공격 지점으로 택할 줄은 꿈에도 몰랐다네. 왓슨, 자네가 더 알고 싶은 게 있나?"

"모런 대령이 왜 로널드 아데어를 살해했는지 그 이유를 알고 싶다네."

"왓슨, 그 부분은 가장 논리적인 정신도 실수를 범할

수 있는 추측의 영역이라네. 누구라도 현재의 증거를 가지고 가설을 세울 수 있어. 자네 생각도 내 생각 못지않게 정확할 수 있고 말이야."

"그렇다면 자네는 가설을 이미 세운 건가?"

"사실을 설명하는 건 별로 어렵지 않을 거야. 모런 대령과 아데어는 그동안 상당한 금액의 돈을 카드를 통해서 땄지. 아마 모런은 속임수를 썼을 거야. 하지만 아데어는 그가 죽던 바로 그날, 모런이 속임수를 쓴다는 사실을 알았겠지. 그리고 모런을 따로 불러내서 그 얘기를 했을 거고. 아데어는 대령에게 클럽을 탈퇴하고 앞으로 카드를 하지 않겠다고 약속하지 않으면 사실을 모두에게 밝히겠다고 했을 거야. 아데어같이 젊은 청년이 자기보다 연배가 훨씬 높은 명사의 속임수를 당장 폭로하지는 않았겠지. 사회적으로 큰 물의를 일으키고 싶지는 않았을 테니까. 하지만 부정한 방법으로 딴 돈이 생활비였던 모런에게 클럽 탈퇴는 그야말로 파멸이었을 거야. 그래서 그 비밀을 덮기 위해 아데어를 살해한 거지. 양심적인 아데어는 같은 편의 부정행위로 이득을 취하고 싶지 않았기 때문에 상대편에게 돌려줄 돈을 계산하고 있었지. 그런데 숙녀들이 갑자기 들어와서 이름

빈집의 모험

옆에 놓인 돈을 발견한다면 난처해질 수 있으니 방문을 잠갔을 거고. 어때, 그럴듯한가?”

“아마 자네가 말한 그대로였을 것 같군.”

“내 말이 맞는지는 법정에서 증명될 거야. 이제 모런 대령은 더 이상 나와 다른 사람들을 괴롭힐 수 없게 됐군. 폰 헤르더의 공기총은 런던 경찰청의 박물관 한쪽을 장식하게 될 테고. 이제 셜록 홈즈 선생은 런던이 끝없이 선물해 주는 흥미로운 사건들을 다시 편안한 마음으로 조사할 수 있게 되었다네.”

The Adventure of the Empty House

여섯 개의
나폴레옹 조각상

*The Adventure of
the Six Napoleons*

런던 경찰청의 레스트레이드는 저녁이면 가끔 베이커 가를 찾아오곤 했는데, 홈즈는 항상 그를 반겨주었다. 그를 통해서 경찰의 최근 동향을 알 수 있었기 때문이다. 그가 정보를 제공하는 대신 홈즈는 그가 담당한 사건에 대한 이야기를 주의 깊게 경청해 주었다. 또한 적극적으로 개입하지는 않아도 자신의 폭넓은 지식과 경험을 바탕으로 힌트를 주거나 사건을 해결할 수 있도록 방향을 제시해 주곤 했다.

오늘 저녁도 역시 베이커 가를 방문한 레스트레이드는 날씨와 신문에 대한 이야기를 했다. 그러다 생각에 잠긴 얼굴로 말없이 시가만 계속 빨았다. 홈즈는 그에게 날카로운 시선을 던졌다.

"무슨 특별한 일이라도 있나요?"

홈즈가 그에게 물었다.

“아니오, 홈즈 선생. 별로 대단한 건 아니오.”

“그렇다면 한 번 들어나 봅시다.”

레스트레이드는 웃으면서 말했다.

“홈즈 선생, 사실 마음에 걸리는 일이 있긴 있소. 하지만 그게 아주 엉뚱한 일이라서 괜한 말로 선생을 귀찮게 해드리는 건 아닌가 싶어 말을 하지 않았을 뿐이오. 하지만 아무리 사소한 일이라고 해도 괴이한 일임에는 틀림없소. 나는 선생이 평범하지 않은 거라면 무조건 좋아한다는 걸 알고 있소. 하지만 개인적인 견해로는, 그 일에 관해서는 우리보다 왓슨 박사가 더 어울릴 것 같소만.”

“무슨 질병과 관련된 문제인가요?”

내가 말했다.

“정신병이오. 그것도 아주 묘한 정신병이지. 요즘 같은 시대에 나폴레옹 1세를 증오하여 나폴레옹의 흉상을 보는 즉시 때려 부수는 사람이 있다는 건 말이 안 되지 않소?”

홈즈는 의자에 몸을 푹 파묻었다.

“당신 말대로 그건 내 분야가 아닌 것 같군요.”

여섯 개의 나폴레옹 조각상

"내가 말하는 게 바로 그렇소. 그런데 문제는 그 정신 병자가 자기 것이 아닌 남의 흉상을 부수기 위해 주거 침입을 하고 있다는 거지요. 그렇게 되면 그 일은 의사가 아닌 경찰의 소관이 되니까요."

홈즈는 다시 상반신을 일으켜 세웠다.

"오, 주거 침입이라니! 그건 좀 재미있군요. 어떻게 된 일인지 자세하게 들어봅시다."

레스트레이드는 코트에서 업무용 수첩을 꺼내 페이지를 넘기며 기억을 되살렸다.

"처음 사건 보고가 들어온 때는 나흘 전이었소. 사건이 벌어진 곳은 케닝턴 로에서 그림과 조각상을 판매하는 모스 허드슨의 상점이었소. 점원은 잠시 안에 들어가 있었는데, 밖에서 와장창 부서지는 소리가 들려서 무슨 일이 생겼나 놀라서 가게로 나갔소. 그런데 다른 미술품과 함께 진열돼 있던 나폴레옹 석고상이 산산조각나 있었지요. 점원은 범인을 잡기 위해 밖으로 뛰쳐나갔소. 행인들은 저마다 나서서 어떤 남자가 가게에서 뛰어나오는 걸 보았다고 점원에게 말해 주었지만 그 범인은 이미 사라졌고, 구체적인 인상착의도 알 수 없었소. 처음에는 별뜻 없는 난동 행위라고 생각했소. 그래서 그 당시 순찰을 돌고 있던 경관한테도 그런 식으로 얘기했소. 석고상은 몇 실링밖에 안 나가는 물건이기도 해서 그냥 유치한 장난으로 넘겨버린 것이오.

하지만 두 번째 사건은 더 심각하고 기묘했소. 그 사건이 발생한 건 바로 어젯밤이었소. 모스 허드슨 상점에서 겨우 수백 미터 떨어진 곳에는 바니콧 박사라는 유명한 의사가 살고 있소. 그는 템스 강 남쪽에서 손꼽히는 큰 병원을 운영하고 있소. 집과 진찰실은 커닝턴 로에 있지만, 2킬로미터 떨어진 로워 브릭스턴 로에 병원과 약국을 같이 하는 지원(支院)을 두고 있기도 하오. 바니콧 박사는 프랑스 황제 나폴레옹의 열광적인 숭배자라서 집 안은 나폴레옹에 관한 책과 사진, 기념품으로 가득 차 있소. 얼마 전에는 모스 허드슨 상점에서 프랑스의 조각가 데빈의 나폴레옹 흉상을 복제한 석고상 두 점을 사들이기도 할 정도였소.

박사는 케닝턴 로에 있는 자택 거실에 흉상 하나를 두고, 로워 브릭스턴 로에 있는 병원의 벽난로 선반 위에 또 하나를 올려놓았소. 그런데 오늘 아침 박사가 일어나서 아래층으로 내려갔다가 간밤에 도둑이 든 걸 알고 깜짝 놀란 거요. 그런데 이상하게도 집 안에서 없어

여섯 개의 나폴레옹 조각상

진 것은 거실에 놓아둔 그 석고상뿐이었소. 도둑은 석고상을 들고 나가서 정원 담벼락에 내던져 무참히 부숴 버린 것 같았소. 담 밑에서 그 잔해가 발견된 것으로 보아서 말이오.”

홈즈는 이야기를 듣고 두 손을 마주 비볐다.

“오, 정말 묘한 사건이군요.”

“역시 선생이 마음에 들어 할 줄 알았소. 하지만 얘기는 아직 끝이 아니오. 바니콧 박사는 12시까지 로워 브릭스턴의 병원으로 출근하는데, 그곳에 가보니 창문이 활짝 열려 있고 그곳에 두었던 남은 흉상마저 완전히 박살이 나서 잔해가 온 방에 널려 있었던 거요.

박사가 그 상황을 보고 얼마나 놀랐을지는 쉽게 상상할 수 있겠지요. 그 석고상은 놓아둔 그 자리에서 완전히 부서진 거요. 그런데 아직까지는 그런 짓을 한 자에 대한 단서는 전혀 없소. 홈즈 선생, 이게 전부라오.”

“흠, 제 생각에는 괴기하다기보다는 독특한 사건이라고 할 수 있군요. 바니콧 박사가 소장하고 있던 석고상 두 점은 모스 허드슨의 상점에서 파괴된 것과 똑같은 것인가요?”

“모두 같은 틀에서 떠낸 복제품들이라고 하오.”

The Adventure of the Six Napoleons

"그렇다면 석고상을 부순 범인은 나폴레옹에 대한 증오심 때문이 아닌 것 같군요. 나폴레옹 황제의 흉상은 런던만 해도 수백 점이 있을 테니까요. 그런 마구잡이 성상 파괴자가 부순 석고상 세 점이 왜 하필이면 똑같은 틀에서 떠낸 것이었느냐는 사실이 단순히 우연은 아닌 것 같군요."

"그렇소, 나도 선생과 같은 건해를 갖고 있다오."

레스트레이드가 말했다.

"하지만 좀 이상한 점이 있소. 모스 허드슨이라는 사람은 그 지역에서 흉상의 공급을 도맡고 있소. 그리고 최근 몇 년간 그의 매장에 있던 나폴레옹 흉상은 그 세 점이 전부였소. 그래서 선생 말처럼, 런던 내에 수백 점의 나폴레옹 상이 있다고 해도 그 지역에 있는 것은 오로지 그 셋뿐일 가능성이 있소. 가게 인근에 어느 미치광이가 거주하고 있고, 가까운 곳에 있는 흉상부터 부수기 시작할 수도 있지 않겠소? 왓슨 박사는 어떻게 생각하시오?"

"글쎄요. 편집증 환자의 증상은 무한히 다양하게 나타나기 때문에 뭐라고 단언하기 어렵군요."

나는 고개를 갸웃하며 대답했다.

여섯 개의 나폴레옹 조각상

"프랑스의 현대 심리학자들은 그런 상태를 '강박 관념'이라고도 부릅니다. 증상은 대단치 않은데다가 그것을 뺀 다른 부분은 완전히 정상인과 같기도 하지요. 나폴레옹에 대한 책을 지나치게 읽었다거나 전쟁에서 큰 상처를 입은 사람이 강박 관념을 갖게 되어 그러한 파괴 행위를 저지를 수도 있지요."

"글쎄, 아마 꼭 그렇지는 않을걸세."

홈즈는 나를 바라보며 말했다.

"자네가 말한 편집증 환자가 아무리 강박 관념이 심하다고 해도, 그것만으로는 나폴레옹 흉상이 어디 있는지 알아내는 것은 불가능하지 않은가."

"그렇다면 자네는 어떻게 생각하나?"

"나 역시 특별히 할 말은 없다네. 그러나 범인의 기묘한 행동에는 일정한 질서가 있다는 것은 확실하군. 자, 들어보게. 바니콧 박사의 홀에서 소리를 내면 집안 식구들이 깰 수 있기 때문에 범인은 석고상을 들고 나가서 부순 거야. 하지만 병원에는 사람이 없었기 때문에 그 자리에서 박살내 버린 거지. 그 일은 매우 사소한 것으로 보일 거야. 하지만 나는 하찮은 것은 없다고 생각하는 사람이지 않은가. 과거의 일을 생각해 보면, 내가

The Adventure of the Six Napoleons

조사한 사건 중에는 일고의 가치도 없을 만큼 하찮은 것에서 시작됐던 것들이 적지 않아. 왓슨, 그 끔찍한 애버네티 가족 사건 기억나나? 그 사건에서 처음으로 내 주의를 끌었던 것은 더운 날 버터 속에 깊이 박혀 있던 파슬리였네.

레스트레이드 씨, 그래서 석고상 세 점이 박살난 얘기를 듣고 웃을 수만은 없군요. 그렇게 기이한 사건이 앞으로 어떻게 진행되는지 알려주신다면 대단히 감사할 것 같습니다."

홈즈가 이렇게 관심을 보인 사건은 그의 예상보다 더 빠른 속도로, 그리고 비극적인 모습으로 전개되었다. 다음날 아침, 막 자리에서 일어나 옷을 입고 있는데 노크 소리가 나더니 홈즈가 전보를 한 장을 가지고 들어왔다. 그는 큰 소리로 나에게 전보를 읽어주었다.

켄싱턴, 피트 가 131번지로 가능한 빨리 와주시오.

　　　　　　　　　　　　　　　　　　　－ 레스트레이드

"무슨 일이 생긴 걸까?"
내가 홈즈에게 물었다.

"잘 모르겠지만 무슨 일이 생긴 건 틀림없군. 내 느낌
엔 어제 얘기한 석고상 얘기의 후속편일 것 같아. 그렇
다면 나폴레옹 흉상을 부수고 다니는 범인이 이제 런던
의 다른 구역에서 활동을 개시한 것일 듯해. 왓슨, 식탁
에 커피를 미리 갖다놓았네. 밖에는 마차를 대기시켜
놓았으니 빨리 준비하게나."

약 30분 후에 우리는 피트 가에 도착했다. 그곳은 런
던 최고의 번화가 바로 옆에 위치해 있는 조용하고 작
은 마을이었다. 레스트레이드가 오라고 한 131번지는
개성 없이 밋밋하게 지은 커다란 집이었다. 마차를 타
고 올라가는데 그 앞에는 호기심 많은 구경꾼들이 가득
했다. 홈즈는 가볍게 휘파람을 불었다.

"이런! 최소한 살인 미수는 되어 보이는군. 런던의 심
부름꾼 아이를 붙잡아둘 정도면 그 이하의 사건일 리가
없어. 저 친구들이 목을 빼고 발돋움까지 하고 있는 걸
보니 아마 폭력사건이라고 생각하는 것 같아. 왓슨, 저
건 뭔가? 계단 위쪽만 물로 씻어냈군. 무슨 일인지 발자
국도 무척 많고. 오, 레스트레이드가 창가에 나와 있군.
무슨 일이 있었는지 곧 알 수 있겠지."

침통한 얼굴로 우리를 맞이한 형사는 앞장서서 거실

로 들어갔다. 그곳에는 면으로 짠 실내복 차림에 후줄
근해 보이는 중년 남자가 어쩔 줄 모르고 방 안을 서성
이고 있었다. 레스트레이드는 우리에게 그를 곧 소개해
주었다. 그는 이 집의 주인으로, 센트럴 프레스 통신사
의 기자인 호레이스 하커 씨였다.

"이번에도 나폴레옹 흉상 사건이라오."

레스트레이드가 말했다.

"선생이 어제 관심을 보였기 때문에 선생을 불렀소. 사
건이 대단히 중대하게 발전해 버린 지금, 선생도 이 자리
에 오고 싶어할 것 같았소."

"사건이 어떻게 발전했다는 것인지 설명해 주시겠습
니까?"

"바로 살인이라오. 하커 씨, 간밤에 있었던 일을 이
신사분들에게 다시 한 번 말씀해 주시겠습니까?"

실내복 차림을 한 남자는 어두운 표정으로 우리를 바
라보았다.

"어젯밤, 도무지 영문을 알 수 없는 일이 우리 집에서
벌어졌습니다. 나는 평생 남들에게 흥미로운 사건 소식
을 수집하는 일을 해왔는데, 진짜 뉴스거리가 나에게
생기다니 믿을 수가 없어요. 난 너무 놀라고 당황해서

여섯 개의 나폴레옹 조각상

글이라곤 한 줄도 쓰지 못하고 있습니다. 만일 내가 기자로서 여기에 왔다면 집주인인 나와 인터뷰를 하고 석간신문에 대문짝만한 기사를 실었겠죠. 그런데 지금 나는 이 사람 저 사람한테 얘기해서 귀중한 기삿거리를 나눠주고 있으면서도 정작 나는 그걸 이용하지 못하고 있어요. 하지만 셜록 홈즈 선생, 나 역시 선생이 어떤 분인지 잘 알고 있습니다. 선생이 이 사건을 해결해 주신다면 얘기를 들려드린 수고에 대한 보상은 충분히 될 것 같군요.”

홈즈는 자리에 앉아 경청할 준비를 했다.

“사건의 발단이 된 것은 넉 달쯤 전에 산 나폴레옹 흉상이오. 바로 이 방에 놓아두기 위해 샀지요. 흉상은 하이 가 역 근처에 있는 하딩 형제사에서 싼 값에 구입했어요. 기사 쓰는 일은 주로 밤에 하기 때문에 새벽까지 앉아서 글을 쓰는 일이 많답니다. 그러니까 오늘 새벽 3시쯤에 위층 골방에서 일을 하고 있는데 아래층에서 무슨 소리가 들렸습니다. 잠시 귀를 기울여보았지만 더 이상 아무 소리도 나지 않아서 집 밖에서 난 소리인가 싶어 무시했지요. 그런데 5분 정도 뒤에 갑자기 처절하고 끔찍한 비명이 들렸습니다. 정말이지 그렇게 무시무

The Adventure of the Six Napoleons

시한 소리를 들은 건 처음입니다. 아마 그 소리는 죽을 때까지도 귓전을 맴돌 것 같군요. 나는 공포에 사로잡혀서 1~2분 정도 꼼짝하지 못하고 앉아 있었어요. 그러다가 부지깽이를 들고 아래층으로 쫓아 내려와 이 방에 들어와 보니 창문이 활짝 열려 있었고 벽난로 선반 위에 놓여 있던 나폴레옹 흉상은 없어졌지요. 그런 걸 가져가다니 도대체 무슨 생각을 하고 있는 도둑인지 모르겠더군요. 석고로 만든 복제품이라 별 가치가 없었으니까요.

저 창문으로 나갈 때는 한 발짝만 크게 떼면 현관 층계를 디딜 수 있다는 걸 쉽게 알 수 있을 겁니다. 도둑 역시 그렇게 나간 것이 분명했기 때문에 나는 돌아가서 현관문을 열었습니다. 그런데 캄캄한 어둠 속에서 문 밖으로 나가다가 그곳에 있는 시체에 걸려서 넘어질 뻔했어요. 등잔불을 가져다 비춰보니, 그 가엾은 사람은 목에 구멍이 난 채 피바다 속에 누워 있더군요. 그는 양쪽 무릎을 세우고 똑바로 누워 있었는데, 끔찍하게 입을 벌리고 있었습니다. 그 모습이 꿈에 나타날 것 같아 지금도 겁이 나요. 나는 겨우 호루라기를 불고 그냥 졸도해 버렸지요. 눈을 떠보니 거실에서 경찰관이 나를

여섯 개의 나폴레옹 조각상

내려다보고 서 있더군요. 그 사이의 일은 전혀 기억나지 않습니다."

"피살자의 신원은 밝혀졌습니까?"

홈즈가 레스트레이드에게 물었다.

"사실 죽은 사람의 신원을 알 수 있는 단서가 전혀 없어서 걱정이오."

레스트레이드가 말했다.

"시신은 영안실에 안치해 놓았지만, 우린 피살자에 대해서 아무것도 모르고 있소. 키가 크고 얼굴은 햇볕에 그을려 아주 단단해 보였으며 나이는 많아봤자 서른 전후가 분명하오. 행색은 초라하지만 노동자처럼 보이지는 않았소. 피살자 주변의 온통 피범벅이 된 바닥에는 뿔 손잡이가 달린 접는 칼이 떨어져 있었는데, 그게 살인 무기였는지 피살자의 물건인지는 아직 알 수 없소. 옷에 이름이나 신분증 같은 건 없었고 주머니에서 나온 물건은 사과 한 개, 끈, 1실링짜리 런던 지도, 그리고 사진 한 장이었소. 여기 보시오."

레스트레이드가 보여준 것은 소형 카메라로 찍은 스냅 사진이었다. 사진 속의 인물은 무언가를 경계하고 있는 날카로운 인상의 남자였다. 눈썹이 짙고 얼굴 아

랫부분이 비비의 주둥이처럼 툭 튀어나와 있어 원숭이
와 매우 닮아 있었다.

"거실에 있던 그 흉상은 어찌되었나요?"

홈즈는 사진을 주의 깊게 관찰한 후 질문했다.

"우리는 선생이 도착하기 직전에 소식을 들었소. 그
흉상은 캠덴하우스 로에 있는 어느 빈집의 정원에서 발
견되었는데 역시 산산조각이 나 있었소. 지금 그걸 보
러 가려고 하던 참인데 같이 가겠소?"

"좋습니다. 여기를 잠깐 좀 둘러보고 나서 가도록
하죠."

홈즈는 카펫과 창문을 살피고 나서 말했다.

"범인은 다리가 아주 길거나 굉장히 민첩한 것 같군
요. 층계에서 창문까지의 거리를 볼 때, 창틀 위로 손을
뻗어서 문을 여는 것이 그리 만만한 일이 아니니까요.
오히려 창문을 통해 층계 위로 내려서는 편이 쉬웠을
것 같군요. 하커 씨, 석고상 깨진 걸 함께 보러 가시겠
습니까?"

풀죽은 얼굴의 기자는 이미 책상 앞에 앉아 있었다.

"난 이 사건에 대해 기사를 쓰고 싶어요. 물론 자세한
기사가 실린 석간신문 초판은 벌써 쫙 깔렸겠지만. 난

정말 운이 없는 것 같군요. 동커스터에서 관람석이 무너진 사건 기억하시오? 그 관람석에 앉아 있던 기자는 나뿐이었는데, 기사를 싣지 못한 신문은 우리 신문사뿐이었어요. 내가 너무 떨려서 기사를 쓰지 못했던 거지요. 지금 내 집 계단에서 살인사건이 벌어졌는데 나는 또 한 발 늦을 것 같군요."

방을 나설 때 우리는 기자의 펜이 쓱쓱 종이 위를 달리는 소리를 들을 수 있었다.

석고상 잔해가 발견된 지점은 살인 현장에서 수백 미터 거리에 위치해 있었다. 미지의 범인의 마음속에 광적이고 파괴적인 증오심을 불러일으킨 위대한 황제의 흉상을 우리는 그곳에서 처음으로 보았다. 그 상은 산산이 부서진 채 풀밭 위에 함부로 흩어져 있었다. 홈즈는 파편 몇 개를 집어 들고 면밀히 살펴보고 있었다. 그의 집중한 표정과 단호한 태도를 보고 나는 그가 실마리를 잡았다는 걸 알 수 있었다.

"어떤 것 같소?"

레스트레이드가 그에게 물었다.

"아직은 갈 길이 멀지만 생각해볼 만한 근거를 한두 가지 찾긴 했어요. 그 괴상한 범죄자에게는 이 하찮은 석고상을 손에 넣는 일이 인간의 생명보다 더 가치 있는 일이라는 사실이 그 첫 번째 근거이고, 다른 하나는 나폴레옹 상을 부수는 것만이 유일한 목적이라고 가정했을 때, 그자가 석고상을 집 안에서 또는 집을 나오자마자 부수지 않은 것에 주목해야 한다는 것이지요.”

홈즈는 어깨를 으쓱하면서 말했다.

“아마 범인은 다른 사람을 만나서 당황했을 거요. 그래서 자기가 무슨 짓을 하는지 몰랐던 것 같소.”

“흠, 그것도 가능한 얘기지요. 하지만 석고상의 잔해가 발견된 이 집에 각별히 주의해야 합니다.”

레스트레이드는 주위를 두리번거렸다.

“여긴 빈집이오. 그래서 범인은 정원에 들어와도 아무도 방해하지 않으리라는 것을 알았던 거지요.”

“그렇습니다. 하지만 여기 오기 전에도 길가에 빈집이 한 채 있었고 범인은 분명히 그 집 앞을 지났을 텐데요. 멀리 가면 갈수록 사람들과 마주칠 위험이 큰데 왜 그곳에서 석고상을 깨뜨리지 않았을까요? 그 이유가 무엇이라고 생각합니까?”

“아, 내 생각이 짧았던 것 같소.”

레스트레이드가 말했다.

홈즈는 머리 위의 가로등을 손가락으로 가리키면서 말했다.

"여기는 가로등 불빛이 있어서 환하지만 다른 곳은 그렇지 않습니다. 바로 이것 때문이지요."

"오, 그렇군요! 맞는 말이오."

형사가 감탄하며 말했다.

"이제 와서 생각해 보니 바니콧 박사의 석고상도 붉은 등에서 멀지 않은 곳에서 깨졌소. 홈즈 선생, 이 사실을 알았으니 이제 어떻게 할 생각이오?"

"일단 잘 기억해 둬야지요. 기록해 두는 겁니다. 나중에 이와 관련된 무언가를 만나게 될 테니까요. 레스트레이드 씨, 당신은 이제 어떻게 할 생각입니까?"

"제 생각에는 사건을 해결하기 위해서는 죽은 사람의 신원을 밝혀내는 게 우선일 것 같소. 사실 그건 별로 어렵지 않을 것 같소. 피살자와 주변 인물에 대해 알아내면 그가 지난밤에 왜 피트 가에 갔으며 호레이스 하커 씨의 집에서 그를 살해한 범인이 누군지 알아내기 더 쉬워질 것 같은데, 그렇지 않소?"

"그럴 수도 있겠죠. 하지만 저라면 그런 식으로 사건에 접근하진 않을 것 같습니다."

The Adventure of the Six Napoleons

“그럼 어떻게 해야 한다고 생각하시오?”

“제가 어떤 식이든 당신한테 영향을 주지 않는 것이 좋겠군요. 당신은 당신 생각대로, 나는 내 생각대로 하는 게 어떨까요? 이후 각자의 조사 결과를 비교해 보면서 서로의 부족한 점을 보완하는 게 좋을 것 같습니다만.”

“아주 좋은 생각이오.”

레스트레이드가 말했다.

“지금 피트 가로 돌아가면 호레이스 하커 기자를 만날 수 있을 거요. 하커 씨한테 범인은 나폴레옹 망상에 사로잡힌 위험한 미치광이 살인마가 분명하다고, 나는 그렇게 결론을 내렸다고 전해 주십시오. 기사를 쓰는데 도움이 될 테니까요.”

레스트레이드는 홈즈의 말을 듣고 빤히 쳐다보면서 말했다.

“정말 그렇게 생각하시는 건 아니지요?”

홈즈는 빙그레 웃었다.

“저 말입니까? 글쎄요, 아마 그럴지도 모르지요. 하지만 그런 얘기를 들으면 호레이스 하커 씨나 센트럴 프레스 통신사의 독자들은 혹할 것 같군요. 자, 왓슨!

오늘은 정신없이 바쁜 하루가 될 것 같군. 레스트레이드 씨, 시간이 된다면 저녁 6시에 베이커 가로 와주십시오. 그때까지 피살자의 주머니에서 나온 이 사진은 내가 보관하고 싶군요. 만약 내 추리가 옳다면 오늘 밤 잠복수사에 당신과 동행해야 할지도 몰라요. 그때까지 조심하시고 행운을 빕니다.”

홈즈와 나는 함께 하이 가까지 걸어가서 나폴레옹 흉상을 판매했다는 하딩 형제사에 들렀다. 젊은 점원이 나와서 하딩 씨는 오후에 가게에 나오며, 자신은 들어온 지 얼마 안 돼서 아는 게 별로 없다고 말했다. 홈즈의 얼굴에는 실망과 짜증스러운 빛이 가득했다.

“할 수 없지. 만사가 다 내 뜻대로만 될 수는 없으니까.”

그가 체념하는 듯이 말했다.

“하딩 씨를 만나러 오후에 다시 와야겠군. 자네도 짐작하겠지만, 난 지금 석고상들의 제작사를 찾아내서 왜 모두 그렇게 특이한 운명을 맞았는지 그 이유를 알아보려고 하네. 이제 케닝턴 로의 모스 허드슨 씨한테 가서 도움이 될 만한 정보가 있는지 들어보자고.”

우리는 마차를 타고 한 시간을 달려서 미술품 가게에 도착했다. 키가 작고 뚱뚱한 주인은 벌건 얼굴에 매우 날카롭고 예리했다.

"그렇소, 바로 이 진열대 위에서 일이 벌어졌지요. 선생, 그 불한당 같은 놈이 함부로 들어와서 개인 재산을 때려 부수고 있는데 세금은 왜 내야 하는지 모르겠소. 바니콧 선생한테 석고상 두 점을 판 사람도 바로 나였소. 이게 말이나 된다고 생각하시오? 이건 무정부주의자의 음모가 분명해요. 내 생각은 이렇소. 무정부주의자가 아니라면 석고상을 왜 때려 부수고 다니겠소? 즉, 공화주의자(왕이 없는 국가 체제를 지지하는 사람)라고 할 수 있지.

아, 그 석고상을 어디서 떼어왔냐고 묻는 거요? 그게 무슨 상관이 있는지 모르겠지만 꼭 알아야 한다면 말씀드리죠. 그건 스테프니, 처치 가에 있는 겔더사에서 제작한 물건이오. 이 계통에서는 모두 알아주는 회사로 20년의 역사를 가진 곳이오. 물건을 얼마나 떼어왔냐고요? 둘 더하기 하나는 셋이니까 세 점을 샀군요. 두 점은 바니콧 선생한테 팔았고 한 점은 우리 가게 진열대 위에서 박살이 났지요. 그 사진 속의 인물은 누군지 모르겠군요. 난 모르는 얼굴이오. 처음 보는 사람인데. 아 잠깐! 이제 보니 아는 얼굴이군요. 베포라는 친구요. 이

여섯 개의 나폴레옹 조각상

탈리아인 임시 직원으로, 우리 가게에서 잠깐 일하기도 했소. 조각도 좀 할 줄 아는 데다가 도금과 액자 끼우는 일도 하고, 그 밖에도 이런저런 가게와 관련된 일을 할 줄 알았소이다. 그 친구는 지난주에 일을 그만뒀는데 그 다음에는 어떻게 됐는지 소식을 못 들었소. 그 친구가 어디에서 왔고 어디로 갔는지 나는 아는 바가 없어요. 여기서 일하는 동안에는 딱히 불평할 만한 점은 없었소. 석고상이 박살나기 이틀 전에 그만두었고요.”

가게를 나오면서 홈즈가 말했다.

“모스 허드슨한테는 알아낼 수 있을 만한 건 다 알아낸 것 같군. 케닝턴과 켄싱턴에서 베포라는 자가 이번 사건과 연관이 있다는 것이 드러났으니 15킬로미터를 달려올 만한 가치가 있었군. 이제 나폴레옹 상을 제작 판매한 스테프니의 겔더사로 가세나. 틀림없이 거기서 도움이 될 만한 얘기를 들을 수 있을 거야.”

우리는 마차를 타고 런던에 있는 패션가, 호텔가, 극장가, 문학 동네, 상가, 그리고 해양 타운을 빠른 속도로 지났고 드디어 인구 십만 명이 살고 있는 어느 강변 도시에 도착했다. 유럽의 버림받은 자들이 득실거리는 그곳은 싸구려 셋집이 많았고 땀에 절어 악취를 풍기

The Adventure of the Six Napoleons

고 있었다. 한때는 런던의 부유한 상인들이 몰려 살기도 했던 이곳의 넓은 대로변에 우리가 찾는 조각품 제작사가 있었다.

제작사의 꽤 넓은 마당에는 여러 가지 돌 조각이 가득 했다. 안으로 들어가니 넓은 작업실이 있었고 그 안에서는 50명 가량의 일꾼들이 열심히 조각을 하거나 틀에서 본을 뜨고 있었다. 금발에 체구가 큰 독일인 지배인이 나와서 우리를 정중히 맞아들였고, 홈즈의 여러 가지 질문에 명료하게 대답해 주었다.

장부에 남아 있는 기록에 따르면, 데빈의 나폴레옹 흉상 대리석 복제품에서 수백 점의 석고상을 떠냈다. 1년 전 모스 허드슨에게 넘긴 세 점의 나폴레옹 상은 여섯 점으로 구성된 한 세트의 절반이었고, 나머지는 켄싱턴의 하딩 형제사로 넘어갔다. 그 여섯 점의 나폴레옹 상이 다른 복제품과 다르다고 볼 만한 특별한 이유는 없었다. 지배인은 나폴레옹 상을 부수고 싶어하는 이유가 뭔지 자신으로서는 상상을 할 수 없다고 말했다. 오히려 그런 일이 있었다는 이야기를 듣고 웃음을 참지 못했다. 나폴레옹 상의 도매가격은 6실링이지만 소매가격은 12실링 이상일 거라고 말했다.

여섯 개의 나폴레옹 조각상

복제품을 만들 때는 얼굴 양쪽의 두 개의 틀로 떠내는데, 소석고로 만든 반쪽 얼굴 두 개를 합쳐놓으면 완전한 흉상이 된다고 말했다. 작업은 주로 이곳에서 이탈리아인들이 한다고 말했다. 석고 흉상이 완성되면 통로의 탁자 위에 올려놓고 건조시킨 다음에 창고에 갖다 쌓는다는 것도 말해 주었다. 그가 말해 줄 수 있는 것은 이러한 내용이 전부였다.

그러나 홈즈가 사진을 꺼내놓자 지배인의 표정에 확연하게 변화가 일어났다. 얼굴은 분노로 붉게 달아올랐고, 게르만족의 푸른 눈 위 이마에는 주름이 굵게 잡혔다.

"아니, 이 돼먹지 못한 녀석의 사진은 뭡니까?"

지배인이 소리쳤다.

"이 녀석은 제가 잘 아는 자입니다. 우리 작업실은 그동안 항상 정직하게 일해 왔고 남부끄러운 일도 없었지요. 그런데 경찰이 온 적이 딱 한 번 있습니다. 바로 이 녀석 때문이었어요. 그건 벌써 1년도 더 된 일이긴 합니다. 이자가 노상에서 다른 이탈리아인을 칼로 찌르고 작업실로 도망쳤다가 추적해 온 경찰한테 여기서 잡혀갔어요. 이름이 베포인데 성은 저도 모릅니다. 물론 이

The Adventure of the Six Napoleons

렇게 생겨먹은 녀석을 제가 고용했으니 제가 자초한 일
이기도 하지요. 하지만 일솜씨는 뛰어났습니다. 장인으
로서는 최고라고 할 수 있었지요.”

“그 다음에는 어떻게 되었나요?”

“그 녀석은 1년 형을 선고받고 복역했습니다. 지금쯤
이면 출감했을 테지만, 자신도 감히 다시 얼굴을 내밀
생각은 못 하겠지요. 그 녀석 사촌이 여기서 일하고 있
으니 그 친구한테 물어보면 어디 있는지 알 수 있을 겁
니다.”

“아닙니다. 그건 절대로 안 됩니다.”

홈즈가 갑자기 외쳤다.

“그 사촌에게는 아무 말도 하지 말아요. 부탁입니다.
이것은 대단히 중요한 점인 데다가 전후 사정을 알수록
더욱더 중요해지는 것 같군요. 그런데 아까 그 장부에
는 나폴레옹 상을 판매한 날짜가 작년 6월 3일로 적혀
있었습니다. 혹시 베포가 잡혀 들어간 게 언제인지 기
억할 수 있겠습니까?”

“급여 지불 대장을 보면 아마 알 수 있을 겁니다.”

지배인은 대답하고 장부를 가져왔다.

“여기 기록이 남아 있군요.”

지배인은 장부를 몇 장 넘기더니 말을 이었다.

"마지막으로 급료를 받아간 날은 5월 20일이었습니다."

"고맙습니다. 시간을 많이 뺏어서 죄송합니다."

홈즈는 마지막으로 우리가 조사한 내용에 대해 아무에게도 말하지 말라는 당부의 말을 남기고 다시 서쪽을 향해 떠났다.

우리는 점심때가 한참 지나고 나서야 식당에서 식사할 수 있었다. 출입구에는 '켄싱턴의 유혈극. 살인범은 정신병자'라고 쓰인 신문광고가 나붙어 있었는데, 신문을 보니 결국 호레이스 하커 씨가 기사를 쓴 것이 분명했다. 자극적이고 선정적인 표현을 총동원한 사건 기사는 신문의 1면을 장식하고 있었다.

홈즈는 양념통 받침대에 신문을 기대놓고 식사를 하면서 기사를 읽다가 두어 번은 혼자 킬킬거리며 웃기도 했다.

"왓슨, 기사가 아주 마음에 드는군. 이 대목을 좀 들어보게나.

이 사건에 대해서는 다행스럽게도 경험이 풍부한 경찰 수사관 레스트레이드 씨와 유명한 자문 탐정 셜록 홈즈 씨의 의견이 일치하고 있다. 그토록 비극적으로 끝맺은 기괴한 사건들이 치밀하게 계획된 범죄가 아니라 광증에서 비롯된 우발적인 행위라는 것이다. 사건의 모든 정황을 고려해 볼 때 정신병자의 소행이라고밖에 볼 수 없다.

왓슨, 언론을 잘만 활용한다면 이보다 더 쓸모가 많은 매체를 찾기가 쉽지 않다는 것을 알 수 있다네. 식사를 다 했거든 다시 켄싱턴으로 돌아가서 하딩 형제사 주인의 얘기를 들어보자고."

다시 방문한 하딩 형제사의 설립자는 키는 작아도 활달하고 시원시원한 성격의 소유자로, 두뇌 회전도 남달리 빠르고 말솜씨도 좋았다.

"네, 그 소식은 석간신문에서 벌써 읽었습니다. 호레이스 하커 씨는 우리 가게의 고객이시지요. 우린 몇 달 전에 그분에게 나폴레옹 상도 판매했고요. 우린 그런 종류를 스테프니의 겔더사에 세 점 주문했습니다. 지금은 모두 팔렸지요. 누가 사갔느냐고요? 아, 잠시만요. 판매 장부를 들춰보면 금방 알 수 있습니다. 명단은 이겁니다. 보시다시피 하나는 호레이스 하커 씨에게, 하나는 치스윅, 래버넘 베일, 래버넘 가의 조시아 브라운

여섯 개의 나폴레옹 조각상

씨에게, 그리고 나머지 하나는 레딩, 로워 그로브로의 샌드포드 씨가 사갔군요. 저는 그 사진 속의 얼굴은 처음 보는데, 저렇게 못생긴 얼굴은 한 번 보면 좀처럼 잊히지 않을 것 같습니다. 직원 중에 이탈리아인은 직공과 청소부들 중에 몇 명 있긴 합니다. 뭐 그 사람들이 마음만 먹는다면 이 판매 장부를 들여다보는 건 어렵지 않을 겁니다. 이 장부를 특별히 관리하고 있지는 않으니까요. 그럼요, 이렇게 이상한 일이 어디 있겠습니까. 진상이 모두 밝혀지면 저한테도 알려주셨으면 합니다."

홈즈는 하딩 씨의 진술을 들으면서 몇 가지를 메모했고, 나는 그가 조사의 진행 상황에 대해 아주 만족스러워하고 있다는 걸 알 수 있었다. 하지만 그는 서두르지 않으면 레스트레이드와의 약속에 늦을지도 모른다는 말만 했을 뿐 다른 말은 하지 않았다. 과연 베이커 가에 도착해 보니 형사는 벌써 와서 초조한 기색으로 방 안을 서성대고 있었다. 거만한 태도를 보니 무언가 단서를 얻은 것으로 보였다.

"홈즈 선생, 무슨 단서라도 찾았소?"

레스트레이드가 물었다.

“우린 아주 바빴습니다. 하루를 완전히 낭비하지는
않았지요.”

홈즈가 말했다.

“소매상 두 군데와 석고상을 제작한 업체를 다녀왔거
든요. 이제 나폴레옹 흉상 여섯 점의 유통 경로를 환히
꿸 수 있게 되었습니다.”

“흉상이라니요!”

레스트레이드는 소리를 질렀다.

“좋소, 누구한테나 자기 나름의 방식이 있으니까. 홈
즈 선생, 선생의 방식이 잘못 되었다는 건 아니지만 내
생각에는 내가 선생보다 훨씬 알찬 하루를 보낸 것 같
소. 나는 피살자의 신원을 확인했으니까 말이오.”

“오, 그렇습니까?”

“게다가 범행 동기까지 알아냈소!”

“정말 대단하군요!”

“우리 본부에 사프론 힐과 이탈리아인 거주 구역을
손바닥 보듯이 환히 꿰고 있는 경위가 한 명 있소. 피
살자는 목에 가톨릭의 상징을 걸고 있었고, 피부색으
로 미루어보아 그는 남쪽 나라 출신일 거라고 생각했
소. 힐 경위는 시신을 보자마자 한눈에 알아보았소.

여섯 개의 나폴레옹 조각상

죽은 사람은 나폴리 출신의 피에트로 베누치라는 사람인데, 런던에서 손꼽히는 칼잡이이고 마피아와도 관계가 있다고 하더군요. 선생도 알다시피 마피아는 조직의 명령이라면 살인도 서슴지 않는 비밀 정치 조직이지 않소. 선생도 이제 일이 어떻게 된 건지 알 수 있겠죠? 살인범 역시 이탈리아인이고 마피아의 조직원일 것이 분명하오. 그자는 모종의 규칙을 위반했고, 피에트로가 그 뒤를 쫓은 거요. 피에트로의 호주머니에 들어 있던 사진은 목표를 확실히 하기 위해 갖고 다녔을 거요. 피에트로는 목표물을 따라다니다가, 그가 어떤 집에 들어가는 걸 보고 밖에서 기다리다 격투가 벌어졌고 오히려 자신이 칼에 찔린 거지요. 홈즈 선생, 내 추리가 어떻소?”

홈즈는 감탄의 의미로 박수를 치면서 외쳤다.

“레스트레이드 씨, 훌륭해요. 정말 훌륭합니다! 하지만 나폴레옹 흉상을 부순 이유에 대한 설명은 없군요.”

“나폴레옹 흉상이라니! 선생은 아직도 흉상에 대한 미련을 갖고 있는 거요? 사실 그건 아무것도 아니오. 기껏해야 형량 6개월의 절도죄에 불과하지. 우리가 조사하고 있는 건 살인사건이고, 지금까지 말한 것과 같이 나는 모든 실마리를 쥐고 있소.”

“그럼 이제 어떻게 할 생각인가요?”

“그거야 뻔하지 않소. 힐과 같이 이탈리아인 거주 구역으로 내려간 뒤, 우리가 확보한 사진 속의 인물을 찾아내 살인 혐의로 체포하는 거지요. 선생도 동행하겠소?”

“제 생각은 좀 다르군요. 우린 좀 더 간단하게 목적을 달성할 수 있을 것 같습니다. 물론 장담할 수는 없지만요. 왜냐하면 모든 일이 우리의 통제 범위를 벗어난 요소에 의존하고 있으니까요. 하지만 나는 기대가 큽니다. 사실, 가능성을 따져보면 정확히 반반이긴 하지만요. 레스트레이드 씨, 당신이 오늘 밤에 우리와 동행한다면 그자를 잡을 수 있게 도와드리겠습니다.”

“그곳이 이탈리아인 거주 구역을 말하는 거요?”

“아닙니다. 나는 그자가 나타날 가능성이 높은 곳은 치스윅이라고 생각해요. 레스트레이드 씨, 당신이 오늘 밤에 우리와 함께 치스윅으로 가준다면, 내일 그 이탈리아인 거주 구역에 당신과 동행하도록 하지요. 조금 늦는다고 일에 큰 지장은 없을 테니까요. 그럼 이제부터 다들 몇 시간 자두는 게 좋을 것 같습니다. 11시

여섯 개의 나폴레옹 조각상

정도에 출발할 거고 아침이나 되어야 돌아올 수 있을 테니까요. 레스트레이드 씨, 저녁 식사는 우리와 같이 하도록 해요. 그리고 출발 시간이 될 때까지 소파를 빌려드리지요. 왓슨, 그 사이에 전보 배달부를 좀 불러주지 않겠나? 급하게 보내야 할 편지가 한 통 있어서 말이야.”

홈즈는 저녁 내내 낡은 신문으로 가득 찬 창고에 파묻혀 신문 더미를 뒤지고 있었다. 마침내 방으로 내려왔을 때 그는 아무 말도 하지 않았지만, 눈빛은 득의에 차 있었다.

나는 예전부터 홈즈가 복잡한 사건의 실마리를 차근차근 풀어나가는 과정을 보고 있었기 때문에, 비록 우리의 목표가 무엇인지는 정확히 몰라도 그 기이한 범죄자가 남은 흉상 두 점을 훔쳐낼 거라고 그가 확신한다는 걸 알 수 있었다. 생각해 보니 남은 흉상 두 점 중 하나가 치스윅에 있었다. 그곳으로 가는 것은 굳이 묻지 않아도 범인을 현장에서 체포하기 위한 것임에 틀림없었다.

나는 홈즈가 석간신문에 엉뚱한 정보를 흘리고 범인을 안심시킨 계책에 감탄하지 않을 수 없었다. 그가 내게 리볼버를 가져가라고 했을 때도 전혀 놀라지 않았다. 홈즈는 평소에 애용하던, 납을 채워 넣은 사냥용 채찍을 준비했다.

11시에 사륜마차 한 대가 문 앞에 도착했고, 우리는 그 마차를 타고 해머스미스 다리 건너편의 한 지점으로 갔다. 마부는 거기서 대기하라는 지시를 받고 기다리기로 했다.

우리는 잠깐 걸어서 정원이 있는 쾌적한 주택이 늘어서 있는 한적한 도로로 나왔다. 가로등 불빛으로 '래버넘 전원주택'이라고 쓰여 있는 어느 집 대문 기둥이 보였다. 집안 식구들은 벌써 잠자리에 들었는지 현관문 위의 채광창 너머에서 새어나오는 불빛을 제외하면 집 안은 매우 깜깜했다. 도로와 정원을 가로지르는 나무 울타리는 정원 안쪽으로 짙은 그늘을 드리우고 있었다. 우리는 바로 이곳에 쪼그리고 앉았다.

"여기서 한참 기다려야 할 것 같군요."

홈즈가 작은 목소리로 말했다.

"그래도 다행스럽게 비는 내리지 않으니 고맙게 생각합시다. 담배를 피울 수 있으면 시간 때우기는 좋겠지

여섯 개의 나폴레옹 조각상

만 그것도 안 될 것 같군요. 지금 우리의 노고를 보답
받을 수 있는 확률은 반반이니 기다려봅시다.”

하지만 홈즈의 예상과 달리 우리는 오랫동안 기다릴
필요가 없었다. 불침번의 역할은 의외의 순간에 기이하
게 끝나버린 것이다. 사람이 다가오는 기척도 없었는데
갑자기 대문이 열렸고 호리호리하고 시커먼 그림자가
날렵한 동작으로 집 쪽으로 달려갔다. 그림자는 눈 깜
짝할 사이에 현관문 위에서 나온 불빛 속을 지나 어두
운 집 그림자 속으로 사라져버렸다.

한참 시간이 흐르는 동안 우리는 숨도 크게 쉬지 못
하고 앉아 있었다. 그런데 갑자기 나지막하게 삐걱거리
는 소리가 들렸다. 바로 창문이 열리는 소리였다. 그러
나 그 소리는 금방 그치고 다시 긴 침묵이 흘렀다. 남자
가 집 안으로 들어가고 있었다. 순간적으로 집 안에서
차광식 각등(불빛이 밖으로 새나가지 않도록 가리개로 막
은, 손으로 들고 다니는 네모진 등)의 불빛이 번쩍 빛났다.
범인이 찾고 있는 것이 그곳에 없었는지 다른 창문에서
다시 불빛이 번쩍거렸고, 이어서 또 다른 창문에서 다
시 불빛이 번쩍였다.

“저쪽에 있는 창문 밑에서 기다립시다. 저자가 밖으

로 나올 때 덮치는 게 좋겠어요.”

레스트레이드가 속삭였다.

그러나 우리가 미처 움직이기도 전에 남자가 밖으로 나왔다. 그가 희미한 불빛 속을 지날 때 보니, 뭔가 하얀 것을 옆구리에 끼고 있었다. 남자는 은밀하게 주위를 살폈다. 인적이 끊긴 길은 매우 고요했고 그는 안심하는 눈치였다. 그는 이쪽으로 등을 돌리고 끼고 있던 물건을 바닥에 내려놓았다. 그 순간, 무언가로 쩡 하고 때리는 소리와 동시에 와장창 부서지는 소리가 들렸다. 남자는 자신이 하고 있는 일에 정신이 팔려 우리가 잔디밭을 지나 다가가는 소리를 듣지 못했다.

홈즈는 남자의 등 뒤에서 비호같이 덮쳤고, 레스트레이트와 나는 양쪽에서 그의 손목을 낚아챘다. 그 순간 바로 수갑이 철컥 채워졌다. 남자를 돌려 눕히자 흉측하게 생긴 누르스름한 얼굴이 분노를 이기지 못하고 몸부림치며 우리를 노려보고 있었다. 그는 바로 우리가 가지고 있던 사진 속의 인물이었다.

그러나 홈즈는 체포한 자를 거들떠보지도 않았다. 그는 현관 계단에 쪼그리고 앉더니, 남자가 집 안에서 꺼내온 물건을 자세히 살폈다. 그것은 우리가 아침에 본

여섯 개의 나폴레옹 조각상

것과 똑같은 나폴레옹 흉상이었는데 비슷한 모습으로 부서져 있었다. 홈즈는 파편을 하나씩 들고 조심스레 불빛에 비춰보았고, 부서진 석고 조각들은 하나같이 비슷했다. 그가 막 조사를 마쳤을 때쯤 홀의 불빛이 밝아지더니 현관문이 활짝 열리고, 둥글둥글한 얼굴에 쾌활한 인상의 집주인이 잠옷 차림으로 나타났다.

"안녕하세요, 혹시 조시아 브라운 씨인가요?"

홈즈가 말을 건넸다.

"네, 그렇습니다만. 아, 홈즈 선생이군요? 아까 배달된 전보를 받고 거기 쓰여 있는 지시를 정확하게 이행했습니다. 문이란 문은 모두 안에서 걸어 잠그고 사태의 진행을 보고 있었습니다. 범인을 잡다니 매우 기쁘군요. 여러분, 모두 들어와서 잠깐 쉬시는 게 어떻습니까?"

하지만 레스트레이드는 한시바삐 범인을 안전한 곳으로 옮기고 싶어했다. 그래서 우리는 대기 중인 마차를 불러 타고 곧장 런던으로 향했다. 범인은 입을 다문 채 이글이글 타는 눈으로 우리를 노려보고 있었다. 한번은 내 손이 자신의 사정거리 안에 들어가자 굶주린 늑대처럼 물어뜯으려고 했다. 우리가 경찰서에 머무는 동안 범인의 몸수색이 이루어졌는데, 그의 몸에서 나온 것은 동전 몇 개와 칼집이 달린 긴 칼 하나뿐이었다. 손잡이에는 최근에 묻은 듯한 피가 잔뜩 묻어 있었다.

"이제는 아무 문제없소."

헤어질 때 레스트레이드가 우리에게 말했다.

"힐은 이 패거리에 대해 모두 꿰고 있으니 이자의 이름도 알고 있을 거요. 선생은 내가 말한 마피아 설명이 모두 옳다는 것을 알게 되겠군요. 하지만 홈즈 선생, 선생이 능란한 수법으로 범인을 찾아준 것에 대해서는 정말 고맙소. 어떻게 그런 것을 모두 알 수 있었는지 아직 잘 모르겠지만 말이오."

"자세히 설명하기에는 시간이 좀 늦은 것 같습니다. 게다가 아직 해결되지 않은 문제가 한두 가지 있어요. 그것은 끝까지 파헤쳐볼 만한 가치가 있지요. 내일 6시에 다시 베이커 가를 찾아주시면, 범죄의 역사에서 전무후무한 것으로 기록될 이 사건의 정확한 의미를 알려드리지요. 왓슨, 자네가 앞으로 내 사건들에 대해 기록을 계속해 나갈 때, 이번 나폴레옹 상을 둘러싼 진기한 사건에 대한 설명으로 책에 더욱 생기를 불어넣을 수 있을 거야."

　다음날 저녁, 레스트레이드는 범인에 관한 정보가 있는 서류 더미를 안고 왔다. 그의 이름은 베포인데, 성이 무엇인지 아는 사람은 아무도 없었다. 이탈리아 거류민 사이에서는 이름난 건달이지만, 한때는 재간 있는 조각가이기도 했고 정직한 국민으로 일하면서 돈을 번 적도 있다고 말했다. 하지만 악의 길로 들어선 뒤에 벌써 두 번이나 감옥에 다녀왔는데 한 번은 절도죄로, 또 한 번은 동포를 칼로 찔렀다는 죄였다.

　영어는 유창했지만 나폴레옹 상을 부순 이유는 아직 밝혀지지 않았다. 그 문제에 대해서는 어떤 질문을 해도 묵묵부답인데, 경찰에서는 문제의 흉상이 바로 그의 손을 거쳐 만들어졌을 가능성이 높다는 사실을 발견했다. 왜냐하면 그는 겔더사 작업실에서 근무했다는 것이 증명되었기 때문이다.

　레스트레이드가 가져온 이 모든 정보는 사실 다 아는 것들이었지만 홈즈는 예의 바르게 경청해 주었다. 하지만 누구보다 홈즈를 잘 아는 나는 그가 딴생각을 하고 있다는 것을 쉽게 알 수 있었다. 냉정하고 무표정한 얼굴 뒤에는 불안과 기대가 뒤섞인 표정을 엿볼 수 있었기 때문이다.

갑자기 그는 의자에 앉은 채 움찔했고 어느새 두 눈에는 밝은 빛이 감돌았다. 초인종 소리가 들린 것이다. 잠시 후 계단을 올라오는 발자국 소리가 들렸고 곧이어 반백이 된 구레나룻에 얼굴이 불그레한, 나이 지긋한 신사가 방 안으로 들어왔다. 사내는 오른손에 들고 있던 낡은 여행 가방을 탁자 위에 내려놓았다.

"여기 셜록 홈즈 선생이 계십니까?"

홈즈는 가벼운 목례와 함께 미소를 보내며 물었다.

"레딩의 샌드포드 씨 되십니까?"

"네, 그렇습니다. 기차 시간이 맞지 않아서 좀 늦은 것 같군요. 선생은 편지에 제가 소장하고 있는 흉상에 대해 쓰셨더군요."

"네, 그렇습니다."

"여기 선생이 보내주신 편지를 가져왔습니다. 선생은 이렇게 쓰셨지요. '나는 데빈의 나폴레옹 상 복제품을 소장하고 싶은데, 귀하의 소장품에 대해 10파운드를 지불할 용의가 있습니다.' 이 내용이 맞습니까?"

"그렇습니다."

"사실 난 선생의 편지를 받고 깜짝 놀랐어요. 내가 그런 물건을 소장하고 있다는 걸 대체 어떻게 알았나요?"

여섯 개의 나폴레옹 조각상

"갑작스런 연락이라 놀라셨겠지만, 사실 간단한 방법입니다. 형제사의 하딩 씨가 샌드포드 씨에게 마지막 남은 석고상을 팔았다고 하면서 주소와 성함을 저에게 알려주었거든요."

"아, 그랬군요. 그런데 나한테 이걸 얼마에 팔았는지는 말하지 않았나 보군요."

"네, 그런 얘기는 못 들었습니다."

"전 별로 부자는 아니지만 정직한 사람입니다. 선생에게 10파운드를 받기 전에 사실을 알려드리고 싶어서요. 저는 그 흉상을 겨우 15실링 주고 샀습니다."

"샌드포드 씨, 당신은 양심을 지킬 줄 아시는군요. 하지만 이왕 값을 불렀으니 그대로 드리고 싶습니다."

"오, 홈즈 선생! 정말 후한 분이시군요. 전 선생 요구대로 흉상을 가져왔습니다. 바로 이것입니다."

그는 가방을 열고 나폴레옹 상을 탁자 위에 올려놓았다. 우리는 두 차례나 산산조각이 난 상태로 보았던 문제의 흉상을 처음으로 완전한 형태에서 볼 수 있었다.

홈즈는 주머니에서 종이를 한 장 꺼내고 탁자 위에 10파운드 지폐를 올려놓았다.

"샌드포드 씨, 여기 증인들 앞에서 그 서류에 서명해

주십시오. 내용은 특별한 것은 아닙니다. 당신이 이 석고상에 대해 갖고 있던 일체의 권리를 모두 저에게 양도한다는 뜻이지요. 저는 원래 꼼꼼한 사람입니다. 그리고 사람의 일이란 게 어떻게 될지 모르니까요. 서명 감사합니다, 샌드포드 씨. 돈은 여기 있습니다. 그럼 안녕히 가십시오.”

손님이 방을 나가자 홈즈는 묘한 행동으로 우리의 시선을 끌었다. 그는 서랍에서 희고 깨끗한 천을 꺼내 탁자 위에 펼쳐놓았다. 그리고 방금 구입한 흉상을 천 한가운데 올려놓았다. 그러더니 미리 꺼내놓은 사냥용 채찍을 집어 들고 나폴레옹의 정수리에 일격을 가했다. 석고상은 산산조각이 났다. 홈즈는 고개를 숙이고 파편 더미를 꼼꼼하게 들여다보았다. 그리고 승리의 함성을 올리면서 파편 하나를 손으로 집었다. 푸딩에 박힌 건포도처럼 하얀 파편 한가운데 둥글고 검은 물체가 박혀 있었다.

“신사 여러분, 그 유명한 보르지아의 흑진주를 여기 소개합니다.”

홈즈가 소리 높여 외쳤다. 레스트레이드와 나는 한순간 멍해졌지만, 잘 만들어진 영화의 클라이맥스를 볼 때처럼 충동적으로 크게 박수를 칠 수밖에 없었다. 홈즈의 창백한 볼은 달아올랐고, 그는 관객의 박수를 받는 대극작가인 것처럼 우리를 향해 고개를 숙였다. 그것은 그가 찬탄과 갈채에 대한 인간적인 애호를 드러내는 순간이기도 했다. 대중적인 평판에는 언제나 오만하게 등을 돌리는 자존심 강하고 내향적인 기질도, 진심에서 우러나온 친구들의 감탄과 칭찬 앞에서는 감동이 되기도 했던 것이다.

"그렇습니다, 여러분! 이것이 바로 현존하는 것 중 가장 유명한 진주입니다. 귀납적 추리의 연쇄를 거친 끝에 이 진주가 분실되었던 데이커 호텔 콜로나 왕세자의 객실에서 시작하여 스테프니의 겔더사에서 제작된 나폴레옹 흉상 여섯 점 세트의 마지막 석고상의 내부까지 추적할 수 있었던 것은 정말 행운이라고밖에 할 수 없습니다.

레스트레이드 씨, 당신도 이 귀중하고 유명한 보석이 없어진 다음 얼마나 큰 소동이 벌어졌는지 기억하고 있을 거예요. 런던 경찰청에서는 이 보석을 되찾기 위해 모든 방법을 다 동원했지만 헛수고에 그치고 말았지요. 저 자신도 그 사건에 대한 자문을 의뢰받았지만 아무런 도움을 주지 못해 안타까웠답니다. 이탈리아 출신인 왕세자비의 하녀와 그녀의 오빠가 용의자로 떠오르면서 런던에 있다는 사실이 드러났지만, 둘이 접촉했다는 증거를 찾아내는 데는 실패했지요. 왕세자비의 하녀는 루크레티아 베누치라는 여자였는데, 나는 이틀 전에 살해당한 피에트로가 그 여자의 오빠일 거라고 생각했지요. 낡은 신문철을 뒤져보니, 진주가 없어진 날은 베포가 폭행죄로 겔더사 공장 구내에서 체포되기 이틀 전이더군요. 마침 그때 겔더사에서는 이 흉상들이 제작되고 있었고요.

자, 이제 사건이 어떻게 전개된 것인지 아시겠지요? 물론 여러분은 내가 사건을 인지한 순서와는 정반대로 진실에 접근하고 있긴 합니다. 베포는 어떤 방법이 되었든 결국 흑진주를 손에 넣었습니다. 피에트로에게서 훔쳐냈을지도 모르고, 그가 피에트로의 공범이었는지도 모르지요. 아니면 그가 피에트로와 누이동생 사이에 다리를 놓았을 가능성도 배제할 수는 없습니다. 사실이야 어찌되었든 그건 이제 우리와는 전혀 상관없는 일입니다. 중요한 것은 그자가 경찰에 쫓기고 있던 바로 그때 진주를 몸에 지니고 있었다는 사실입니다.

여섯 개의 나폴레옹 조각상

그는 일단 자신이 일하는 공장으로 향했지요. 하지만 이 엄청난 보석을 감출 시간이 고작 몇 분밖에 안 된다는 사실 때문에 당황했을 겁니다. 그대로 잡혀서 몸수색이라도 당하면 이 엄청난 사실이 발각될 게 뻔했으니까요. 그때 나폴레옹 상 여섯 점이 복도에서 건조되고 있었습니다. 그 중 하나는 굳지 않은 상태여서 아직 물렁했죠. 재간이 뛰어난 장인이었던 베포는 순식간에 물렁한 석고에 작은 구멍을 내고 그 속에 진주를 떨어뜨리고 다시 손질을 해서 구멍을 막았습니다. 진주를 감추는데 그보다 더 좋은 곳은 없었거든요. 그걸 찾아낼 수 있는 사람은 자신 외에는 아무도 없었을 테니까요.

베포가 1년형을 선고받고 복역하고 있는 사이, 나폴레옹 상 여섯 점은 런던 곳곳에 흩어졌습니다. 출소한 뒤 그는 보물을 찾기 위해 본격적으로 작업에 착수했습니다. 우선 겔더사에서 일하는 사촌을 통해 문제의 흉상을 가져간 소매상을 찾아냈지요. 그리고 모스 허드슨의 상점에 취직해서 세 점의 석고상이 팔려간 곳을 모두 알아냈습니다. 하지만 세 개의 석고상을 찾았어도 진주를 감추고 있는 것이 어느 것인지 육안으로는 알아낼 수 없었지요. 진주가 젖은 석고에 달라붙어 있을 테니 흔들어 보는 것도 소용이 없었고요. 그래서 석고상을 깨봐야만 했답니다. 석고상을 모두 깨보았지만 그곳에 진주는 없었습니다. 그래서 다음에는 이탈리아인 점원의 도움으로 나머지 흉상 세 점의 행방을 알아냈습니다. 처음에 그는 하커 씨네 집에 있는 흉상을 노렸습니다. 그때 베포가 진주를 빼돌렸다고 의심하고 있던 공모자 피에트로가 그곳까지 따라붙었고, 베포는 격투 끝에 그를 칼로 찔러 살해하게 된 것입니다."

"베포가 공모자였다면 피에트로는 왜 그의 사진을 갖고 다닌 걸까?"

궁금해진 내가 물었다.

"그의 소재를 알아내는데 필요했을 거야. 다른 사람들한테 그의 행방을 물어볼 때 긴요하게 쓰였을 테니까. 어쨌든 살인사건이 생기자 나는 베포가 행동을 더 서두를 거라고 판단했습니다. 그는 경찰이 진주의 비밀을 알아낼까 두려워했을 거고, 경찰이 선수 치는 일이 없도록 서둘러야 했을 테니까요.

물론 나는 베포가 하커 기자의 석고상에서 진주를 찾았는지 여부는 알 수 없었습니다. 그리고 그가 찾는 것이 진주라는 것도 몰랐습니다. 하지만 그가 무엇인가를

여섯 개의 나폴레옹 조각상

찾고 있다는 것은 분명했죠. 그렇지 않다면 흉상을 들고 다른 빈집을 지나 가로등 불빛이 비치는 집까지 찾아 들어가 부수지는 않았을 테니까요. 하커 기자의 석고상은 남은 세 점 중의 하나였기 때문에, 나머지 두 점의 석고상에 진주가 들어 있을 가능성은 그때 말한 대로 정확하게 반반이었습니다.

두 점의 석고상 중에서 베포가 런던에 있는 것을 먼저 해치울 것이라는 사실은 분명했습니다. 나는 또다시 비극적인 사건이 발생하지 않도록 그 집 사람들에게 미리 경고를 해두었지요. 그리고 우린 그곳에서 함께 만족스러운 성과를 거두었고요. 물론 그때 나는 베포가 찾고 있는 것이 이탈리아의 명문 보르지아 가문의 흑진주라는 사실을 정확히 알고 있었습니다. 피살당한 사내의 이름이 단서가 되었지요. 이제 남은 흉상은 레딩에 있는 것뿐이었습니다. 진주는 거기 들어 있는 것이 분명했고요. 나는 여러분이 보는 앞에서 주인에게 흉상을 사들였고, 그게 바로 이겁니다.”

방 안에 잠시 침묵이 흐른 후 레스트레이드가 말했다.

“홈즈 선생, 나는 선생이 여러 가지 사건을 해결하는 걸 보아왔지만 이보다 더 교묘한 솜씨는 못 본 거 같소.

우리 런던 경찰청 사람들은 선생을 시샘하기는커녕 아주 자랑스럽게 생각하고 있소. 내일 본부에 들러주시면 가장 연장자인 경감부터 제일 어린 새파란 순경까지 모두 선생에게 악수를 청할 거요.”

“그렇게까지 칭찬을 해주시다니 고맙습니다.”

홈즈는 말했다.

그 말과 함께 그는 돌아섰고, 그 어느 때보다 인간적인 감정이 가슴을 채우고 있다는 사실을 나는 느낄 수 있었다. 그러나 잠시 후, 그는 원래의 냉정하고 실용적인 모습으로 돌아왔다.

“왓슨, 그 진주는 금고에 넣어두게나. 그리고 콩크 싱글턴 문서 위조 사건 관련 서류를 꺼내주게. 레스트레이드 씨, 당신이 어떤 문제를 가져오든 내 능력이 되는 한 기꺼운 마음으로 사건 해결에 협조하도록 하지요. 그럼 안녕히 돌아가시오.”

여섯 개의 나폴레옹 조각상